卷首语集

徐文 著

中国出版集团
中译出版社

图书在版编目（CIP）数据

卷首语集 / 徐文著. -- 北京：中译出版社, 2024.
11. -- ISBN 978-7-5001-8089-0

Ⅰ. I267

中国国家版本馆CIP数据核字第20246KW261号

卷首语集
JUANSHOUYU JI

出版发行：	中译出版社
地　　址：	北京市西城区新街口大街28号普天德胜大厦主楼4层
电　　话：	（010）68359827（发行部）；68359287（编辑部）
邮　　编：	100088
电子邮箱：	book@ctph.com.cn
网　　址：	http://www.ctph.com.cn

责任编辑： 于建军　吴第

印　　刷：	三河市国英印务有限公司
经　　销：	新华书店
规　　格：	710毫米×1000毫米　1/16
印　　张：	24.5
字　　数：	260千字
版　　次：	2024年10月第1版
印　　次：	2024年10月第1次

ISBN 978-7-5001-8089-0　　　　定价：58.00元

版权所有　侵权必究
中译出版社

序言

一路向前

葛利民

我被上级组织部门派到吉林省文化馆任馆长期间,恰逢馆办刊物《参花》杂志的关键变动时期。因为杂志社已经改制为企业,经费完全靠自筹,以及当时市场大环境等各种因素,当时的参花杂志社处在濒临倒闭停刊的边缘。

为了拯救这个1957年创刊的老文化品牌,省馆领导经过认真研究,决定从人才入手,于是在全省范围内,公开招聘参花杂志社的带头人。经过层层选拔,经过本人公开竞聘演讲,经过省馆全体中层以上干部民主投票表决,经过组织考核,徐文同志脱颖而出,省馆决定聘任徐文同志为参花杂志社执行主编。

徐文同志正式调入参花杂志社上任后,真是困难重重。当时参花杂志社在外漂泊,居无定所,属于完完全全的"三无"企业,无人员,无资金,无办公场所。省馆根据自身情况,无偿解决了杂志社办公场所,参花杂志社回到了省馆办公。这样,也便于省馆对杂志社的监管和扶持。

参花杂志社在省馆的领导下,克服各种各样的困难,用了半年

序　言

时间，基本捋顺各项工作。这期间，徐文同志为了这个他本人特别热爱的文学出版事业，励精图治，动用了个人的各项资源，例如个人经常垫付印刷费等，使杂志社步步为营，稳稳当当的，一步一个脚印，逐步走上了正轨。

经过一年的努力，杂志社已经不再亏损。《参花》作为旬刊，编辑工作量，发行工作量，很大很重，为了保障国有资产不流失，在徐文同志的坚持努力下，始终保持了三刊的正常出版发行。在保证出刊的前提下，杂志发行经营工作也是十分重要的，为此，徐文带领杂志社经营团队，在省馆领导的支持下，发行时段，昼夜马不停蹄地，跑遍了全省县市区乡镇村屯的文化馆站、农村图书室和乡村文化大院。

功夫不负有心人，如今《参花》杂志已经走过了艰难困苦时刻，徐文同志也在参花杂志社社长、总编辑这个岗位上默默耕耘了十年。这十年的甘苦，十年的风雨，十年的努力和付出，我们省馆领导有目共睹，参花杂志社全体职工更是深有体会。徐文同志带领参花团队经过这十年的共同打拼，参花杂志社培养了自己的人才，职工队伍稳定，拥有了优秀的出版和经营队伍，有了自己的固定资产，实现了经济效益和社会效益双赢。

徐文同志不仅政治素质合格，编辑业务精湛，企业管理工作出色，而且文学创作成果显著。可以说，作为一本文学杂志的当家人，政治素养和文学修养，都必须是优秀的，如此才能办出一本受国家和省主管部门认可，并受广大作家作者和读者都欢迎的杂志，也才能让这本历经六十多年风雨不败的老文化品牌，再度焕发生机。

徐文同志，作为中国作家协会会员，中国诗歌协会会员，中国

序 言

少数民族作家学会会员、吉林省作家协会会员、吉林省群众文化学会理事、鲁迅文学院第十二期文学创作高研班学员等，这诸多荣誉，都是他自己靠刻苦读书和勤奋创作赢得的。徐文同志的文学创作，涉猎小说、散文、诗歌、文学评论、新闻报道等，从学生时代开始坚持文学创作，几十年来，他共在国内报刊发表作品超过百万余字。

这本散文集，是徐文同志近五六年时间，为《参花》写作的卷首语，现在收集整理，结集出版，是一件十分有意义的事。《参花》卷首语，曾经被广大读者和同行所追捧，一度成为热门栏目。徐文的卷首语，受杂志社栏目限制要求，所以篇幅都不长，这样就更要求作者的文学功夫了，要在有限的文字中，写出有内涵和质量的作品，实在不易。徐文是个会写作的人，他把生活中的小事常事，选好角度，炼出灵魂，以平实真诚的语言，娓娓道来，让读者受益，让读者感叹，也让大家震惊。他作品的文风、作品的感染力，像一股清流，使人读后很有收获。我更看重徐文这种工作态度和创作治学的精神。我们试想，徐文日常事务工作繁忙，业余时间里要写出大量文学作品，这其中的拼搏和甘苦，大概只有他本人知道了。

好在，徐文对文化出版事业和对文学写作的热劲儿，始终不减。不忘初心，持之以恒，这种坚守当然会成功。也正如徐文同志常说的，我们一直在前进的路上，所以只能向前。

（作者系吉林省文化馆书记、馆长）

2024 年 2 月 6 日

目　录

【当下生活】

慈悲心与街头戏……………………………002
我养了两棵树………………………………005
风雨回家路…………………………………008
我和蚊子的对话……………………………013
待遇保密……………………………………015
飞过草原……………………………………017
搬家…………………………………………020
看病…………………………………………022
永远的备胎…………………………………024
严重缺钙……………………………………026
买房…………………………………………029
修锁…………………………………………031
不孝者戒……………………………………034
从泥土和汗水中来…………………………036
一元钱………………………………………038
笨鸡蛋………………………………………040
真正的家……………………………………043
母亲的口罩…………………………………046
乡下的表弟…………………………………049
爱情竟然成为奢侈品………………………052

老两口对话录……054
老眼看世事（之一）……056
老眼看世事（之二）……058
老眼看世事（之三）……060
老眼看世事（之四）……062
老眼看世事（之五）……064
过年还钱……067
灯火阑珊处……069
借光二题……072
借酒光……074
等气……076
帅哥与美女……079
一会儿给你打电话……081
我们被谁绑定……083
轻轨车上偶遇……085
退一步，为了更好地前进……087
我们应该补点什么？……089
我真不想有病……091
守住我们内心那块净土……093
躺着也中枪……095
守住我们的好日子……098
从宅男到快递小哥……100
快乐的搓澡小哥……102
烦恼的装修……104
新年新气象……107
可怕的烂尾……110
生活杂记两则……112
失眠症……114
物丰更要勤俭……116
在城里打工的表弟……118

战瘟神…………………………………121
　干净人家………………………………123
　好好过日子……………………………125
　看猴……………………………………127
　买到"剁手"…………………………129
　如此期盼下一场雪……………………131
　致青春…………………………………133

【灵魂拷问】
　人生遇到谁……………………………136
　野生缘…………………………………138
　嘴黑与心黑……………………………149
　心里有个他……………………………151
　文字漫画………………………………153
　会鼓掌的两只手………………………155
　我只做你停靠的港湾…………………156
　劳动依然是我们崇尚的美德…………158
　能不能…………………………………160
　做比说重要……………………………165
　请你记住别人的好……………………167
　富有，不是我们浪费的理由…………169
　好人是做出来的………………………170
　难守的老品牌…………………………172
　可怕的包装……………………………174
　用心去看这个世界……………………176
　远去的亲情……………………………178
　真善美是我们一生的追求……………180
　大声说话………………………………182
　失信者说………………………………184
　卖水……………………………………186

我们要节制	188
忠厚品自高	191
人间正道是沧桑	193
竟然如此"野生"	195
洗澡二得	197
哎呀妈呀	200
梦的翅膀	202
春天的祈祷	204
做好事也有风险	206
被网络游戏毁掉的人	208
不"野"的野菜	210
不知如何是好	212
差距	214
疯狂呓语	216
孝顺与责任	218
云里 雾里 梦里	220
被折腾	223
烦人的电话	225
孤独者的孤独	227
家乡的河	229
礼物	231
买药	233
请你负责任地活着	235
守住自己的爱国心	237
网购短裤记	239
无处可逃	241
长白山风流二题	243
有钱与有用	246
静的智慧	248

摘桃子……………………………………………250

【人生往事】
　　父亲的饺子…………………………………254
　　城里的表姐们………………………………257
　　一条黄瓜……………………………………262
　　一双旧皮鞋…………………………………264
　　帮工…………………………………………266
　　卖猪…………………………………………268
　　以身饲蚊……………………………………271
　　一篇表扬稿…………………………………273
　　难忘的车票…………………………………275
　　怀念那时的邮递员…………………………278
　　如今不识年滋味……………………………280
　　家乡的老井…………………………………284
　　难忘的老牛…………………………………286
　　玉米面大饼子………………………………289
　　面对面的尴尬………………………………291
　　眼神儿………………………………………293
　　打火机………………………………………295
　　大米饭………………………………………297
　　捡粪…………………………………………299
　　捡粮…………………………………………302
　　舅舅的火……………………………………304
　　朋友阿牛……………………………………306
　　去看电影……………………………………309

【文学行走】
　　怀念在鲁迅文学院学习的日子……………312
　　文学的使命…………………………………315
　　做件小事也是爱国…………………………321
　　庄稼院里的文学梦…………………………323

深扎根，挺脊梁……………………………………329
百花开，蝶自来……………………………………332
花开又一年…………………………………………335
一直在文学梦的路上………………………………337
愿做人参文化的"把头"……………………………340
风雨六十载，初心永不改
——写在《参花》创刊六十周年之际…………346
我们在文学之路上…………………………………349
守住初心　继往开来………………………………351
白山松水润参花
——写在参花创刊六十年之际…………………353
话里话外读人生
——许祚禄中篇小说选题简评…………………355
春风又来花又开
——吉林省文联、作协九代会亲历见闻………358
读书学习是我们一辈子的事情
——长春工程学院管理学院写作大赛评比会上…360
下基层　种文化……………………………………362
深扎根，真服务
——为全省农家书屋服务有感…………………364
筑梦，从爱开始……………………………………366
人参园里的种诗人…………………………………369
坚守文化阵地上的"老品牌"
——老品牌《参花》杂志办刊点滴体会………372
一个生长文学梦想的地方…………………………374

【后记】……………………………………………377

当下生活

当下生活

慈悲心与街头戏

有人活的是躯体,而我活的是灵魂。

2014年的早春,长春的樱花虽然开了,但是天气还有点凉意。我早上正点乘25路公交车去上班,车走到红旗街的时候,我坐在车窗边突然发现省医院斜对面的一个道口,有个女人在疯狂地对着行人磕头,如鸡啄米一般,她的身边,躺着一位脸色皲黑的老人,是一位有花白胡须的老人。在车上,我看得清清楚楚,看着那面对路人大幅度不停磕头的中年女人,跪在十字路口焦急疯狂祈求的可怜样子,再看看躺在地上仿佛奄奄一息的老人,我的心被刀割一样,眼泪情不自禁流了下来。再看看那些在他们面前漠视的行人,我的心不仅仅是悲凉,还觉得自己有一种责任,我要去尽我所能帮助他们。我决定在下一个公交站点下车。我下了车,又往回走,一边急火火地走,一边想,我兜里还有一千元现金,我要倾囊相助,我还要发动过路的行人,大家都发点慈悲心,伸出援助之手,尽自己的能力,帮助一下这个等待救命的老人和这个可怜的磕头女人。我还想,到了近前,问清楚了,这个人急需住院救命,钱不够,我要给亲戚朋友打电话,大家都来捐助,我要给单位的所有同事打电话,请求大家都来救助这位老者的性命。

当我心急如焚、气喘吁吁来到这两个人面前时,看到中年女人双腿跪在路边的草地上，磕头十分卖力，躺在她身边的老人十分安静，看不出什么。我问：这是怎么了？得了什么病？那女人停下磕头，她目光躲闪着我的目光，低垂着眼皮说：我爹得了角膜炎，我有两个弟弟都在上学，我母亲现在有病在家卧床，我爷爷现在又这样……我看到她没有眼泪，语气漂移，没有底气，目光平淡，近前看她的样子并不是我想得那样心急如焚，祈盼大家快快来救命。再看摆在她面前的一个大大的口袋，里面有一些零零碎碎的纸币，我还看见最大的面额纸币是二十元的一张。再看看从身边路过的很多行人，大家仿佛没看见一样目不斜视地走过去，有的人看见了，也像没看见一样。我又问：你们是哪里的？女人答：安徽的。接着她又开始重复刚才的话：我爹得了角膜炎，我两个弟弟……我没有再听下去，从兜里掏出一百元，放在她前面的装钱的大口袋里。那女人一看我给的一百元，立刻又鸡啄米似的连连磕起头来，嘴里连连说：好人有好报好人有好报……

我顺势向对面的马路走去，因为他们是在路中间，我没有勇气再返回原来走过来的路线，我低着头想跟着行人走向对面马路，步行一段，再穿过马路，走到我下车的站点，重新坐车去单位。我不知道为什么，我之所以混在行人中向对面走去，是因为我当时的脸很红，心里很不舒服。在车上看到的一幕，我流下了慈悲的眼泪；当我放下那一百元钱的时候，我突然间觉得自己羞愧难当，好像自己做了贼一样。所以，为了掩饰自己的什么，就夹在行人中走了。

我顺着马路向北走，想在下个路口再横穿马路，去站点乘车。当我走到这个十字路口的时候，又发现了刚才的情境。这次演员换了，是一个白发老头跪在路口的地上对着行人磕头，只是他磕头的

当下生活

幅度很小，动作缓慢，没有激情。躺在这个老头身边是个白头发老太太，老太太也是一动不动。磕头的白发老头，面前也放着一个大大的口袋，口袋里面有些一元钱的纸币。这回，我终于相信大家的冷漠了，我似乎明白了这一切，是两出街头戏？

当我从磕头老者面前走过的时候，我的手情不自禁自然而然地又一次伸进自己的裤袋，把裤袋里的七元零钱轻轻放进老者面前的大布袋里，轻松地向前走去，去继续我的路程。我还要尽早赶到单位，为了生活而去努力工作。

当我躬身放下那七元钱，直起腰离开时，我突然如释重负，我的轻松，来自我的灵魂深处。因为我刚才为之流泪的事情，原来只是街头戏，连闹剧都不是。幸好，没有真正的悲惨之人，在那里乞讨，等待救命，大家漠视；幸好，演这两出戏的演员，无论老者还是中年女人，看他们的样子还都很健康，他们没有心急如焚的渴盼，也没有性命危在旦夕之忧，他们只是为了自己的独特生存方式在演戏。所以，我轻松了，我长舒了一口抑郁之气。

在知道这是在演戏的时候，我之所以下意识地又掏出了7元钱，捧了已经被我识破的（其实行人早都识破了）遇到的第二个救命戏场，我觉得，老者跪地磕头不容易，老太太一动不动躺在地上也很辛苦。就是去戏院看戏，也要买票的。无论如何，他们的戏又一次唤醒了我那蒙了厚厚灰尘的慈悲心。

这两出街头戏是假的，但是，我的慈悲心是真的。幸好我的心没有沦落到假慈悲。按照佛家的理论，娑婆世界都是假的，我们也就不要去为了真假而苦恼困惑了。借假的，修真的，这才是大智慧罢。

我养了两棵树

我不擅长琴棋书画，也不会溜须拍马，于是，我在我的办公室里养了两棵树。

养树的好处是，树的心大，肢体强壮，抗病毒能力强，不那么娇贵，不用定点定量施肥和浇水。最重要的是，我养的这两棵树，是不开花的树，所以冬天不怕冷风侵蚀，夏天更不怕招蜂引蝶。所以，不让人费心，而让人放心。

这两棵树，也不是我有意要养的，更不是花钱买来的。是楼上的邻居单位搬家，遗弃的。当时这两棵树，叶子泛黄，花盆里的泥土干裂，感觉好久没有浇水了，猜想也不会有人给施肥，因为水都没喝上，肥恐怕就更难了。我当时捡来这两棵树，有贪便宜的嫌疑，有同情的成分，更有敬仰的意思。我也在心底想，这两棵树的生存能力很强大，我如果和这两棵树在一起，或许我也会坚挺起来。于是，费了很大的气力，把这两棵树搬到了我的办公室里。

开始，我先把这两棵树浇足了水，再也没有时间去管了。不知

当下生活

过了多少天，有朋友来我办公室里，一进门就大声说：你这是两棵什么树啊？长得这么茂盛！真好啊！我这时才认真看看我放在办公室角落里的两棵树，哦，真的是绿叶婆娑，叶片是又黑又亮！我想了半天，回答朋友说：我也不知道这是两棵什么树，肯定是南方的树种，因为四季常绿嘛，是我捡来的。朋友有些吃惊：捡来的？这两棵树是很值钱的哎！我摇摇头，笑一笑。

又过了些天，我突然想起来，给这两棵树施了些肥。浇水也是想起来才浇，而这两棵树并没有因为我的不上心而蔫头耷脑，一直是那么茂盛。

有一天，阳光透过办公室的大窗户，把我晒了一头汗，我不喜欢开空调，只愿意开窗来解暑。一个聪明伶俐的同事说，你把这两棵树挪到窗前，帮你遮挡阳光多好。于是就把两棵树挪到了靠窗前的位置，还真惬意，两棵树浓密茂盛的枝叶，正好把直射进来的阳光给遮挡住了，我坐在办公室里，就能享受树荫下的待遇。当时我还真走心了，心想，我这回可要想着多给这棵树浇水、施肥。

外出学习多日，忘记了在心中为这两棵树许下的多浇水多施肥的愿。等回来时，才发现阳光下的两棵树，有的叶子泛黄了。于是急匆匆浇了水，只一夜的工夫，第二天早上，那些泛黄的树叶就恢复了墨绿。如果是一盆娇贵的花，恐怕早枯萎死了，连花盆都要扔掉了。

或许是施了一次肥，偶尔又浇了水，又在阳光充足的地方，我养的这两棵树，愈加茂盛，浓绿的生命都耀眼。大家到我的办公室来，都会夸赞这两棵树。也许是被大家所提醒，所以，在我闲下来的时候也会欣赏这两棵树。

在我心情好的时候，这两棵树绿意颇浓，我心情不好的时候，这两棵树还是那么绿莹莹的。工作和生活有压力和不顺意的时候，看看这两棵树茂盛的样子，就好像心脏和肺管子里吸满了氧气似的，会重新振奋起来。

我对我办公室里这两棵树没有太用心，但是我们就这样默默地、淡淡地在一起，我们一起呼吸，一起承受彼此的冷漠和安静。虽然我是一个活物，树只会站在我给予指定的地方，但是，我们彼此的能量是互通的，相互之间的影响是很大的。当我们都秉天地之正气，细胞里都充满了正能量，树是茂盛的，我就是健康的；我是强壮的，树的生命力就是旺盛的。

天长地久之生命力，都是秉承天地之浩然正气和宇宙之正能量。或许，这就是我和我养的两棵树之间的玄机。

当下生活

风雨回家路

1

周三下班后,我独自一人在办公室里加班,加了一小时班,走出办公楼的时候,突然觉得坐在电脑前这一天累得四肢麻木,需要活动一下筋骨,于是决定放弃坐238这路公交车回家,徒步往家走。我走在仙台大街上的时候,抬头望了一眼天空,天阴着,但没有风,也没有下雨的意思。以我上学时学的知识和经验判断,风在雨前头,大雨来前,都是先刮来急风,然后下雨。按照我的判断,我走回家,需要一个小时,这期间是不会下雨的。所以,我又认真望了望天空,快步前行……

——我时常会望着天空,希望能在上天找到解决我在人世间的苦恼和疑惑的方法,但是,天空的太阳、月亮、星星以及彩虹和云彩,都还没有回答我的问题。也就是说,人生的很多玄机我还无法参透。

2

走到仙台大街与自由大路交汇处,我要转向了,要顺着自由大路向北走,那是我家的方向。刚走上自由大路,突然觉得有雨点砸来,马路上车水马龙,拦出租车没人停,别的车更不会停,而我离公交车站点很远，这时我突然感到很孤独无助。就在我犹疑时，天空突然泼下水来，我先是本能地站在一棵树下，但是突然发现，那树已经是落汤鸡，我在慌张四顾的时候，看见几个人往路边一家单位的大门里飞跑，我也跑到了那家单位门卫房的雨搭下避雨，虽然只有几分钟，但是我们都被天上泼下来的雨浇透了。我们避雨时，撕裂天空的雷声和闪电疯狂起来，狂风暴雨扫荡而来，我看到路边很多树枝被风雨扯下来……

一起避雨的人说：这天气，哪有这么下雨的，老天也太疯狂了。

——我看着肆虐的风雨，心想：如今很多事情都感觉不正常了，大自然好像也不按照规律出牌了，很多现象都是突然出现。其实，我们每个人的心，都是和宇宙万物相通的，我们的心念，也影响着这个自然世界，影响着宇宙。当下的我们，人心不古，心气浮躁，什么事情都想以最快的速度达到我们的个人目的，我们做的事情往往都是杀鸡取卵。欲望无限，而又想快速达到，所以，我们的当下生活里充满了突然和意想不到。

我们每个人的世界都是一个小宇宙，大宇宙是由无数个小宇宙组成的，所以，我们每个人的内心，都在影响着这个大宇宙。如果我们的心是平淡的，是宁静的，是自然的，我相信，天是蓝的，风是清的，雨是柔的。

3

疯狂的事物都不会长久。狂风暴雨也是这样，半个小时过去后，雨停了。这时，妻子来电话了，问我怎么没有按时到家，我说了情况。妻子说，本打算去公交站点给你送雨伞了，我说，现在雨停了，我马上打个出租车回家，十分钟就到。

很幸运，挂了电话就坐上了一辆出租车。上了车，司机说，这雨下得，太少见，太吓人了。我说，还好，不下了，很快就到家了。

出租车一路前行，当走到离我家只有三站地的路口，有警察出现了。警察指挥我们，不允许我们的车直线行驶，让我们所有前行的车，都拐到右侧的体北路上。这样，我们就要绕行了，司机抱怨说，又是来大官了，人民大街的路口被封了。我说，能是来领导了？现在领导来，也不那么讲排场了。司机坚定地说，多数是来大领导了。

因为自由大路宽，车多，警察把北向的车都赶到狭窄的体北路上，这就如"交通干燥"一样。出租车走走停停，还不如蜗牛。勉强走了一段，司机跟我商量说，如果走这条路，得急死，没有个把小时恐怕到不了，咱们掉头回去，走另一条路。我看着前面拥堵的车，只好点头。司机掉回车头，往回开。我觉得这个司机师傅很机智聪明，突然也启发了我。我说，师傅，你回到自由大路上时，我就下了，因为我顺着自由大路往北直行，走三站地就到家了。司机一听很高兴，于是我重新从自由大路上往家的方向前行。我一边走，一边呼吸着雨后的清新空气，神采飞扬，心中也得意，又可以徒步了，不用再绕行了，还省钱了。

这时，妻子又来电话了，问我走哪去了？刚才不是说十分钟就到吗？现在半个多小时过去了，还没到？我解释了一番。刚接完妻子的电话，同事也来电话，问我被没被那场大雨洗了，我讲述了自己的坎坷经历，同事很惊讶。因为平时他回家要比我多跑一个小时，如今他回家了，我还在路上。于是他说，你快往家走吧，也没多远，快到家了。

——人在艰难的时候，需要亲情友情和爱情的支撑。但是，路还要靠你自己去走，谁也代替不了你的前行或者后退。如果你不是一直向前行走，你也就无法到达你该到的位置，那么你就什么都没有。

4

我顺着自由大路往前走，看到路边那些鸣笛的大小车辆，有些洋洋得意，看我，走路比你们开车快！我过了动植物公园公交站点，过了东北师范大学站点，穿过人民大街路口，就到家了！可是，当我走到岳阳街路口时，惊呆了！这个路口停满了车，因为横在自由大路上一条波涛汹涌的大河，行人和小车无法通行，只有那些大型公交车辆可以勉强通过。原来警察刚才让我们绕行，是因为这里出现了状况。我琢磨了一番，看来涉水是不行的，因为水很急，水面很宽。我只好顺原路返回，因为我只有回到路过的动植物公园的公交站点，坐上25路公交车，才可以过了那道暴雨后的大河，而且25路公交车在我家楼下就有个站点。

心情有些郁闷，走回了刚才路过的站点。到了站点，看到很多路的公交车在缓缓前行，觉得回家还是很有希望的。长舒一口气，等25路车过来。这时，我身边过来一位三十多岁的男子汉，怀里抱着一个三四岁的小女孩，他手里拿着一张五块钱的人民币，举到我的面前，说：你有没有零钱？帮我换成一块的，我坐车用。我看了看他，把兜里的钱都掏出来，数了数，只有四张一块钱的纸币。我看了看他，他看着我手里的四张纸币，一副无奈的样子。我本能地抽出一张一块钱纸币，递给他说：我给你一块吧，坐车应个急。他迟疑了一下，又急忙说：谢谢。接过我递给他的一块钱，把自己的五块钱纸币揣到自己的衣兜里。我们继续各自等自己要坐的那趟车。

——人无论在什么时候，能没有目的，没有索求，出自自身做人的本能，去做点方便他人的事情，做点善事，这大概是做人应有的境界吧！我们在人生的路上总会遇到各种各样的事情，如果我们能在艰难和平淡中保持良善的心态，靠日积月累的修为，必成正果。自身积累了正能量，在需要我们的时候，我们也千万记住，不做狂风暴雨，只做和风，只做及时细雨。

5

坐上25路公交车，磕磕绊绊，终于穿过了马路上的那条暴雨后突然汇成的河。我终于在我家楼下的站点下了车。回到家中，看看时间，我这平时用大约一个小时能回到家中的路程，整好走了三个多小时。

进了家门，突然觉得，虽然回到了家中，但是，家并不是终点。

——其实，我经历的这次日常生活中的风雨中回家的路程，又何尝不是我们人生道路的一个缩影呢？每个人的一生，都是从生走到死，这个人生道路的大方向，这个自然法则，谁能改变？而我们在人生的道路上，谁又会知道你前面的路上，究竟会遇到什么，到底会发生什么，谁又会知道自己人生旅程的终点呢？

我和蚊子的对话

有一只蚊子，它每天吃三餐，喝我三次血。

我对它说：蚊子，我慈悲，我不杀生。

蚊子说：那好吧，宝贝，我明天开始加餐，一天吃六餐。

我说：蚊子，那你可要注意了，你本来应该一天吃三餐，改成吃六餐，容易发胖的，你太胖了就飞不起来了，飞不起来你可就有危险了。

蚊子说：你真傻啊，我吃你六餐，其中有三餐我是打包带回家，给我儿子吃的。

我说：蚊子，我不傻，我不杀生，我很慈悲。希望你的儿子能够健康成长，将来你和你的儿子都能活得跟我年纪一样大。

蚊子哭了：我和我的儿子，最多也就能活一个夏天，这还必须在我喝血的时候不被人打死、不被牛的尾巴抽死、不被那些仇恨我的家伙吃掉的情况下。

我也哭了：你和你的儿子最多活一个夏天，但你们只是来喝他

当下生活

人血的；我虽活无数个夏天，但我要拼命造血，来供养你们这些一茬又一茬来喝我血的家伙。

蚊子大哭：我有罪，你打死我吧，反正我活一个夏天和活一天，都是一样的。

我笑了：蚊子，天生万物，各有其道。你我的宿命本来都是一样的，我们的差别不是谁活得时间长，而是分工不同。你是来喝血的，我是来献血的。所以，你最多只能活一个夏天，而我却能活无数个夏天。

说到这里，不知为什么，蚊子好像很生气，狠狠地叮了我一下，吸了我一大口血。但我没有生气，因为我知道，靠贪婪地吸他人血的家伙，都会在短时间内自取灭亡。

我看着蚊子那鲜红的小嘴巴，笑着对它说：我慈悲，我不杀生。

待遇保密

根据国家有关部门统计，我国大学生就业率还是很高的。我们的国家在飞速发展中，需要大量的人才，尤其是需要培养年轻的人才。那么，什么是人才呢？我常对大学生们说：现在不缺人，但是缺人才；现在，人很多，但是人才不多。

因为我在单位负责招聘新人工作，负责新人培训工作，所以对我们当下大学生就业工作接触较多。本文不想做过多的评论，因为我在招聘和培训工作中已经说得太多了，实在不想再说了。下面就将我和一位应聘的大学生对话情况实录下来，各位读者自己看、自己品吧。

应聘者：我是刚才给你打电话的，你让我加你微信。

我：你的名字？

应聘者：飞到天黑。

我：……把你简历发来。

应聘者：稍后。

稍后便是第二天了，这个应聘者把简历发来了。

XXX，女，25岁，大学本科毕业生……

工作经历：

2015年2月——6月，在XX公司做文员。待遇保密。

2015年8月——11月，在WW公司做翻译。为公司作出了巨大贡献，待遇保密。

2015年12月——2016年3月，在YY公司做经理助理，协助经理为公司做了很多成功大项目，受到领导的多次表扬。待遇保密。

2016年5月——2016年6月，在TT公司任职员，待遇保密。

2016年8月——2016年11月，在RR公司做项目负责人，为公司成功负责了多个大项目，为公司赢得了巨额利润。待遇保密。

2017年5月——2017年8月，在PP公司做销售，销售业绩突出，多次得到公司领导的表彰奖励。待遇保密。

目前本人待业中……

自我评价： 本人阳光开朗，有团队协作精神，尊敬领导，团结同志，有吃苦耐劳精神，喜欢做具有挑战性的工作，本人情绪稳定，能够吃苦耐劳，具有一定的事业心和恒心，喜欢安静……

工作要求： 希望能找到稳定的工作，有丰厚的待遇，各项福利要好，月薪在AAAA以上……

上面这种简历，绝对不是个案。此类简历，竟然是我接到成千上万简历中占有很大比例的一类。很多应聘的大学生，竟然不会说你好，不会说自己的真实姓名，不会正常交流，连最起码的礼节没有。

我们单位不可能让所有应聘者都来实习工作，所以，也不知道那些不懂礼貌、没有最起码的为人处世懂礼节的人，在实际工作中会是个什么样子；但我知道，大家都在不断跳槽和不断飞跃中；可我还是不知道这些飞来飞去的年轻人，一生都只飞到天黑吗？

当下生活

飞过草原

太阳之神是我的追求与向往，我透过雨虹看到了草原的红太阳，我为太阳的光辉普照大地、孕育万物而欣喜若狂。

我在用心雕琢着文字，我要用超人的想象力和强悍的洞悉力去雕刻草原、刻画人生、撰写世界。

今生，我一定会写出那个用大爱生长的草原，用阳光放牧的牛群，用雨水洗涤而出的洁白羊群，用甘露孕育的草原万物。

美丽的大草原如我梦中苦苦追寻的恋人。我的信念执着而坚定。我仰慕大草原神圣的图腾，我又看到了成吉思汗在广袤的草原策马横刀、征战驰骋……

这是我向往的世界。自由、正义、阳光、快乐、喜悦。当然也有苦难，还有慈悲与良善。

如果你要创造一个美好的世界，就需要你果敢、坚强、血性、无畏。我有横刀立马、征战大漠的豪情，我可以脚踏峰峦、俯视大地，用正义的眼神清扫溅落在红尘的污垢。

我站在大草原上，仿佛立在天地中央，我在世界中，世界在我心中。独立在宽广无垠的大草原，我才知道我的渺小、我的无能、我的孤独与绝望。但是，我想到这个世界，就会想到美好的春天，因为我心中的草原只有春天。或许，我怎能把你比作春天，你比春天更妩媚、更温柔、更阳光。因为你是一个用阳光和生命组成的世界，所以，我对你充满了美好与向往。因为太阳和生命，我又重新发芽、开花、结果，更对一个全新的世界充满了激情和幻想。

水流清澈地滑过草原，成群的牛羊如诗如画，翠绿的麦田随风起舞，天地相合、万物生长。每当看到苍天微闭的眼睛，我都不敢对视，只有内心忐忑地跪在大草原，接受天地的洗礼。我在读你，在读我自己，也在读世界。

我最崇拜的就是大自然。看那如碧的大草原，看那翠绿的红毛柳，还有钻入云端的峰峦，小溪如曲潺潺，江河似诗滔天。大自然才是我生命的图腾。

我委身滚滚红尘，用苦难作诗。我仰视言行合一的圣人，厌恶那些卑鄙的世俗，更厌恶那些可怕的掮客，玷污我的思想和灵魂……我要冲破世俗的樊篱，让生命的血液膨胀，绽放成大草原上的一朵野花；也许，我也会被泯灭。我怀着虚无空灵的心，凝视天地万象，于无声处，听得一尘不染的天籁之音，让自己孤独的灵魂在宇宙翱翔……

我是草原的天使，脚踏嫩绿的芳草，捧着芬芳的鲜花，悄然路过蒙古包的窗前。我也许是青蛙王子，青蛙的衣钵，掩不住我这布衣王子的气度。我拥有一颗高贵的心。美丽的大草原，你千万别爱上我，更别让我爱上你！我怕爱的世界毁了我，我更怕我毁了这个充满爱的世界。我决不会拒绝无缘，更不会拒绝缘分，这一次，我践行了和大草原五百年前的约定。我和这个世界，这个世界和我，遇缘而生，遇缘而灭。因为你是我篆刻的世界，所以你在我心里的高贵与美妙，会让你还可以站得更高，望得更远！我挚爱大草原，我也会拥爱整个世界，我会用如椽巨笔托起你的曼妙肢体，还有艳丽的裙裾。让上帝在巡视中尴尬，为我扭过头，给我拥吻的空间。

我也许是草原湖泊里的一条鱼，潜伏在珊瑚的腋下，倾听你梦中的呓语。也许你不是珊瑚，那你就是一首诗。

我想把灵魂和肉体融入草原，这或许只是一个梦，一个孤独者的梦。但我即使在梦中，也为你执而为魔，一心想为你苦修成佛。

我心中的大草原，我会在漆黑的夜晚，把你揉进我多情的诗里，无人能把你拯救，而我就是组成你幸福的诗行。我是大海、是湖泊、是长江、是黄河、是绿野、是山风、是大漠戈壁、是冰川高原，是美丽无比的大草原。我的血管里流淌着生命的创造力，身上散发出草原野性的光芒。我是大草原，所以我不习惯孱弱，我吮吸天地及日月精华，济世度人，望成菩提。

宽广美丽的大草原，我会和你游走在一个共同的世界。浓情无痕、天高地阔。我将用我一生的时间，用我全部的生命，阅读你、审读你，品读我们这个用博爱撰写的世界。

我的大草原，你太辽阔、太博大，你仿佛就是一个世界。面对你的广大与辽阔，是我一生追求的精神图腾，即使我无法完全拥抱你，我也要用我赤子真情铸就的翅膀，用我全部的生命，从你的心上飞过，在你的上空定格。

当下生活

搬家

我们大凡活着,对老百姓来说,都要有搬家的经历。我这半辈子就搬了十几次家。虽然老话说:穷搬家,富挪坟。但现在我们的生活好了,搬家都是因为富裕了,从泥土房往砖瓦房里搬,从平房往楼房里搬;从乡下搬到县城,从县城搬到市里,从市里搬到省城。过去搬家都很简单,有时也算喜事儿。找几个亲戚朋友同事,就搬了,搬完整顿酒一喝,完事儿。后来,搬家也越来越复杂了,这里不说那些大家都知道的事情。

我最近在省城里搬了一次家,却让我欲哭无泪。

东西收拾好了,提前一天在网上找了一家搬家公司,而且这个搬家公司竟然叫:雷锋搬家公司。心想,还是找个有雷锋精神的公司心托底。打电话一联系,对方详细问了都搬哪些东西。我因为有搬家经验,知道现在的搬家公司是要你搬运的所有东西的明细的,于是我说了所有的东西。我们谈好价钱,约定第二天早九点到我搬家的地点。

第二天早上九点半,这个叫"雷锋搬家公司"的车来了。因为我们的胡同口被无序停放的轿车占道,没有开进来。因为交通规则,是单行线,搬家车只好绕行过来。这时,搬家公司的头目下来,到我家里看要搬的东西。他看完说,东西太多,加钱。我说,昨天都说清楚了搬什么，现在怎么又嫌多了？他说，搬两趟。我说，按照你们的车来装，如果装不下，两趟也可以。两趟就给两趟的钱呗。我给他们三人递上了矿泉水和中华烟。他们喝着水，抽着烟，那个头目说，我们下去把车开过来。我低三下四地说，好，好。

三个人下楼上了车，说绕行过来，五分钟。于是开走了。我和几个帮忙搬家的朋友在胡同口等。十分钟过去了，车没来。给那个头目打电话，正在通话中。连续打几遍，都是在通话中。朋友说，坏了，这是手机设置，打不通，多数嫌咱们的东西多，跑了。我说，不能吧，昨天预定的时候也是报的这些。朋友说，可能觉得咱们胡同车不好停。我说，咱们都让那辆随意停的轿车让开了，再说咱们东西也不多啊，更何况，跟他们说，也可以加钱啊，他们什么都不说，就这么跑了，这不是骗人吗？太不守信用了，哪有这么干的！

来帮忙的朋友们都愤愤不平，都说这家搬家公司太不讲诚信了，太耍人了，太耽误我们事了，把我们晾在那里！

我又给昨天网上留电话的人打电话，接待我的人说，她也联系不上跑路的搬家车。过一会儿说，联系上了，但是去另一家了，向我道歉。我追究不辞而别的原因，问为什么看完也没说不给搬就逃跑，这个接待的人说，也许他们的老板来一看，你这一趟搬家，没有另一家挣得多，所以跑了。我说，如果因为钱，提出来，我可以加钱啊……接电话的人说，她也没办法，反正现在去给别的人家搬了，你爱咋地就咋地吧！

朋友说，投诉这个雷锋搬家公司。可向谁投诉呢？我突然觉得很迷茫，头晕目眩。抬头一看，天上的太阳正毒辣辣地晒着我，还有我那几个求来搬家的兄弟也都满头大汗。

当下生活

看病

前两天陪亲属去大医院看病。天不亮就去排队,因为一周前在网上挂了号,是个专家号,亲属说比一般的号贵十倍,我心想,专家人家研究一辈子了,看病当然要贵。

早早到了医院,呵呵呵,排队取号的人已经形成了长龙,整个医院像一个大市场,人山人海,人声鼎沸。久居省城的原因,对声音嘈杂、拥挤拥堵也已习惯,但是,在这里还是觉得闹得慌。抓紧排上了队。排了半小时左右,前面还有五个人了,快到亲属了,这时慌慌张张来个年轻女子,她跟几个队伍的前排第一个人说:帮帮忙吧,我的号还有十分钟,如果十分钟取不到,今天就取不到号了,过了这个时间,我就只能明天再来了!前面的几位都异口同声坚决地说:不行!谁不是早早来排队的?谁不是提前几天就挂号预约的?那女子灰溜溜走了。

这时我对排在队伍里的亲属说:如果我们是排在第一位了,就让一让,让她先取号。还没等亲属说话,排在亲属后的一位中年人说:你让?你让我还不让你呢!你问问所有排队的,谁会让?除非排到你,你让了她取号,你再重新去后面排!生死关头,谁会让!我一听,只好低下头，小声跟亲属嘟囔：是的，也许生死关头谁都不会让。

亲属终于排到取号了，取了号，却不知道专家诊室怎么走。我发现有导诊，就让亲属去问问。亲属问了，导诊小姐头没抬，眼未睁，用手往左侧一指。亲属走过来说：这大医院，真牛啊！我看了看闹哄哄的人群，说：可以理解，这么多人，如果导诊小姐个个都耐心解释，那要说多少话啊！还不累丑了？

找到专家还要排队。排了一上午，专家不愧是专家，五分钟搞定。要亲属再做各种化验和彩超检查。去做化验和彩超检查依然是排队。总算可以做彩超了，两分钟就完事。亲属说：医生说了，我的肝啊、胆啊、胰腺啊，什么毛病都没有……亲属又突然用疑惑的口气问我：不对啊，这个做彩超的医生，就那么给我在身上弄了不几下，一点也不认真，能看出病吗？上次体检，还查出我胆囊有点问题呢！我说：你要相信大医院的医生水平高！现在说明你身体很好，以前的小毛病都好了！亲属哭丧着脸说：关键我疼啊！

有的化验结果需要第二天才能出来。我们只能先回去等，我们一边走，我就一边安慰亲属说：来大医院看病的人多，如果都给你认真检查，那怎么应对这一群一群来自全国各地的患者？再说，这大医院的医生，都是半个神仙，你觉得没给弄几下，但人家一样可以看准。你没病！

说这话的时候，我的眼睛在看着眼前熙熙攘攘急急慌慌的人群，我自己感觉到自己说话的底气是那么孱弱。

当下生活

永远的备胎

最近，和我多年不联系的叔家弟弟突然找到我，向我借钱，借钱的原因是为了给他的老婆治疗癌症。我有些意外，因为叔家弟弟一直是我们这个家族中最富有的人，他是种植人参的大户，据说这些年挣了不少钱。他在我们这个家族中口碑不是太好，因为他是有钱大户，平时跟我们大家很少联系。举例说，他家有个大事小情的，我们大家都会到场捧场，而我们有事，他却不到场。这次，叔家弟弟在电话里说，他遇到困难了，这几年种植人参规模小了，效益也不好了，他的老婆得了癌症，已经花了很多钱了，现在十分困难了，所以遇到困难，第一个就想起了我这个本家大哥。

叔家弟弟有难，找到我，我必须全力相助。我把自己平时省吃俭用攒下的钱，又跟朋友借了些钱，汇给了叔家弟弟。

这个事情被家人知道后，我遭到了家人的数落。什么你这个弟弟，有钱的时候不搭理你，现在信息传递这么发达，平时连个问候的电话都没有，连过年过节都没有个音信，现在有困难了，找你来了，你还借钱帮他。我听着家人的责备和唠叨，只能报以微笑，因为我的确不知道该说什么。反正，这些年我就是这么过来的，你们说你们的，我该怎么样做还怎么样做。

这些年，有的亲戚朋友，的确是这样的，他们和我平时很少联系或者没有联系。但是他们有了为难遭灾的，大多数都是第一个想起我。因为大家知道，我是个热心肠又肯负责的人，也有说我是个好说话的人，或者也说我是个好办事的人，当然也有说我是个好骗的人，说我有时候彪呼呼的，不会计较吃亏占便宜的。大家有困难找我不算什么，时常还有拿我出气的，有了牢骚也向我发泄，好像是大家放在角落里的出气筒，但我每次都耐心承受或者劝解。时间久了，我也就成了大家的公用的出气筒、垫脚石什么的。我呢，也乐此不疲，但是我毕竟还是个人，有时也难免委屈啊不愉快啊，但很快就彪呼呼地忘记了。亲朋只要找到我，可以说有求必应。有时出力搭钱为亲朋办事，效果不好，落下埋怨，也还是记不住，再有人有事找到我，还是在所不辞，继续效力。

其实，仔细想来想去，大家之所以平时把我忘记，有困难的时候能够第一时间想到我，说明我还是有用的，是我长时间做人做事的人格魅力让大家记住我，并会在有困难的第一时间想到我。虽然我能力有限，但是我有求必应啊。我不会计较得失，在问题面前会积极努力，并尽自己的全力。

有个了解我的朋友，半开玩笑地说替我总结了一下人生，说我是"大众备胎"。我听了，不但不反感，还傻乎乎地很高兴，笑得差点没上来那口气。现在谈恋爱的好像都说什么"备胎备胎"的，那些影视明星或者网红小鲜肉都被说成是什么"大众情人""国民老公"什么的，朋友给我冠名"大众备胎"，我还觉得真的挺适合自己的什么三观五观的。

那好吧，后半生，还接着做大众备胎吧，做大家永远的备胎吧。

当下生活

严重缺钙

小区楼下有三家药店，为小区居民买药提供了方便。但是，药店毕竟不是食品店，居民的消费毕竟是有限的，如此造成了三家药店竞争激烈，所以这三家药店都变着法儿做广告宣传，或者使用各种各样的促销手段。

有挂着巨大横幅的，上面写：进店有礼，消费满100元送10个鸡蛋的。

有的贴着花花绿绿大海报的，上写：本月是会员日，消费满200元，送价值66元钙片一瓶。

还有药店门前的音响，反复循环高分贝播放：进店有礼，本药店所有药品保真，本月优惠大放送，请你不要错过千载难逢的好机会……

我们这些居民，还经常会接到药店穿白大褂的人打来的电话，问最近需不需要药……

不一而足，大家都见怪不怪了。

有一天，我路过一家规模较大的药店门口，看见药店的大门敞开，门前立着一块宣传牌，上写：免费检测微量元素。我好奇，进去一问，坐在方桌前穿着白大褂的中年女士说，免费。她面前的桌子上放着一台设备，我坐在她的对面。她问了我的年龄、身高和体重，然后对设备进行了一番操作，然后让我用手握住一个钢笔大小的圆形设备。两到三分钟后，这个穿白大褂的中年女士严肃地对我说，检测完了，你严重缺钙！我疑惑地望着她，她接着说，你不腰疼、腿疼？浑身无力？膝盖发软？我认真地想了想，好像我还真没有这些症状。我只好如实回答。她一听我说没有这些感觉，立刻不耐烦了，大声说，反正告诉你了，你严重缺钙，补不补是你的事了！我马上赔笑脸，问她，能不能让我看看她操作的电脑屏幕上显示我缺钙的结果，看看我除了缺钙还缺什么？这个穿白大褂的中年女士，立刻红了脸，跟我急眼了，吼道，看什么看？你能看明白吗？还不相信我们？再告诉你一遍，你什么都不缺，就是严重缺钙！下一个！

我红着脸离开了。一抬头，看见药店墙上贴满了海报，宣传的内容都是有关钙片的，这个药店本月是钙片促销月，有优惠，保真……

当天晚上，我做了个梦，梦见自己腰疼，腿疼，膝盖发软，走不了路了，一着急，急醒了。想想自己这个年龄，或许真是缺钙，平时对自己也不怎么关心，大大咧咧的，自己缺钙也不知道。

第二天上午，我去了省里一家大医院，做个体检，重点查查自己是否严重缺钙。查完取了结果，找专家医生看看。医生说我身体保持很好，什么毛病没有。我马上问医生，我难道不缺钙？这位专家医生也急了，不耐烦地说，你不相信我这个专家，你还不相信这科学检测的结果？这结果显示，你什么都不缺，尤其不缺钙！我讪讪地离去。

问题是，我在这天下午开始，腰疼，腿疼，膝盖发软，浑身无力……

晚上回家的时候，我又路过那家正在钙片促销的药店，那个检测微能量元素的设备还在，那个穿白大褂的中年女士还在为居民检测。我低着头，又坐在了她的对面。她仿佛不记得我，依然问我年龄、身高、体重，然后和上次一样，然后又是很严肃地说，你严重缺钙，难道你没觉得腰疼腿疼……我马上站起来说，我膝盖发软，浑身无力。她这回笑了，马上补钙，咱们店这个月卖的钙片保真还便宜。

我没有回话，直接买了两大盒钙片回家。

回家的路上，我的眼前突然出现了药店海报上的那句话：这钙片，真管用！

看着手里拿着两大盒钙片，我的腰不疼了，腿也不疼了，膝盖也不发软了，竟然浑身是劲了。

买房

我们来到地球，就要造房子居住。我们的老祖宗过去是怎么造房子，怎么买卖房子，那是漫长的历史，今天我们无法细说。但是，走到如今，我们依然需要房子来居住，这一点是毫无疑问的。

前段时间，因为原来的房子在闹市区，晚上常常被各种噪音所惊醒，为了能生活得好些，就决定换个安静的地方住。于是，开始买房子。

开始买房子后才发现，如今买房子在某种程度上看，不比盖房子简单。

最开始在网上查卖房信息，做好各种记录，再打电话。原来，网上挂的卖房信息，都是各种中介所为。在中介人员的带领下，看了各种地段的各种各样的房子。中介人员带领我们看的房子，都和网上挂的卖房信息有差异，和他们在电话里说的有很大区别，自然就和我们的要求有很大出入了。打了无数电话，跑了一个多月，最后失去了对中介人员的信心。后来想，找实体中介吧，找中介经理吧。于是找了几家中介公司，也见到了经理们，有时经理也会亲自带我们去看房。按照我们的要求，看了几处房子，也有我们满意的。可是，和房主见面时，都会出现各种各样的问题，没有一次是顺心的。

比如，有要我们替房主还贷款的，有价格和中介经理说得不一致的，有没有房屋合法手续的……总之，一大堆的问题。让人心里不托底，不知道这买卖房屋的市场到底有多深的水。

二手房市场这样，我们考虑去开发商的新楼盘试试。跑了十几家新楼盘，有现房的楼盘，不但没有好楼层，而且售楼小姐介绍的所剩的房子，一般都是两百平方米左右，或者面积更大，根本不是给咱老百姓住的。那么，正在建设中的楼盘又是什么样子呢？其中一点就让我们心里没底，房屋什么时间交付使用，根本没有确定。其中有一家售楼处的小姐不耐烦地告诉我，你先交定金，至于什么时间交房，看情况，也许一到两年，也许两到三年……出了售楼处，我们没哭，但是，我们也没敢买。

买房子前后有三个多月，总结了一下，真是不知道该说什么好。签了合同，没有保证，怕中介跑了，谁有时间去纠缠那些闹心事？买卖房子的双方，很难信任，问题房子多，人的问题更多。例如，我们遇到一个马上要付款的房子，结果，卖房的人竟然不是房主，而且房屋中介和这个不是房主的人只是合作关系。还有一家，谈好的房子，定金交了，过户的时候过不了，原因是房子有抵押。中介和房主竟然不返定金，却要求我们把房子抵押款还上，再办过户手续……

虽然我最后成功买了一处比较满意的房子，可是，我下决心，这辈子再也不买房子了！买个房子比盖个房子都累，我们究竟是怎么了？我们正常花钱买个房子都差一点得了恐惧症。

我们到底恐惧什么？仅仅是人与人之间不信任了吗？或者就是怕吃亏上当经济受损失吗？好像也不是这么简单吧！

当下生活

修锁

在国外，花钱的和创造财富的人，被大家称之为"上帝"。在我们这个古老的国度，过去的劳动者、创造财富的人、花自己钱的人，也是被人们所尊重爱戴的。如今，我们的主流社会对创造财富的劳动者，对花钱的人（现在也叫消费者），也是尊重的。但是，总还是有那么些行业，有那么些人，把事情整反了，把消费者当成鱼肉了，他们各种忽悠，使用一些欺骗性的手段，把消费者的钱搞到自己的兜里，就变脸了，完全没有了服务意识。

我住进了一个看来不错的小区，花了大半辈子的积蓄，买了开发商的精装房。所谓精装房，用他们的行话就叫拎包入住。我满怀着对生活美好的憧憬，信心十足地住进去了。可是，住进去不到一个月，房门的锁不好使了。开锁时很费劲，有时要开很长时间；碰巧了，能顺利进入；有时要费半天工夫，开了门已经是筋疲力尽了。

因为买房子的时候，地产商和我们有合同，精装房的所有设施保修一年，保修期内，设施坏了是由物业免费修理，条件当然是我们要交一笔数目可观的费用。于是，我就联系物业公司管我们这栋楼的管家。管家很年轻，每次打电话，答应得都很痛快，就是落实起来很费劲。从我们报修门锁的那天开始，她就说，修锁的很快就来。结果半个月之后来了个修锁的，她又说，修锁的钱要我们出。我们拿出合同给她看，说我们的房子还在保修期之内。她说，那她做不了主，让我们找经理。找到经理，理论了半天，经理终于答应按合同给免费修理。过了两天，修锁的来了，门锁总算修好了。

可是，住了一个月后我又犯愁了。因为厨房的水管又漏水了。我只好用盆放在漏水的地方接，虽然漏得不是很严重，但就是漏。只好硬着头皮又给物业打电话。她说，给联系厂家，因为水管子是水管公司安装的。等啊等，一晃又等了一个月，期间我也多次给管家打电话，她都说，人家厂家说了，过两天来。

就这样，水管一直在漏，虽然没有影响我的生活，但是影响了我的心情，我看到那漏水的地方，很是闹心。有时也想自己修修，但是，现在的水管都是塑料的，没有专业工具，修不了。何况，我们的物业合同里还有一条：屋内设施，如有损坏，必须请物业专业人员修理，否则后果自负。

当下，我们好像习惯了花冤枉钱买惹气的服务。我只好跟邻居发牢骚："这么差的服务，我以后不交物业费了！"邻居笑嘻嘻地说："你不交物业费，你就进不去你的屋，别看是你家！物业卖给我们进门的智能卡，进小区的大门，进我们所住楼的单元门，都要刷卡。如果你不交物业费，那你的智能卡不给升级，卡就失灵，你就进不来。"

我听了邻居的话，只有苦笑。这事儿多有意思啊！我们花钱买服务，人家不好好给你服务，你都没办法，我们花钱的好像被花我们钱的人"绑架"了。我们自己花钱买的房子，但是，你的房门只有一道锁，而进入你自己的房子，却要经过三道锁，但前两道锁你说了不算。你对服务不满意，你得忍着；你觉得自己钱花得冤枉，你活该。

钱是自己辛苦挣的，房子是自己买的。什么税费，什么物业管理费，什么大修维修费……那么多费都交给人家了，把自己的全部积蓄用来买房子，买物业的服务，就是为了能够在打拼劳累之后，能够回到自己那个温暖的家。可是，自己的家又不那么简单，虽然房子是你的，但是回到自己家却要别人说了算。

当下生活

不孝者戒

有这样一个小故事,直到今天,对我们来说也有一定的启迪和良好的教育意义。

清朝的乾隆皇帝曾经多次下江南,用现在的话来说,他是一位很接地气的皇帝。话说这一回,他来到江南某小镇,见有一户人家,门上贴了一副对联:

家有万金不富

堂前五子称孤

乾隆皇帝看罢,心想:这家伙口气好大,是贪心太重?于是,他走了进去。进屋一看,只见这家家徒四壁,一贫如洗,一位老人在喝粥充饥。乾隆问老人:你的生活如此寒酸,为什么门前的对联却又那么张狂呢?

老人叹了一口气,诉说了缘由。原来这位老人是位秀才,生了十个女儿,十个女儿眼下都已出嫁了,但谁也不肯赡养老父亲。老秀才一怒之下,写了这副对联,意思是说:女儿古称千金,他有十千金,仍一贫如洗;而女婿古称半子,十个女婿也就算作五子了,而自己依然是个孤寡无助的老人。

乾隆皇帝听罢,哈哈大笑起来,随后叫随从取来文房四宝,御笔写下一联:

钦赐万金致富

当下生活

官封七品不孤

另题横额：不孝者戒。

此后，老秀才平步青云，既获万金，又当上了县太爷，成了当地父母官，全县百姓都是他的"儿女"。而那十女十婿，自然背上了不孝的"罪名"。

乾隆遇到的这位老人，养育了十女，理当女孝婿贤，家庭和睦，儿孙满堂，令人羡慕，但十个女儿却各有各的理由，各有各的盘算，她们只想着自己，哪还顾得上一位没什么用处的孤独老人？乾隆皇帝则用一句"不孝者戒"，让十女十婿上了道德法庭。

如今，这个故事依然适合我们当下的社会。一个追求利益至上的群体，把最起码的孝顺父母的天理都放在了脚底下，我们还传承什么优秀传统文化？金钱和权力的砝码，渗透到我们的血脉中，我们把亲人之间关系用金钱去衡量，那么我们最终的结局是什么？人性泯灭。

现代年轻人讲究"拼爹"，拼的是什么？不就是爹的财富和权力吗。那些发生在生活中的真实故事，让多少亲爹亲妈伤心绝望啊！给买房的是亲爹，给买车的是亲妈。爹妈老了，如果很穷困，做儿女的都离得远远的。嫌爹妈是累赘的，不愿意为父母付出的，怨恨父母无能的，怕父母老了拖累自己的，大有人在。可见，不孝顺父母的儿女，古来有之。

人的本性是有良知的，孝顺父母是天经地义的。良知和天理应当被传承，我们如果都将这些忽略不计了，那我们就偏离了人道，而我们人类社会越发展，物质越丰富，我们越应该守住人性的良知，让我们的社会充满正能量。

当下生活

从泥土和汗水中来

在省文化馆后院的花池边，留出了一块空地，领导说，谁愿意劳动，就种菜吧。我抢先占了这一池地。可这狭长的一池地，因为建筑原因，没有可以种菜的土层。于是，中午吃饭的时候，我试探地问："你们种过菜吗？"大家异口同声说："没有。"我又问："那你们知道我们每天吃的菜是哪里来的吗？"大家又说，是大棚里来的。我狡黠地笑了，然后坚定地说："吃完饭，我们劳动，拉土垫我们要种的那块菜地。"大家面面相觑，不懂我的意思。于是，我告诉大家，我已经买来一车土，就在省馆大门口，因为路的原因，拉不到菜地边上，需要我们用独轮车和手推车把土运到那池菜地里去。

到后勤那儿找来了工具，我们便在大太阳底下开始了用铁锹装土、用独轮车推土的劳动。杂志社女生多，刚毕业的大学生多。刚开始，大家拿铁锹像拿毛笔，那个笨啊；社里的男编辑，开始推独轮车，趔趔趄趄，像喝醉了酒似的。那看着很健壮帅气的小伙子，推土走一段就气喘吁吁，直喊腰疼；那青春靓丽的女编辑，装一会儿土，就直喊："哎呀妈呀，累死宝宝了……"

看着他们那可爱的样子，我就嘲笑他们说："你们这么青春年壮，为什么赶不上我这个小老头？因为你们被爱给害了，哈哈哈！"

其实，别说省城的公子小姐了，现在农村，种地的也都是老头老太太的事情，年轻一代吃不了种地的苦，也都嫌弃泥土脏，认为种地是又脏又累的活儿。其实他们应该知道，土地不正是我们生命的源泉吗？

经过一个多小时的劳动，大家基本适应了这样的工作，虽然汗水顺着脸往下淌，但我感觉到大家从开始的不情愿到后来的积极快乐。而且，我发现，推独轮车的平稳了，跑得快了，而且我们的美女编辑竟然也能推独轮车了。要知道，他们从小长到大，是没做过这样的劳动的。更重要的是，在这场劳动中，大家懂得了配合，而且配合得那么好！一个心往一处想、劲儿往一处使的团队，一定是一个战无不胜的团队！这或许是劳动给我们带来的意外收获。

我负责把大家拉来的泥土，在池子里平整好。看着我们一中午的劳动成果，看着黑油油的泥土，想象着不久就会有一池绿油油的蔬菜，我高兴地抹了把脸上的汗水。当然，我知道，这才是第一步，离吃菜还远呢。

我又想，我为什么要带领大家在都市里种这一小池菜呢？或许，我的潜意识里是要通过种菜告诉大家：蔬菜不是从大棚里来的，也不是从超市里来的，它们是从泥土里来的，是从劳动者的汗水中来的。

当下生活

一元钱

我觉得，如今一个热爱生活的人，应该常去菜市场买菜，在转菜市场的过程，感受市井烟火的快乐，有意无意买来那些日常生活所需。

周五下班后，我又去了小区附近的菜市场，每到下班后，这个菜市场那才是个热闹，叫卖声，说笑声，砍价声，大排档里的炒菜声，混杂在一起，让人感觉到这盛世的繁华，仿佛都凝缩在这个菜市场里了。

当然，菜市场里也有争争讲讲，市场的烟火中，也成了欺瞒、昧心与诚信、良心较量的舞台。尤其是现在，大家往往把利益看得很重。但是，这个周五的傍晚，我在菜市场里遇到的一件小事，给了我一个惊喜，也给了我一个希望，我们总有人，在坚守一片美好，在坚守我们可以安放良心的一块净土。

在一个水果摊位前，迎面突然跑来一位小伙子，他跑到我身边一位女士面前，急慌慌地说：美女，美女，对不起，对不起，刚才给称西瓜的时候称错了……这个身材高挑的小伙子，说着话的同时，伸手把美女提着的半块西瓜拿过来，对水果摊位的小老板说：麻烦你按照3元一斤的计价，再给称一下。水果摊位的小老板称完那半块西瓜，说：六元五角钱。那个身材高挑的小伙子手里捏着一元钱，对那女士连连鞠躬道歉：不好意思，对不起，刚才你在我摊位上买西瓜时，我一时糊涂，电子秤没有重新设定，是按照四元钱一斤给你称的西瓜，多收了你一元钱。小伙子说完，把西瓜和一元钱递给了那位女士。

这件事的整个过程，买西瓜的女士都是在懵懂的状态下被执行的，她拎着那半块西瓜，手里拿着小伙子给他的一元钱，扭头看着那个卖西瓜的小伙子又跑回自己的西瓜摊，一句话也没说出来。半天了，她才自言自语嘟囔说：还以为我少给他钱了呢。而这一幕，看到的人，有笑的，有不屑的，大家或许都觉得这个卖西瓜的小伙子，是小题大做，多此一举，或者是在炒作自己。

当我走到卖西瓜的小伙子摊位前，我认真看看这个小伙儿，高挑的个子，黝黑的皮肤，一副憨厚的样子。此时，他还在跟身边一位年长的老者说：我刚才电子秤没调明白，给人家按四元一斤了，这可不行！老者说：其实，谁都不会在乎的，也不会买了东西回家再秤秤，现在大家也都没有短斤少两的事了，你多收了人家一元钱，也不会有人在意的……但是，小伙子，你今天这个事做得对！

这时，我发现小伙子脸红了，腼腆地对老者说：大爷，我就是觉得吧，做人要诚实，要厚道，不能骗人，人无论做什么事情，都要让自己的良心安。我今天如果发现称错了多要了人家一元钱，没给人家返回去，我今天晚上是要睡不好觉的。

这时，又有人来买西瓜了，小伙子认真看看电子秤的计价屏，嘴里说：这回可别给人家弄错了……

当下生活

笨鸡蛋

六七十年代出生的人,尤其是从农村走出来的人,大家都对鸡蛋有一个共同感受,就是现在养鸡场里出来的鸡蛋,怎么吃都吃不出小时候在农村吃的鸡蛋的美味来。于是,大家在条件允许的情况下,都想方设法去农村吃点大家称为笨鸡下的鸡蛋。现在农村有的人家,还养着一些吃零食和蔬菜的鸡,这些鸡是散养的,没有被限制行走和土里刨食,大家称这些鸡叫溜达鸡,也叫笨鸡,它们下的蛋,就叫笨鸡蛋。

笨鸡叫笨鸡,其实它们是自由的,是快乐的,更是健康的。它们应该比养殖场里的鸡聪明得多。我们吃上笨鸡下的蛋,儿时妈妈的味道就出来了。笨鸡蛋炒出来,金黄色,养殖场里出来的鸡蛋,炒出来发白,味道就是不如笨鸡蛋鲜美。按照我们的传统认知,笨鸡蛋的营养更丰富、更健康。

所以,我每年都要托老家的亲戚朋友,帮我高价买些农村笨鸡蛋捎到城里来。开始买的时候,是比养殖场里的鸡蛋贵一点点,后来每年都在涨价,到今年,价格已经翻了十几番了。价格的问题,我们都能理解。现在的问题是,近几年,笨鸡蛋的品质也在下降,后来听朋友说,如果农村人家都按照传统方式养鸡生蛋,那挣钱太慢。所以，现在农村也给笨鸡们喂一定量的催鸡下蛋的饲料，否则，哪来的那么多笨鸡蛋卖给你们城里人。当然，这样的笨鸡蛋也还是比养殖场里的鸡蛋强很多。我们没有什么办法，只能接受这样的现实。但我每次托亲朋在村里买笨鸡蛋的时候，都会强调，一定买喂饲料少的鸡下的蛋。即使这样，从农村买来的鸡蛋，还是越来越没有过去鸡蛋的味道了。我有时就想，哪天回老家农村，亲自去买，先看鸡，再买蛋。

有一次回到老家，在老家的村口，看见了何二叔。村里的辈分，也说不清楚到底是什么亲戚，反正小时叫他何二叔，现在也还叫他何二叔。何二叔，看见我，很高兴，让我进院，进屋，坐会儿。我问他老人家养没养笨鸡，他老人家笑说，你进院看看。一进院，就看见有十几只鸡在打打闹闹的，其中那只大红公鸡，像个领导似的，挺胸昂头，嘴里还在不断发号施令，十几只母鸡追随在它的身前身后。

这是一群健康的笨鸡，下蛋吗？何二叔眼睛突然一亮，说，我这笨鸡蛋可比别人家的贵。我说，二叔，我明白，你这鸡不喂饲料，只吃粮食蔬菜和昆虫。二叔呵呵笑了，笑得是那么健康灿烂。

何二叔把他鸡蛋筐里的鸡蛋，都数给了我，他一边数着鸡蛋，还一边念叨，这都是我苦苦攒下的，自己没舍得吃，也没舍得卖。

在何二叔家里买的鸡蛋，虽然花了高价钱，但我一点都不觉得冤枉，我觉得值。因为，我不仅相信我亲眼看见的那群健康的鸡，我更相信老实巴交乐乐呵呵的何二叔呢。

回到城里的家，为了彰显我的功绩，迫不及待地要给大家炒一盘纯粹的农村笨鸡蛋。当我打开第一个鸡蛋的时候，这只鸡蛋已经

当下生活

有一半坏掉了，打开第二个的时候，已经变臭了，打开第三只，蛋黄是白色的，凭经验告诉我，我从何二叔家买来的笨鸡蛋，是有问题的。应该吃上三个月的笨鸡蛋，我们挑挑选选地吃了三五回，多数都是坏掉的。最后经过断定，这批笨鸡蛋，一部分是存放了很久的，一部分是假的笨鸡蛋。

这件事，我不久就忘记了，因为自己很少在乎那些鸡毛蒜皮的小事。可有一天，老家村里的朋友二愣子给我打电话，说完正事儿，他突然问我，是不是前段时间回去了？而且还在何二叔家买了笨鸡蛋。于是，我想起了买笨鸡蛋的事，就实话实说了买笨鸡蛋的整个过程。没想到二愣子听完，在电话那边哈哈哈大笑。他在那边笑完了，大声说，你现在是作家了，难道作家都是笨蛋？何二叔靠那群溜达鸡，做幌子，他自己的鸡下的蛋，还不够他自己吃呢！他都是在村里收大家的鸡蛋，然后用他那群溜达鸡做招牌，高价卖给你们这些路过的、来旅游的城里人。你说的鸡蛋臭了，那是他家的鸡下的，可那是春天下的，春天下的鸡蛋，不卖，为的就是晃你们这些人。听完二愣子的话，我似乎懂了一些，可还是有些不懂的问题。二愣子在电话那边又笑了一阵子，说：你小时候学习好，现在文章写得好，可你为什么就不知道，咱们农村真正的靠自然散养的鸡，春天下蛋，到了夏天的伏天就不下了，不像养殖场里的鸡靠饲料催，一年到头都在下蛋。最后，他还是不忘记损我一句：你们这些有文化的自认为有修养的人，真是笨蛋。

我放下电话，自己也笑了。是啊，我四处讲学，告诉大家如何读书写作，如何修身养性，如何做事做人，而自己在当下，有时还真是一只笨蛋。

真正的家

疫情期间,我们都待在家里,这时才似乎意识到家的重要性。其实不然,我们传统文化中,对家一直都是很看重的。例如古圣先贤教育我们说:先成家,后立业;齐家治国平天下,等等。

家,作为社会组成的最小单位,一个家庭和睦了,社会从某种程度说也会相对和谐很多。所以,我们把自己的小家庭经营好了,就是在为国家做贡献。

网上有消息说,因为这次疫情的原因,很多年轻人的离婚率高了。为什么越相处久了,粘在一起的时间长了,反而会分开呢?缺少包容心、责任心是主要祸患。另外,也许就是现在的物质条件太优越,好的物质生活来得太容易。轻易得到的就不会太珍惜。我们年纪大的家庭为什么会稳定?因为我们大多数都是从小夫妻患难与共、同甘共苦走过来的,所拥有的一切,都是共同劳动创造而来。例如以家庭中最重要的构成因素——房子为例。过去我们结婚都是租房子,然后通过几十年的奋斗,才会拥有一套属于自己的房子,我们靠自己的汗水创造的房子里,就会装着一个和睦温馨的家庭,我们彼此珍惜,常怀感恩,因为我们拥有的幸福生活来之不易。现

当下生活

在人结婚,家长必须给儿女买上房子。所以,没有经过奋斗辛苦就得来的房子里,往往就装满了自私、浮躁和不稳定。我常常看到那些装修豪华的新房里,婚姻维持的时间没有盖房子的时间长,房子里上演的是自私的纷争、物质的占有、情感的淡漠、个性的张扬、包容的破落。每当我看到那些空荡的婚房,都会情不自禁地想起我结婚后租房的一段经历。

我结婚后平均一两年就要搬一次家,搬家的原因很多,有时是自己的原因,有时是房东的原因,比如房东要用房子了,或者以更高的价钱另租他人。

记得那年,我从乡镇搬到县城居住,因为搬家时很匆忙,就在县城的郊区租了一间平房。那是三间瓦房,房东自住一间大的,租我们一间小的,都是单独开门,所以房租稍贵点,一个月50元。我当时的工资是102.5元,工资付房租和生活还是够用的。由于从镇上搬到县城,当时家里只有一套旧家具和几套行李衣服,搬到这个租来的房子里,屋子里显得格外空旷,可以说是家徒四壁。因为那时,县城里很多人家都有黑白电视了。

搬完家的第二天,我因公去大连出差,妻子一人在家收拾杂物。出差一个周后,我回到家中,妻子第一件事就告诉我,我走后,房东女主人来了,让我们搬家,一看我们家这么穷,怕给不上房租,妻子很气愤,跟房东女主人表态说,我们家虽然穷,但是房租不会欠你的!

后来,我们每个月开完工资的第一件事就是先把房租付给房东。

以后的日子,我们经过几十年的打拼,也有房屋出租的时候了,在租户有困难的时候,我们都主动赊欠,有的租户遇到突发的困难,我们就给免去一些租金。

如今，我们的居住环境发生翻天覆地的变化，所有的家庭居住条件都得到了巨大改善。我们这个家的概念中，最重要的构成部分——房子，已经让我们的家庭幸福指数得到了很大程度地提升。我们现在可以说，不缺房子了，物质极大丰富，但是，我们的大房子里却缺少很多能让我们幸福温暖的东西了。

或许对我们百姓而言，有房子才是有了一个真正意义的家。我们的房子无论多大，如果房子里装满了爱情、亲情、包容、责任、温馨、安定、长久……那才是一个真正的家。

当下生活

母亲的口罩

2020年春节前,我好说歹说把母亲从乡下接到省城来过春节。母亲已经八十岁了,做儿子平时不能在乡下老家尽孝,就想利用春节假期,接母亲来城里过个春节,尽尽孝心。这是母亲第二次来我家里,前些年母亲生病来我家住了一段,后来病好了,我挽留母亲在我家住下来,但是母亲是坚决不肯。她住不惯城里,她说住城里的楼房里,就像她养的猪一样,是圈养;回到乡下生活,是散养。只有散养才是健康活泼的。我同意母亲的观点。

2020年的春节前,母亲同意来城里过年,但也跟我郑重提出了条件:那就是过了春节,正月初六这天必须开车把她送回乡下的弟弟家。我也很严肃地向母亲作了保证,正月初六开车送她回乡下。

人生无常,世事难料。2020年的春节,我们经历了一场突然而来的大灾难。母亲自然回不了乡下了。我们的小区封闭了,母亲住的乡下也封闭了。我们能守在家中,不给国家添乱,是我们每个人的本分。母亲虽然八十岁了,但是耳不聋眼不花,头脑也不糊涂,并且还能玩微信。所以,母亲在这场大灾难面前,头脑清晰,通过电视和手机,对全国疫情情况了解很全面。而且她还时常教育我们,不要慌乱,疫情一段时间就会过去,要听党和政府的话,大家步调一致，团结一心，就能战胜瘟神。

这的确出乎我们一家人的预料。原来担心母亲年纪大，耍小孩脾气，又哭又闹，非要回乡下可怎么办。看到母亲这么开明，我们一家人都很安心。

我们在家留守二十多天后，家中出现了闹心的事儿，那就是先前的口罩用完了，我们去药店和超市，都买不到口罩。在网上，找各路朋友，包括远在韩国和日本的朋友，也都无法买到口罩。我们三台手机，按照社保中心官网的导引，进行网上购买政府分配的口罩，然而抢了好天也没抢到。我们全家人为口罩焦虑。因为我们得下楼买菜，买生活必需品。不戴口罩，所有超市和商场，都进不去。没有戴上口罩，小区出不去，更进不来。

母亲看到我们的焦虑和愁容，笑着说，这都是小事儿，我给你们缝几个口罩。大家看看母亲，都无奈地笑了。我们不想打击母亲，告诉她现在的口罩可不是手工就能在家里缝出来的。我们都把母亲的话当成玩笑话，谁也没有往心里去。

但是，让我们没有想到的是，当我们都昏昏沉沉又睡了一晚上，第二天很晚才起来时，发现母亲并没有起来。我走进母亲住的房间，吃了一惊。母亲没有脱衣服，歪在床上睡着呢。她的旁边放着几个用旧纱布缝好的看来很厚的口罩，还有一个口罩没有缝完，屋里的灯在亮着……看着这一切，我的眼泪止不住涌出来。我轻轻走到母亲身边，想帮她盖上毛毯。母亲突然醒来，一下子坐起来。我急忙去搀扶母亲，母亲突然大声说，我的眼睛怎么突然看不见了……

我们一家人围住母亲，看到母亲的眼球布满红红的血丝，眼里有浑浊的泪水，我们全家人都哭作一团。

这时，母亲揉揉眼睛，对我们严肃地说，你们不要哭，这算什么！我年纪大了，一会儿睡一觉就好了。我这一辈子，吃的苦都数不过来，这点小苦难算什么啊！我相信，堂堂正正做个自食其力的好人，瘟神也不会把我们怎么样，好人就会百毒不侵。

我们都止住了哭声，愣愣地看着母亲。这时，母亲说，把我给你们缝的口罩都戴上，我看不见，你们自己看看大小是否合适。

我们都很郑重地把母亲缝的口罩戴上，这时母亲突然说，我看见了，你们戴上的口罩，都合适，我睡一觉起来继续缝！

我们听到母亲的话，又看到母亲的视力恢复了，都很吃惊，大家面面相觑，最后大家看到彼此戴着的母亲缝制的口罩，突然都忍俊不禁，哈哈大笑起来。

戴着母亲用旧纱布缝制的口罩，也许抵挡不了病毒；但我相信母亲的话，好人也许真的会百毒不侵。

乡下的表弟

回乡下看望老母亲的时候，听说住同村的表弟前段时间有病住院了，现在刚出院不几天。我有几年没见到表弟了，虽然他和母亲同住一个村。我偶尔回来的时候，也会打听表弟在做什么，他大多数时间都是在外地打工。因为表弟和我是发小，还是有一定感情的。有时，我会想到他。虽然偶尔会打个电话，但是毕竟没有机会在一起唠唠往事，说说心里话。

我说要去看看表弟，因为事先没有这个打算，所以也没有专门备下礼物。突然想起我的车后备厢里有两瓶好酒，就和母亲说，我拿两瓶酒，再给表弟五百元钱，去看看他。没想到，母亲坚决不同意我拿酒，说给钱行。母亲说，表弟前段时间住院，就是因为长期喝大酒喝的。母亲态度坚决，执意不让我给表弟拿酒。我只好放弃拿酒做礼物的想法。

来到表弟家，看到表弟住的是三间大瓦房，院落整齐，很干净。我心想，表弟一直很勤劳，现在看日子过得真不错。进了屋，不见人。我喊了几声，表弟从卧室里出来了。虽然只有几年没见到表弟，还是着实吓了我一跳。只见表弟，蓬头垢面，脸色蜡黄，走路摇晃，

当下生活

穿着一条看不出什么颜色的大裤衩，黑色的脚跐拉一双黑色的拖鞋。看见我，表弟才睁开眯缝的双眼，仿佛还在睡梦中。我印象中的表弟，是干净利索，勤劳能干，为人和气，在村里是个受大家尊敬的人。

这时，表弟看到是我，眼睛亮了一下，叫了一声大哥，再就没话说了。我自己坐在了一个凳子上，看着表弟。表弟突然局促起来，然后慌慌张张又进了另一间屋子。屋门开了，表弟媳妇出来了。表弟媳妇穿戴整齐，好像在另一间屋子忙碌什么。表弟媳妇和我热情打了招呼。表弟这回安静了，也坐下来。我问了前段时间住院的事，表弟低下了头。表弟媳妇轻描淡写地说，他喝酒喝的。

我试图改变这个尴尬的话题。我和表弟说，还记得咱们小时候的事？表弟抬起头想了一会儿，说，都忘了。我不死心，接着说，咱们上小学三年级的时候，有一次去大河洗澡……我还没说完，表弟突然站起来说，大哥，我有点迷糊，以前的事儿都想不起来了，我得去睡会儿。他说完，径自走进了我来时他出来的那间屋子，还关上了门。

我尴尬地看看表弟媳妇，表弟媳妇冷笑了一下说，大哥，你都看见了，他要不就往死里喝酒，要不就这么迷糊，我骂他几句，他说空虚，不喝酒活着没意思，我还怕他想不开，再死了。哎，愁人哪，前段时间就是喝酒喝得吐血了，住院半个多月。表弟媳妇说着，还抹了眼泪。

我说，怪不得我这次来没什么准备，想把我车后备厢里的两瓶好酒给带过来，我母亲拼命不让给酒。原来表弟颓废到这个样子了，苦了你了弟妹。

表弟媳妇说，现在没办法，现在农村条件多好啊，可就是出了很多酒蒙子。我们村就有好几个这样的人，成天吵吵空虚，没意思，靠灌酒混日子。表弟媳妇突然又说，大哥，真不好意思，你这好几年没来了，今天来了，你都看见了，我还要去接孩子，孩子马上放学了，我也不留你吃饭了……

我原计划来看表弟，给五百元钱作为慰问金。看到表弟这个样子，心想他们的家一定很困难。我就把随身的现金一千元都给了表弟媳妇，让她照顾好表弟和孩子。

我回到城里一周后，很是惦记表弟的状况，就给他打了电话，刚打通，表弟在电话里说，是大哥啊，就把电话撂了。我以为是信号不好，再打通后，被对方挂断，再打就无法接通了。

又过了两天，母亲来电话问我，我去表弟家都说了什么？怎么还把他们两口子得罪了？以前虽然来往不多，可毕竟是亲戚，尤其还是母亲那边的亲戚，表弟和他媳妇，见面还是打招呼的。自从我去了表弟家后，现在表弟和他媳妇，见了母亲都把头扭到一边去，不和母亲说话了。

母亲反复问我，到底在表弟家说了什么？我想来想去，还真的不知道该如何回答母亲。

当下生活

爱情竟然成为奢侈品

人类因为有了爱情，才成为高级动物。我们中国人更是讲究情义和人性，所以，从古至今，在我们这个拥有五千年文明的华夏民族中，出现了那么多的可歌可泣的爱情故事，很多爱情故事已经成为世界的文化遗产，成为千古绝唱。那些无论是凄美的还是浪漫的爱情故事，都表达了一种主题：那就是我们人人向往美好的爱情，爱情已经超越了物质和时空，成为我们追求美好生活的精神图腾。

而如今，我们再谈爱情，已经成了一种奢求。有人说：我拥有了面包，我还要什么爱情？物质基础强大了，爱情就变得那么渺小了？当我们躺在物质的温床上，爱情真的变成梦幻泡影了。爱情是以精神为基础的，我们如今不知道什么是爱情了。

根据网上的信息，说个别地区的离婚率竟然达到难以置信的高度，实在让人觉得恐惧，更让人无限悲哀。爱情是婚姻的基础，可见，婚姻大厦脆弱得如此不堪一击，更进一步说明了，我们现在的爱情又是多么的可怜。一言不合，都可以离婚，爱情的互敬互爱和奉献内涵，已经被彻底抛弃。

什么是爱？爱就是不求回报的奉献。而我们现在，很多人在生活中都是斤斤计较的，不仅计较利益得失，更计较情感的回报。有的人甚至到了不占便宜就觉得自己是吃了亏的地步，都想得到的多，而少付出，大家都是这种心态，我们可以想见其结果是什么样子。都想在对方身上无偿获取，爱情怎么能长久？爱情不能长久，婚姻又如何稳固？

爱情是一朵静静开放的花朵，爱情是一湾清澈潺潺的甘泉，爱情是汹涌澎湃的长江水，爱情是烟波浩渺的大海，爱情是一个暖心的故事，爱情是那经久的传奇，爱情是天上那颗最亮的恒星，爱情是那时缺时圆的月亮，爱情是阳光雨露……爱情绝对不是那高楼大厦，爱情更不是那金钱贵胄，爱情是我们人类与生俱来的精神生命，绝不会成为人类的奢侈品。

我们要站在面包上，眺望远方和诗，追寻人类那最美好的爱情。

老两口对话录

东方的天空刚刚露出鱼白肚,张老爷子和李老太就醒来了。老来伴,老来伴,老了就是相依为伴,除了一起吃饭,最重要的就是唠嗑了。以下是老两口在这天大清早的部分唠嗑实录。

……

张:我说老李啊,今天咱们吃完饭,就坐8路公交,去湖边玩。

李:去那么早干嘛?

张:不去早点,在家干嘛?

李:看看早新闻,躺会儿也好啊!

张:昨天晚上的新闻都看了,早上的新闻和昨天晚上的差不多少,总躺着看电视,对身体不好,我也躺不住。

李:那你先到楼下溜达溜达,咱们晚点去湖边。

张:为什么啊?咱们也没什么事情,要什么有什么,想什么时候出去玩就什么时候出去玩,你怎么就跟我作对呢!

李:老头子啊,别生气,我想晚点出去玩,是有我的道理的,咱们不能太自私了!

张:这什么话?这什么话!我就说咱们坐8路车去湖边玩,我怎么还落下个自私的罪名?再说了,咱们现在坐公交车都不用花钱了,一张老年卡,走遍全天下啊,哈哈哈!

李：看把你吹的，看把你能的，还一张老年卡走遍全天下！

张：老年卡走遍全天下那是扯，但是，咱们这张老年卡，在全市坐公交车不用花钱啊！这你得承认吧？现在的政策就是好，对我们老年人就是照顾！

李：你总算说了句良心话！现在关爱我们老年人，照顾我们老年人，我们就更得知道好歹，不能倚老卖老！

张：你这话可就不对了，我们享受国家给的待遇，免费坐个公交车，怎么还就不知好歹了？怎么还就倚老卖老了？！

李：老头子，你先别动气！我问你，你对老刘头的事情怎么看？他办了老年卡后，没事儿的时候，就去坐公交车，而且经常是从始发站坐到终点站，再从终点站坐回来。给我们老年人发卡，那是方便我们的出行，不是让我们没事儿就去挤公交车坐着玩的！现在公交车多挤啊，尤其是上下班高峰期，上班的都挤成啥样了！我们这些没有工作没有什么事情的老年人，要懂事儿，不要无故去浪费公共资源！

张：啊……啊啊……

李：我们出去玩，没事儿溜达，坐公交车免费，这是好事儿，但我们不能把这好事儿办成坏事儿，我们退休了，年纪大了，更要为别人着想，替国家着想，少给大家添麻烦，少添乱。我们出去玩，尽量要错开上下班高峰，你说对不？

张：我还真没想那么多……还是你境界高啊，你说的对！给你点赞！

李：嗯，这才是懂事儿的好老头……

老眼看世事（之一）

北国春城，三月初还是春寒料峭，时常雪花飞舞。但是，年轻人们也许被漫长而寒冷的冬天压抑久了，大家不管家长们的劝说，迫不及待地穿上了单薄衣衫，男生女生都把裤管挽起一截，露出自己的脚脖来。上了年纪的大人都看不惯，但也只能唠叨：春天地下凉气往上返，冻人不冻水，年轻时这样嘚瑟，等老了就有病找上来了，不用不听我们的话，这是我们活了多半辈子总结的经验，我们的老辈人也是这么告诉我们的……

唠叨归唠叨，唠叨是挡不住年轻人对美的追求的，而如今跟风追求的一些所谓美，都是要付出代价的。别的代价暂且不说，单说某些自私的人给别人带来的不便。

就是在这样一个春寒料峭的日子里，我休息时去了浴池，泡了个热水澡。当我从浴池出来走到大街上的时候，我很庆幸自己穿了冬天一直穿的羽绒服。因为在浴池里出了汗，头发也没干，如果不穿厚的羽绒服，不把羽绒服的棉帽子扣在头上，被冷风一扫荡，肯定感冒无疑。

我在路边等来一辆出租车，说明了路线，司机同意我上车，车前副驾驶位置坐了个女孩，扎着厚围脖，戴着绒线棉帽子，身上却穿着单薄的妮子大衣。这位年轻的女乘客和司机聊着天，好像讲的都是她们大学里的事情。我坐到后座位上，松了口气，总算可以把棉帽子摘下来，让我在浴池里泡完后的身体和头发，自然干吧。可在出租车走出不远的时候，我前面的女生，把出租车车窗打开了。本来车里还开着暖风的，这样一来，外面的冷风把坐在后座位上的我，正吹了个正着。我客气地说：这么冷的天，不能开车窗吧？那女生没有说话，司机也没有说话，她们自顾自还在聊着。我仿佛就是车窗外进来的空气。但我坚信她们都听到了我的话。因为她们聊天的话我听得很清楚。

我只好把羽绒服的棉帽子又扣在了头上。

又走了一段路，年轻女生下了出租车。我坐着继续前行。我这时又憋不住了，问司机：你认识她？这个年轻人也太自私了，自己扎着厚围脖，戴着棉帽子，就不管后面乘客的死活，大冷天开车窗，这个季节我们这个城市出租车有行驶中开窗的吗？你怎么不管她？司机斜我一眼，说：惹不起啊！这个大学生，说我给她绕远了，要投诉我。我不怕投诉，可我耽误不起时间啊！没看我一个劲儿地跟她套近乎吗？

我不知道该跟司机说什么，我只是在心里想：以自我为中心，只考虑自己好受还是不好受，不去考虑自己以外的事情，算不算自私呢？

当下生活

老眼看世事（之二）

尊老爱幼是我们中华民族的传统美德，无论在城市还是在乡村，无论我们有文化还是没有文化，但是，教育我们的后代要有礼有节，尊重老人爱护弟妹，是我们每个人在日常生活中都要做好的功课。否则，我们就不配为人父母，或者为人师表。但是，如今的功利思想，社会的实用风气，在影响我们的生活，也在影响我们对下一代的教育。

前段时间，我们几个家庭一起出去游玩，就发生了一件让我耿耿于怀的事件，当然，看似是件小事，但是，这件小事的背后，却让我们深思。

在一个站点上，我们六个人一起上了公交车。当时车上有几个座位，大家坐下了几个人。还有我们的朋友王科长没座位。而朋友小高的儿子，一屁股坐在了王科长身边的座位上。小高的儿子正在读高二，人高马大的，或许正在青春叛逆期，他没有给他身边的王科长也就是他王叔让座。这时，小高对她的儿子说：儿子，你给你王叔让座啊，让你王叔坐。儿子看了一眼站在他身边的王叔，没理。这时，小高又说：儿子，让你王叔坐吧！你王叔是官，你将来肯定能用着你王叔的。这次,小高的儿子腾地站起来,把那个王叔拉到他的座位坐下了。

我看见王叔的脸很红很红,坐也不是,不坐也不是。没有办法,只能坐下了。

其实,让个座位,在生活中是一件不能再小的事情了。而王叔那尴尬的脸红,他心中的五味杂陈,彼此都不用说什么,也无须做任何评论,我想大家也都会明白。因为这个妈妈对儿子说的几句话,那也就是教育,而这种教育实在让我们大家当时都不知道应该说什么好。让年轻人给长辈让个座,目的却是为了将来能用到这个长辈,我们还能说什么呢?家庭教育,学校教育,社会教育,这每一个环节都不能出现错误的引导,否则,就会功亏一篑。何况,我们现在整体环境下,对后代的做人教育就缺失,对我们传统文化的传承就遗忘。所以,我们对后代教育,就要从家庭抓起,从父母自身做起;从学校抓起,从老师的为人师表做起;从社会抓起,从我们人人都做文明人做起。

如果,文明、美德和修养,被功利所绑架,那我们注定是要失败的,也会让我们对这个现实世界感到害怕。

当下生活

老眼看世事（之三）

最近，我得到两个有关大学生的新闻。这里，我不添油不加醋，给大家爆料一下。

一个是，有个帅小伙，在省城某大学读大三。家里是农村的，父母非常勤劳能干，家境算小康吧。他上了大学后，第一年还好，第二年开始，突然消费高了。在大学里跟一帮人比吃喝，比穿戴，比设备。因为家里条件相对来说还好，父母也都尽量满足他。后来，他的高消费，家里已经无法满足他了。为了维持他的可怜的虚荣心，满足他的奢靡生活，他开始在网上借高利贷。半年功夫，就欠了十多万外债。为了挽救儿子，他的父母只好把房子卖掉，替儿子还债。就这样，儿子还是不管父母死活，根本就不理父母的管教，依然四处借钱高消费。后来，他的母亲在采取一切教育手段都无果的情况下，自己拿起刀，没有砍向自己的儿子，而是自己断腕，以此来威逼儿子改邪归正。

古时候，《二十四孝》里有这样一则故事。曾参，春秋时期鲁国人，孔子的得意弟子，世称"曾子"，以孝著称。少年时家贫，常入山打柴。一天，家里来了客人，母亲不知所措，就用牙咬自己的手指。曾参忽然觉得心疼，知道母亲在呼唤自己，便背着柴迅速返回家中，跪问缘故。母亲说："有客人忽然到来，我咬手指盼你回来。"曾参于是接见客人，以礼相待。

那么，我不知道今天这位帅哥大学生，当自己的母亲为自己的错误举刀断腕的时刻，他这个做儿子的心会是个什么样子？他会因此而痛改前非吗？

还有一个事例。有个大学刚毕业的帅哥，在大学里处了个对象，相处两年多。双方父母都见过，都认可两人的恋爱关系。今年，男孩考上了公务员。二人相处一直很好。农历正月初三的时候，男孩还买了礼品去女孩家看望。问题是，男孩农历初四早上，就提出了跟女孩分手，而且态度蛮横，坚决分手。所有的亲人朋友都张大了嘴巴，瞪大了眼睛，搞不明白到底怎么回事。

后来得知，男孩在从女友家回来的路上，遭遇了"劫持"。一位男孩女友的学妹，对男孩表达了爱情。并且，这个学妹虽然大学尚未毕业，但是很有心计，一直跟随男孩到楼下。而且男孩开始没有答应她，但是，这个女孩死追烂打，决不放弃。

女孩在寒风中蹲在男孩家楼下，用手机遥控男孩。微信里不断表达自己对男孩的爱，而且告诉男孩，男孩不答应，她就冻死在他家楼下……

学妹终于成功了，她用半天加半宿的时间就获得了男孩的爱情，轻易就击败了那个用了两年时间和帅哥谈恋爱的学姐。这个帅哥男孩，和前女友恋爱了两年，被前女友的学妹，用了十几个小时，就攻破了，就取代了。

写到这里，我不知道还该怎么说，说些什么？

但我还是只想对男人说：如果一个没有底线，没有定力的男人，注定要失败的。如今这个年代，不要求我们能"八风吹不动"，但也不能"一屁过江东"啊！

当下生活

老眼看世事（之四）

前段时间回老家，赶上大姑过七十寿辰。我很高兴，觉得借大姑过寿辰，能和儿时的伙伴们见一面，叙叙旧，也看看几十年没有见面的伙伴们都变成了啥样。

大姑所在的村，是一个自然村，也就六十多户人家。但是，大姑说，要安排十桌酒席，因为不光本村，前村后屯的，这些年，她在别人家红白喜事中赶了不少礼，七十大寿办一场，也往回收收礼。其实就是这样，礼尚往来，也是人之常情。

大姑的儿女们，提前一天请来厨师，算好酒席上要准备多少道菜。让我大吃一惊的是，竟然要上十八道菜，当天就开车去城里买来菜肉鱼酒等。

在农村，放席是一件很热闹的事情。记得我小时候，谁家有红白喜事，大家头一天就早早来帮忙，而且年轻人居多。年纪大的指挥大家做事，带领客人的就是总指挥，俗称待客（qie）的，事情办得都是轰轰烈烈，热闹非常。过去谁家办事情，开席也都是村里的老年人先吃，淳朴的民风让我一直很怀念。而这次，大姑寿宴的前一天，都是自己家的几个儿女在忙活。第二天早上，我早起来到大姑家，大姑家竟然一片冷清。直到日上三竿了，才陆陆续续来了几位大娘大姨，她们的手里都牵着四五岁的孩子。后来，又陆续来了几位走路打晃的大爷大舅。看到这样的情景，我也只好下手帮助忙活了。

通过聊天才知道，我儿时的伙伴们，竟然没有一个在村里的。有的早已移居到城里了，没移居的也都在正月里就外出到城里打工去了。这些年，农村建设基本完成，所以五十岁以下的成年劳动力都去城里了，上学的青少年也都在城里或者镇里的学校。

中午十二点，酒席开始了，这时我发现，陆陆续续从各户走来一些老人和孩子，再不就是身体有病的，也有从田里刚回来的人，但是我对他们都很陌生，因为这些也都是六十岁以上的人。

儿时的伙伴，我一个也没见到。而且，我听大姑说，她办寿宴，成本是很高的。所有炊具餐具都是从镇上租来的，厨师和打杂的，都是花钱雇来的，因为现在农村劳动力很值钱，打一天零工都要一百多元。如今，老亲故邻之间的往来，也没有过去帮忙帮工的概念，都是用金钱去度量了。

大姑看到她摆的十桌酒席都坐满了人，很高兴的样子。我看了看满桌的老人和孩子，心里觉得很失落，也很荒凉。

如今，农村建设得很好，国家投入资金很多，大家的居住条件都变好了，生活也很好。现在农村比过去强百倍，但是，物质生活好了，总还是觉得缺少了点儿什么……

当酒席散了的时候，我看到，桌子上的饭菜剩了很多，那些鸡啊，鱼啊，肉啊，几乎没动，还那么诱人地躺在租来的盘子里……

老眼看世事（之五）

A

我有时真想对我居住的小区里的邻居们大喊：你们别打了！你们别吵了！请你们安静安静！

然而，我却无法喊出，因为我不知道针对谁去喊。

那天，我下楼去散步，在小区的儿童游乐园门口，目睹了一场纠纷。开始，是两个年轻的妈妈，带着自己的孩子，在游乐园里玩，玩着玩着，两个孩子就到一起玩了，两个大人也开始聊天。这时，一个孩子突然把另一个孩子打哭了。一个妈妈问：你怎么打人呢？另一个妈妈问：你为什么挨打啊？两个妈妈问的都是对方的孩子。一个孩子大哭：这个木马是我的，别的小朋友不能碰……另一个孩子也大哭：我也要玩……

这个木马是我的，不让他碰……

我也要玩，我也要玩……

一个妈妈说：我儿子不让你家孩子碰，你家孩子就别玩木马了……

另一个妈妈说：这是游乐园，公共设施，谁都可以玩……

两个孩子没有打起来，两个妈妈却打起来了。突然，又来了几个人，打在一起；后来又来了几个人，一场混战开始了。我想上前拉架，但是不知道应该拉谁，只大喊了一句：别打了！但是，仿佛没人听见，直到110来了，混战才结束。

这时，我发现，那两个孩子，正惊恐地站在一边，他们的两只小手紧紧拉在一起……

B

一天晚上，为了赶稿子，直到半夜十二点多了才睡下。因为很疲劳很困倦，躺下就有了睡意。可突然从楼下传来高亢的摇滚音乐声，这在夜深人静的时候，那声音的震撼力和穿透力，直接把我震醒了！我想，这是富二代从夜场带着"兴奋剂"回来了，一会儿车进了库，上楼睡觉就安静了。

太超出我的想象了，车是停下了，但是，音乐没停，还在继续播放。过了十分钟左右，音乐还在楼下继续。我开始抱怨这楼，如此高价，窗户的隔音效果却如此糟糕。

我躺在床上，听着楼下的音乐，猜测着其他邻居的感受，也许，大家习惯了，睡着了，这种音乐对他们已经没有干扰。突然，音乐不响了。我想，这下可以睡眠了，明天还有工作任务呢。

还是我想多了，音乐停了，开始有男声女声唱歌了，这回是真人版的了。我躺在床上，听着他们在放肆地疯狂地宣泄……

实在是睡不着，我好奇又气愤地趴到窗上看，只见几位年轻人在勾肩搭背，声嘶力竭，沉浸在自己的自私世界里……突然，对面楼上有人开窗对下面的年轻人大喊：还让不让人睡觉了？能不能安静安静？大半夜的！

年轻人好像听到了对面楼上有人喊，因为他们同时把身体转向对面楼，把头抬得更高，嘶哑疯狂的声音也更高了。对面的窗户随之也无可奈何愤怒地关上了。

这一夜，我失眠了，或许我失眠的原因并不完全来自他们的声音。

过年还钱

春节到了,大家都要走走人情,看望一下亲戚朋友,有表达孝心的,有表达敬意的,有报恩的,有还情的,也有还债的……大家选择在春节期间的表达,这是我们老祖宗留下的习俗,也算是我们的年关文化。

尤其是平时或者过去欠了人家的人情,都要选择在春节时候回报,春节是一个由头,也是表达自己在春节这样重要的日子里,对那份情义的重视。

如果是欠了人家的钱,一般也都要在春节之前还给人家。如果欠钱没有按约定还款的话,则更要在过年之前全部还给人家或者部分还给人家,同时还要登门拜访,表达自己的感恩之意。

昨天,我的既是亲戚又是多年好友的A来了,见面寒暄后对我说:哥们儿,好久不见了,今天来看看你,和你说说话。

我笑笑,真诚地说:哥们儿这么多年,有话随便说啊。

朋友A眼睛亮了一下,看样子很激动,说道:你说这年头,什么最重要?要我说,亲情和友谊最重要!虽然现在是很现实的物质社会,大家都把钱看得比什么都重要,其实你想想,钱算个什么东

当下生活

西啊？钱生带不来，死带不去，就是一张彩色的纸，钱能买来亲情和友谊吗？你说是不是？

他说到这，停了下来，眼睛亮亮地看着我。

我笑了笑，点点头。

他看我点头，声音提高了很多，继续说：我最看不起的就是那些眼睛里只有钱的人，一点也不讲究亲情和友谊，把钱看得那么重，不讲亲情，不讲友谊，更不讲诚信，就更别说有什么义气担当了。做人要有人情味，不仅对亲戚朋友要有责任担当，对社会上其他人也要有责任和担当！要把钱看成身外之物，要视金钱如粪土，把亲情和友谊看成和生命一样重要，这才是君子。这年头，君子太少，小人有点多。所以，咱们要做君子，不要做小人。我们千万别把金钱看得太重啊，这个世界上，只有亲情和友谊才是第一位的，才是我们人生中最重要、最宝贵的……哥们儿，你说我这观点是不是人生最宝贵的真理和财富？哥们儿，你就说，我说得对不对吧？

我突然明白了他的意思，只好实话实说，否则他还会讲出语言重复率很高的话来。我咽下一大口口水，平静地说：哥们儿，我知道你现在生活挺好，也不差钱。但是，你三年前借我的那壹仟元钱，你什么时候方便什么时候还，我不急用，亲情和友谊比钱重要……

他一听我说完，马上从沙发上站起来，脸都涨红了，我以为他是被我说得不好意思了，但我发现他是激动的，他兴奋地说：哎呀妈呀，你说得太对了！就是亲情和友谊比钱重要！

我还想再说点什么，他已经在脸上挤出一个胜利者的微笑，匆匆走了。

灯火阑珊处

我所居住的小区,在省城三环内。这里算是省城的比较发达繁华地区。我所居住的小区,不算太大,六百多户居民,小区周边的配套设施很全面,但小区物业管理一般,不过也被街道评为了模范小区。

这样的小区,应该说在城里居住,也算很舒服,很幸福,实现了安居乐业的目标。

可是,我住在这里,越住时间久了,越感到孤独,而且有了强烈的渴望。我渴望什么呢?我想能够认识一个单元里的邻居,可我总碰不上;我想时常能够见到隔壁的邻居,说说话,唠几句家常嗑,可我一个月能碰上一回邻居,就像中奖了似的。

邻居是小两口,他们的孩子四岁,可这一家三口,很少在自己的家里住。他们有时去男方父母家里住一段时间,有时去女方父母家里住一段时间,有时出去旅游,而且女方在婚前还有一套在闹市区里的房子,他们一家三口偶尔还要去那里小住几天。就是这样,我想看到邻居一家三口,确是很难的。

至于单元里的邻居,更是很少碰到,偶尔在上下班时间,碰到

当下生活

一两位，彼此点点头，也不知道他们住在几楼。因为很少能够见面，所以大家都是陌生人。

我常常想，我是这个单元里回家最多的人，是这个单元里自己在家做饭最多的人。因为我觉得，热爱生活应该从买菜做饭开始。我早餐自己在家做，吃完上班，中午在单位食堂吃，所以晚上买菜回家做饭就显得很重要。我晚上下班，都会按时回到家中，收拾卫生，开火做饭，经营自己的生活，让自己的日子过得有声有色。吃完晚饭，我都要下楼，在小区里散步锻炼，也要去小区设置的固定区域，玩那些体育器材，把自己锻炼到出了汗舒服了为止。我不喜欢去那些室内场所锻炼，我觉得屋子里空气不好，不接地气。

因为除了工作时间，我大部分时间都是回到家里，或者在小区里活动，所以对小区就很了解。我一般是吃完晚饭就下楼，大概是六七点钟，我在小区里活动锻炼一般是两个小时左右，回到家中大概是八九点钟。总之，在我认为应该家家户户都有人，灯应该亮的时间，我恰恰看到的是，只有我的窗户里的灯是亮的（我下楼锻炼期间，屋里也开着灯），我住的单元，十天有八天，除了我的窗口亮着灯，其他窗口都是黑的。所以，我做了认真观察，我住的整栋楼，百分之八十的人家，应该有人的时候没有，应该亮灯的时候没亮。所以，我们这个模范小区里，每到夜晚时分，大多数人家的窗口里是黑的。

如果小区里的路灯不亮，如果没有小区外高楼的广告灯，我走在小区里，或许会害怕的。这让我想起了，在我们这座城市的五环外，我有个朋友住在一栋高楼里，他说那栋十八层高的大楼里，只有他一家住，虽然房子都有主的，但是没人住。朋友一家住了一个月，就跑了。他说，让人害怕，更让人孤独。

  人是群居动物，即使陌生，也要群居。为了群居，有时多花钱也愿意。所以，我们都愿意在市中心或者繁华地段居住。因为我们喜欢群居，所以也助长了房价？

  我住的这个小区，房价在以每年每平方米千元速度上涨。小区里的房子都是有主人的，而且一房难求。可是，既然房子有主，又是用来住的，可是为什么每当夜晚来临之时，却都不开灯呢？也看不见人影呢？

  我常常在黑洞洞的楼下，想着那些空房子和那些还在疯狂建设中的高楼大厦，忧心忡忡，深感孤独。

  或许，房子的意义已经不在灯火阑珊处。

借光二题

我们常说借光,就是自己方便了,借了别人的光,沾了他人的光;有的光是自己刻意争取的,也有的光是无意中得到的;但是无论有意无意,借光都是为了方便自己,或者觉得自己占了什么便宜。不过,我们在生活中,有时借的光很温暖,有时也很阴冷。

借路光

在我居住的小区大门口,画了很多禁止停车的网格状黄线,但这并不起什么作用。大家为了方便自己,都争抢着把车停在离小区大门最近的地方。有一天下午,我路过小区门口的时候,突然被尖厉的汽笛声吓了一跳,紧接着就是婴儿的大哭声。我回过头,看见一辆奥迪车停下来,车前是一位大妈怀里抱着一个婴儿,身边站着一位年轻的妈妈。大妈此时在哄着怀里的婴儿,显然婴儿是被刚才突然的巨大鸣笛声吓坏了。大妈愤怒了,指着车里的司机骂。这个司机把车窗摇下来,我看清他是个健壮的小伙子。

大妈气愤地说:你没看见我抱这么小的孩子吗?都到小区门口了,你怎么还按喇叭?

青年司机也大声说：我看见了，你们不快点走，我怎么停车？

大妈说：看见我抱着小孩儿，你还按喇叭，把我们吓坏了！

青年司机说：怎么，你抱小孩儿，我就不能按喇叭了？

大妈说：难道你妈妈生出你的时候，你就这么大？

司机说：我多大跟你有屁关系！

大妈说：你将来不会有孩子！

司机说：我也没想生什么孩子！

大妈无语了，年轻妈妈把大妈拽走了，大妈怀里的婴儿还在啼哭……

借热光

我所居住的小区很大，小区里的一条宽马路把小区的楼房一分为二。这个小区供暖一直不热。后来有一天，我住的这片突然热乎起来。而另外一片还是不热。

我们这片的居民就很疑惑。

关键的问题是，我们这片的供暖，原来和另一片一样的，都不好，现在却突然一直很好。

大家议论纷纷，寻找原因。

有知情人说：热不热跟供暖没有关系，主要看是谁在这里居住。

又说：我们这片，因为是某领导的爹搬来居住了。

大家说：不知真假。

我说：生活中，我们在不知不觉间，或许也是能借上热光的。

当下生活

借酒光

我有一个特别要好的朋友，我们经常在一起学习、工作、玩耍。他是一个特别善良又讲义气的人。我们脾气性格都投得来，所以一直都是非常非常要好的好朋友。我们两家也都因此处得特别好。

我和这个朋友在一起，唯一不和谐的是，他特别喜欢喝酒，而我不喜欢。所以，这个朋友经常组织酒局让我一起参加。开始，碍于好朋友的面子上，我也参加。可时间久了，我觉得像他这么喝酒，身体就完蛋了，也浪费时间。我真诚地劝过他，让他为了自己的身体，也为了家人和亲朋，少喝酒，或者适量喝。但我发现，我的劝说毫无意义，而且他越喝越厉害，他的家人也劝，也都无济于事。他经常聚集了几个和他一样热爱喝酒的人，几乎天天都喝。我觉得他是堕落了，没有正事儿，对自己和家人不负责，我开始讨厌他的酗酒了。所以，他再组织酒局的时候，我就以各种各样的理由推脱，不参加了。

但是，因为我们两个是多年的好朋友，他家里人也委托我劝他少喝酒，我也就偶尔参加他的酒局。他那些朋友喝酒的时候都是劝他多喝，而我是劝他少喝。虽然劝归劝，他喝还是照样喝，可我觉得作为好朋友，还是要在他喝酒或者不喝酒时劝他少喝酒，要为自己和家人负责。

因为我们对喝酒的看法不一致,我们就渐渐疏远了。

可突然有一天,这个朋友找到我家里,硬把我拉到他已经准备好的一个酒局,他的那几个酒友都坐那里看着眼前的酒杯吞口水呢。朋友说,时间长不见面,很想我,所以才去家里把我硬拉出来。虽然长时间没见面,酒桌上还是我劝他少喝,他和他的酒友正常喝。喝到晚上八点多,我看他们喝酒吹牛闹心,就先撤了。

第二天上午,我接到了朋友妻子的电话:昨晚你们让我老公喝多少酒?他喝得脑出血,住院了!你们都是些什么朋友?狐朋狗友!

我去医院看望朋友的时候,做了解释。但是,我看到朋友的家人,都用那种埋怨、怨恨、异样的眼光看我。他们家人过去对我那温暖的眼光,都变成冰冷的利剑。我心里清楚,我借了朋友的酒光了。

当下生活

等气

朋友一年前去南方暂住,临走时为了安全,请燃气公司来把进户的燃气阀门关闭了。现在要回来住了,于是把相关的证件和手续用快递邮寄给了我,让我去燃气公司跑跑,把燃气的栓给打开。我想,这么简单的事情,我再忙,抽空去趟燃气公司申请一下,就完事了。可我万万没想到,不跑不知道,一跑吓一跳,看似简单的事情,我跑了一个多月,竟然没把朋友房子的燃气栓打开。

拿到朋友快递来的相关证件,我第一次去了燃气公司的服务部门。接待人员很热情,问清了情况,让我到了指定窗口,办完了申请手续。服务人员告诉我,会有相关人员,在一周到半个月内,给我打电话联系,然后上门给开栓。我请求最好快点,因为我的朋友近期要回来住,要吃饭。服务人员说,你就回去等吧,尽快去,去时候给你打电话。

过了多少天,我的确忙忘了,朋友从南方打电话来问,我才突然想起,算了一下时间,竟然过去十多天了,没有接到燃气公司的电话啊。我只好给燃气公司给我留的电话打电话,接电话的师傅说,你等吧,还没排到你家呢,排到了就提前给你打电话了。

又过了两天，燃气公司打来电话，预约了时间，来到朋友的家。燃气公司两位年轻的小师傅，态度很好，检查了一下燃气管线，然后说，你家的表后管线不行了，不能再用了，换管吧。我问他们，怎么换啊？他们告诉我，让我再去燃气公司申请，就说需要换表后管。我说，那你们来现场了，不能直接申请，然后给换吗？他们说，这是另一个部门的事情，公司有规定的。于是，我又跑了燃气公司，又申请了表后换管。我又问了需要多久，服务人员说，快的，去你家之前会打电话通知的。

一个多星期后，有自称燃气公司的工作人员给我打来电话，要看表后换管的现场。工作人员很认真，看了后，给我讲清了换管的流程，做了一个《收费标准确认单》，我一看，这么简单的事情，收费四百多元。但是，没有办法，你不换管，就开不了栓，你别无选择。征得了朋友的同意，确定换管。我又问了下时间，这个工作人员说，《收费确认单》上有电话，你打电话申请一下。但是，你申请之前，要找人在入户的墙上打一个眼，直径要五厘米大的。我说，原来不是有进户的眼孔吗？他说，原来的小，老的眼孔不能用。我说，既然你们是做工程改造的，为什么墙眼还得我们客户自己打？他说，这个我们是不管的。

第二天，自己去找了个能打墙眼的人，按照燃气公司工作人员的要求打了个墙眼，花了一百元。打完墙眼，按照《收费确认单》上留下的电话，申请换管。这次接电话的是位女士，态度很好。我申请完之后，又问什么时间能来给换。这位女士电话里说，时间真不确定，因为现在领不出来料，公司不给发料。我有点生气，我们是客户，我们是花钱的客户，打墙眼都得我们自己打，就换根表后

当下生活

的进户管，不到两米长，怎么就这么费劲呢？这位女士说，他们也没有办法，只能等公司发料，你如果有能耐，去找领导去。电话这头的我竟然无言以对。这位女士最后说，先生，你就等着吧，上门前会电话通知你的，请你保持电话畅通。

又一个周过去了，我还没等来燃气公司来给换管开栓的电话。算算给朋友办这个事情的时间，一个多月过去了。

朋友在微信里问我进展情况时，我在微信里回复他：等——气——吧。

帅哥与美女

帅哥大伟

大伟,是典型的帅哥,从音乐学院毕业,通过老师推荐,到市艺术团去应聘歌唱演员。艺术团的胡团长听了他的歌,摇了摇头,说:"你的声音太纯正了,你的歌唱得太字正腔圆了,等等吧。"

大伟瞪着一双红眼睛,走出市艺术团的时候,狠狠跺了一脚。不过,这一脚什么作用也没起。

大伟生气,就到桂林路上卖唱。他想,反正就这样了,疯狂地唱吧。他弹着吉他,拼命唱,也不考虑什么保护嗓子了,一唱几个小时,每天都把嗓子唱哑,喊到筋疲力尽为止。

一晃,唱了半年多,虽然每天挣的钱不多,但也填补了他内心的空虚。大伟这半年多,完全变成了另一种风格,朋友戏称:沙哑派。

有一天,大伟在桂林路街边唱完最后一曲,突然有一只手拍了他的肩说:"我听你听了三天了,我知道你叫大伟,我是市艺术团的胡团长。但是,半年前的那个大伟我不要,半年后的这个大伟我要了!明天去市艺术团报到!"

大伟的嗓子已经哑了,一句话也说不出,半天才缓过神来。

当下生活

火车上的美女

火车在四平站停下的时候，又一拨旅客走上来。坐在我对面的那位年轻漂亮的美女，急忙把手提包从茶桌上拿起放到身边的空座位上，从四平站上来的旅客，每走过来一位，都客气地问："请问这儿有人吗？"那位年轻漂亮的美女或点头或回答说："有人。"每一位询问的旅客都叹息或失望地离去。

面前这位美女在前站一上车坐到我面前时，我对她的感觉是"太美"。喜欢接触美，认识美，欣赏美，这大概是人的本性吧？于是，我这个不善言谈的人主动跟她打招呼，通过简单的交谈，得知她是省城一所大学的大四学生，放假回家了，今天和我坐同一趟火车返校。她说话声音曼妙动听，穿着干净时尚，相貌清纯靓丽，我简直要把她当成"女神"了。

火车从四平站又开始出发了，她把手提包从身边的空位上又拿起重新放到茶几上。这时，我真有点疑惑了。我说："你这是——我以为四平站能上你的熟人呢！"她嫣然一笑，笑得是那么清纯甜美，说："两个人坐太烦人，我一个人坐多舒服。"我愣怔地看着这位美女，仿佛不经意吞了一只苍蝇，努力憋住一口气，把它吞进肚子里。她说完这句话，嘴角漾现着深深的酒窝，望着车窗外，恰好一缕阳光透过车窗打过来，把她年轻俊美的脸庞映照得更加美丽……

我盯着她的侧影，看着她那白净的脸庞与深深的酒窝，还有那时髦的发型……突然，火车一阵颤抖，我的胃里也跟着一阵阵往上涌着什么。

一会儿给你打电话

去年,我们和一家单位合作,合作结束了,这个单位还欠我们一笔尾款没付。联系对接的那位山部长,比我小,也就三十多岁。刚开始,我们每次打电话对接工作的时候,他都亲切地叫我:尊敬的大哥。后来因为工作接触多了,一来二去,成了朋友。为了能让工作顺利进行,我时常请他吃饭喝酒。这样,就越走越近。后来再打电话时,他就直接称呼我:大哥。

合作的项目结束了,按照合同,项目尾款应该付给我们。虽然款不多,但是,欠了一年多也没兑现。于是,我就经常给山部长打电话。开始打的半年,他都说:大哥你放心,你对老弟那么够意思,我一定跟领导请示,尽快把你的款兑现。到时,我给你打电话。就这样,每次打电话,他都是这么亲切而坚决地告诉我。但是,我每次打完电话,他都没有了下文。不但款没有兑现,就是连个电话也没有。一晃,半年就这样在他的承诺和安慰及我的等待中过去了。

去年的下半年,我多次给这个山部长打电话。他每次接到我的电话,都很巧,不是出差在外地就是开会。每次接我电话都很热情亲切地说:大哥,我在开会……大哥,我在出差……我回头给你打电话。

去年年底，我总结了一下，我给他打了无数次电话，他都是亲切地告诉我：大哥，我一会儿给你打电话。但是，去年一年里，我从来没接到过他给我主动打来的电话。

今年上半年，我又给他打了几次电话，他还是亲切地说：大哥，你放心，你的事儿就是我的事儿，到时我给你打电话。

就这样，又是半年过去了，我也没有等来他的电话。后来，我失去了信心和耐心，或者说我失望加了绝望，不再打电话。

前段时间，我们单位有关人员催问我这个项目的尾款情况。我没办法，又硬着头皮给这位山部长打电话。该说不说，我每次打电话，他都热情地快速接听，这一点让我十分感激他。这次打电话，他还是很快就接了，而且马上听出是我声音，亲切热情地说：大哥，我这边忙，一会儿给你打电话。就这样，我又陆续给他打了几次电话，催那笔尾款。他每次都是很快接我的电话，然后很热情很亲切地说：大哥，我一会儿给你打电话。但是，我还是从来没接到过他主动打来的电话。

如今，又大半年过去了，可我想想都害怕。我现在不敢给这位山部长打电话了，我怕他那么热情而亲切地在电话里说：大哥，你放心，我一会儿给你打电话。

我们被谁绑定

家里要安装宽带，就去了联通营业厅。正赶上店里在搞惠民活动，经过导购小姐的热情介绍和推荐，最后选择了白送一部手机（据说价值千元）安装宽带的业务，又选了个联通电话号码。我其实已经有两个联通号码了，也有了两部手机，但是，为了"占便宜"，为了能免费拿到一部手机，我还是在导购小姐的劝说下，又新办了号码。这个手机号码和家里的宽带捆绑在一起，如果新办的手机号码不跟家中新安装的宽带捆绑在一起，联通公司是不给你这个手机的。在导购小姐的热情服务和引导下，交了钱，心里很是高兴，因为占了便宜嘛。

用了两个月才发现，和家里宽带绑在一起的手机号码是有最低消费的。如果你每个月花不到联通公司规定的那个钱数，直接从你手机卡里扣除，而你那一次性交的宽带网费已经和这个手机最低消费的钱数，不发生关系了。发生的关系是，你如果不用这个绑定的手机号码，那么对不起，家里宽带也要停掉。如果认真算算账的话，我们是没有便宜可占的。我们所占的便宜是，我们的手机号码和宽带被绑定了，我们也被绑定了。

当下生活

前两天去农业银行咨询，咨询的问题是我们杂志社的对公账户。在办理开户的过程中，给我们设定了一项手机短信服务功能，就是账户每进一分钱或支出一分钱，都会有手机短信提示，短信发到我们提供的手机号码里。每个月短信服务费是十五元，直接从账户里扣除。现在的问题是，我们的财务业务很少，而且并不需要这项短信服务。于是我们就去找银行咨询，想取消这项短信服务功能。银行很坚定地说：取消不了。我们质问：为什么？银行告诉我们：因为当时办开户的时候就有这项服务，已经绑定了！我们没有办法。因为我们原来的开户行在另外一个区，离单位很远，为了方便工作少浪费时间，才把对公账户迁到这个离单位最近的银行。就在本市，在农行系统内，迁个账户，我们有关人员跑了一个多月，跑了无数趟。所以，想一想我们怕了。只能认了，被绑定就绑定了吧。

有个朋友说，他的朋友在供电部门工作，参加工作十年，月薪一万多，还不算那些奖金什么的。我们杂志社的员工参加工作十年，月薪三千元，几乎没有什么奖金。其他国有企业退休的人员，退休金一两千元，在机关事业单位退休的五六千元，有的更多。

我们日常生活中，老百姓必须要用电；我们办事必须要去那些机关事业单位等有关部门盖章。所以，电价、水价等，我们定不了；我们办这事儿那事儿，同意不同意，我们说了不算。

所以，我们没有办法。我们只能被网络绑定，被手机号码绑定，被水、电、气、油表绑定，被那些印章绑定。

当下生活

轻轨车上偶遇

从火车站坐轻轨回家，要经过十几站。下了火车，虽然历经了拥挤和嘈杂，但还是很顺利地冲上了轻轨车，并坐上了座位。刚落座，我的旁边好像山倒了一样，一个高大的中年男人，带着一股冷风坐在了我旁边。我仔细一看，呵呵，这个男人真厉害，两只手各拎着一个旅行袋，一个大口袋，背后还背着一个大大的旅行包，脖子前还挂着一个包，他整个人几乎被包给包住了。他加上他的包，占了两个人的座位，而且身后的包一部分已经越界到我的鼻子底下。我看着他想，我幸好什么包都没背。我最讨厌出门带包，太麻烦，太费劲了。我看见和他一起坐下的还有一个中年女人，女人怀里抱着一个四五岁的孩子。

轻轨车开动了。这时，男人对女人说："你看咱们这次带这么多东西，都没用完，回家什么都不用买了。"女人侧脸跟他说话："是啊。今天还行，这节车厢人不多，还坐上座位了。"

因为男人背着的和拎着的东西太多，他的身子在座位上前倾着，这样我就能看见那女人的脸，看见男人的半张脸和挂着包的后背。

女人突然又说："老公，完了，我把吃的忘在站台的座位上了，为了赶车，把那包吃的忘了……"

男人似乎很意外："什么？"

女人的脸变红了，内疚地说："上车前买的那包吃的落到刚才站台的座椅上了……"

当下生活

男人很干脆地说:"这站到站,咱们下去,你在站里等我,我回去取!"

女人听男人这么说,用满是愧疚满是乞求的口气说:"那点吃的东西花了不到十元钱,还下吗?"

男人坚定地说:"下,我去取,你在这站等我!这站内坐轻轨,往返都不用再花钱。"

轻轨上广播报站了,下一站马上要到了。

女人低着头。又说:"下吗?"

这时,男人已经站起来,因为车要停时的惯力,让他摇晃起来,他手提肩背的包仿佛风中的葫芦左摇右摆。车一停,他就坚定地说:"下。"他像一座山一样横着冲下了车。这个同时,那个女人,也抱着孩子趔趔趄趄冲下车去……

轻轨车一站行程大约五分钟,轻轨车又开动了,奔向下一站。可我被刚才身边这一幕搞得心酸酸的。我觉得,这对夫妻,拿了那么多东西,带着孩子,回到上一站去取落在站台上的不到十元钱的食品,让我心酸,也让我感动。我又想,他们回去还能拿到那包落在站台座椅上的食品吗?也许是他们的日子过得艰难?

望着车窗外,我想起了去过的大学食堂,那里被扔掉的食品不计其数;就在前两天,我还亲眼看见,有四个年轻人,要了几百元的一桌酒菜,走时剩下多半,而且他们走时对浪费的酒菜的那种不屑,那种洒脱,让人觉得他们仿佛不食人间烟火似的。

不知道为什么,在轻轨车上偶遇的这一家子,让我念念不忘,让我情不自禁地检讨起了自己。我有个坏毛病,出门出差不愿意背包,不愿意拎东西。下一次出差的时候,我要背包,从节约一次性包装袋开始做起。

退一步，为了更好地前进

前两天，在火车站坐轻轨回市内的家，这个车坐的，竟然把我挤得心事重重。

在长春站坐轻轨4号线，是始发站，大家都在排队等车。车进站了，我本来排在前面，站在左侧，方便下车的旅客。无论是地上的箭头标识，还是我们掌握的交通知识，或者是我们养成的习惯，都是车上旅客先下，然后乘车旅客再上车。上车旅客一般都是站在左侧，或者左右两侧，留出通道，让车上的旅客先下来，上车的旅客再有序上车。这本来是一件很顺畅的事情，但是，在我们的生活中，大家只有一个字：我！就是这样，我被后侧突然拥挤上来的旅客推到了一边去。我只好懵懵懂懂站在边上看。外面的旅客都发疯一样扎堆往车里冲，车里的旅客拼了命地往车外冲，就这样，两拨旅客拥堵在车门口，进不去，出不来。这时，下车的旅客中有一大汉，大骂一声，用尽了全身力气，横着膀子冲撞过来，杀出一条血路，

当下生活

把上车堵在门口的旅客撞到两边，后面车上的旅客这才跟着他冲出来……

我认真观察了，其实上下车没有多少旅客，因为是终点站，也是始发站，就几十位旅客，如果大家都退让一步，按照规矩有序上下车，是一件很畅快、很顺利的事情，既不会拥堵，也不用争抢，大家都会很省力气，而且还会节省时间。

我又想了想，其实，大家之所以争抢上车，也无非是想抢个座位。而这趟轻轨车，全程也只有五十分钟。为了坐个座，就忘记了所有的规矩，忘记了他人，心里只有自己和自己的屁股，这难道不值得我们反思吗？

我又想，如果我们这个群体，将来有一天，面对救命的食物，我们会怎么样？

我还想，如果有一天，面对生死，我们又会怎么样？

如果按照这个思路想下去，我还真就不敢再往下想了。

那就请我们大家，我们每个人，都自己想想吧。

我们应该补点什么？

最近，采访一位做保健品的小老板，他说：现在的保健品行业是暴利行业，你生产的保健品，只要吃不坏人就行。我们几个人听到这话，有的保持了沉默，有的暧昧地笑了；而我听了，目瞪口呆，浑身直发冷。

是啊，如今我们的生活好起来，年纪稍大的人都开始注重身体保健了，因此，成全了一大批保健行业的人。但是，有的人，为了暴利，就丧失了人性，成了金钱的走狗，生产了一些没有保健功能的保健品，甚至还有人做出了一些不合格或者对身体有害的保健品。很多保健品已经成为"毒品"。这些年，媒体也曝光了保健品市场大量的产品问题，但是，这些问题在利益的驱使下，都是"摁倒葫芦起了瓢"，有人仍然不顾法律和道德的约束，继续做着伤天害理的事情。

某些人的信仰缺失，灵魂已经出现了严重的问题。良心坏了，又怎么能做出好的保健品？这让我想起我们的药品、食品安全问题。我们作为老百姓，是最直接的受害者。尽管国家早就开始抓这些问题，但是，法律只能解决"果"，"因"还是难以解决的。有人开玩笑说：发现制造有毒、假冒伪劣产品的人，应该就地枪决！看看

当下生活

还有没有人为了利益就丧失天地良心！这虽然是玩笑话，但是，足以看出大家是多么痛恨这些毫无原则和底线、没有人性良心的人。可问题究竟怎么解决，让这些人回到理性、人性上来，根本的问题，还是教育的问题。所以，我建议，给这些失去道德底线、没有良知的人补补课，经常给他们补补道德、法律的课。

说到补课，又让我心情大坏！该补课的，没有人给补；而不该补课的，却正在发生。最近，一位朋友说，他的女儿在上初中，天天都要补课。他问我：你知道一对一补一堂课要多少钱吗？我往最高里说：一百元。朋友苦笑加嘲笑地说：一百？美元都不够！现在，本校老师一对一补课一堂课八百元，名校老师一对一补课一堂课一千六百元！我说：你别开玩笑了，那不是抢劫吗？老师怎么能干这种事情？朋友急眼了，瞪大了眼睛跟我吼起来：你不知道补课的水有多深！国家有关部门三令五申不允许老师补课收费，但是，大家为了利益，都在补课收高价。有的老师更恶劣，上课不讲正课，业余开补课班，收高价，收的补课费竟然是学校工资的几十倍。甚至有的老师，学生不去他那里补课，就给学生脸色看，给小鞋穿。家长为了孩子，只好忍气吞声，给孩子补课的钱比上学花费的高几十倍，甚至因补课致穷……我被朋友的愤怒和无奈搞得无以言对。

关于老师课余时间补课的事情，我也听大家议论过，收费也听说过。但是，我不相信补课老师们会收那么高的价钱，因为老师都是国家财政开支；我也不相信有的老师，为了补课挣钱，上课时不好好讲课，因为老师是阳光下最神圣的职业，他们是人类灵魂的工程师。

或许，我们的老师也应该给自己补补道德、责任、良知的课。

当下生活

我真不想有病

最近一段时间，一直心情不好。原因是，一直和病人打交道，而且还要和医院打交道。

月初，回老家看望叔叔。叔叔在乡下，有气管炎，也是老毛病。他这病，每年入冬时节就犯，犯病就得住院。以往每年这个时节犯病住院，我都要资助他一些钱。叔叔每年几乎都是这个样子，辛辛苦苦劳作一年，攒下点儿钱，到秋后就得住院。一住院，也就等于一年白干了。

今年得知他又住院了，我驱车几百里回老家去看他，也想再帮他承担一些住院费用。到了老家的县医院，见到了叔叔。跟叔叔聊了几句，才知道他已经住院一周了。我问住院费用的事，叔叔告诉我后，我也觉得很欣慰。因为叔叔多病，被评上了低保户。因为是低保户，叔叔住院的绝大部分费用都由新农合报销，自己只要承担床费和门槛费就行。这对叔叔来说，真是解决了大问题。叔叔用他沙哑的声音说，真的感谢党、感谢政府。叔叔是老实巴交的农民，不会说巴结谁的话，也不会说那些赞美的话，更不会说假话。我看他眼圈泛红，因为那些话是发自他那多病的肺腑的。

我要离开的时候,正好赶上大夫来查房,我就顺便问一句:"我叔叔的病怎么样啊?"大夫黑着脸说:"那还能怎么样?打针吃药呗!"我又问:"还要住多久可以出院?"大夫没好气地说:"那要看病情!反正他打针吃药也不用自己花钱,住呗!"这个大夫说完,气哼哼地走了。

我气得脸都红了,强压住心头的怒火。这个大夫怎么这个态度啊!叔叔羞愧地说:"我没给他红包,也没给他买水果,住院还得麻烦人家……"

我告诉叔叔,不要惯他们这个毛病!你住院是享受国家给你的福利,不是他给的。他作为医生,工作是他的职责!你不欠他的,他工作,医院给他开支!

叔叔看看我,眼圈泛红了,有气无力地说:"我住院治病,国家花钱,又累人家医生护士……"说到这儿,两行浑浊的老泪从叔叔的眼里缓缓流出来。他又可怜巴巴地看着我,哽咽着说:"其实,我真不愿意住院啊,真不想有病啊……"

守住我们内心那块净土

现在，我们的物质生活已经达到了十分丰富的程度，社会上各种各样的生活现象更是五花八门。因此，我们在这样一个物质生活极其丰富的人生大舞台上，就会面对千姿百态的、极具杀伤力的诱惑。面对各式各样层出不穷的诱惑，就需要我们具有一定的抵抗力。如果抵挡不住诱惑，就要沦落，就要超越我们做人的底线，逐步从道德底线逾越到法律红线，直至犯罪。

最近，媒体报道了一个年轻女孩为了挥霍而走向犯罪的案例：长春某女孩，只有二十四岁，风华正茂，年轻漂亮。但是，她染上了高消费和网络赌博的恶习。从大学三年级开始就过上了纸醉金迷的生活，吃喝玩乐加上赌博，仅用三年时间，就把父母积攒的一百多万元挥霍一空。后来，父母为了不让她走进监狱，竟然把房子卖掉，给她还清了赌债。父母一再迁就，以破产为代价挽救女儿，结果却并没有挽救成功。这个女孩仅仅消停了半年，旧病复发。她通过微信，"钓"到了一个"金老板"，运用各种手段，诈骗该老板二十万元，最后的结果是，她走上了犯罪道路，锒铛入狱。

当媒体记者采访这个女孩时，她说自己很后悔，后悔自己不该

当下生活

只追求物质享受和精神刺激，不该不好好学习，不该跟那些有恶习的朋友混，不该在朋友同学面前穷装，不该虚荣心太强，不该不听父母的话，自己最对不起的就是父母，没有孝顺他们，丧良心了……

面对女孩忏悔的那么多不该，我们是否应该深思呢？我们的家庭教育有什么问题？我们的学校教育有没有问题？当她第一次走向犯罪道路的边缘时，父母为了保护她，把责任承担起来，是不是正确的？父母替她一次又一次还债，是不是纵容了她进一步走向犯罪？她的父母是如何教育她的，学校老师是如何教育她的，细节我们不得而知。但是，如今这种女孩的生活现象，在我们的身边不是个案。大大小小的类似情况，可以说随处可见。

现在很多人，只对金钱崇拜，而且在获得财富的道路上，只想不劳而获，只想一夜暴富。殊不知，人生没有正确的价值观和人生观，剑走偏锋，最后的结局就是自身的毁灭。

良好的社会风气，需要我们大家共同打造。教育好我们自己的子女，教育好我们的学生，帮助好我们的朋友和同事，这是每个人的社会责任。

人之初，性本善。我们原本内心都是有良知的，而良知就是我们内心的一块净土。只要我们每个人都守住自己内心的那块净土，我们的生活舞台就是一块更大的净土。

躺着也中枪

我一直不相信什么躺着能中枪,但是,现实是,我躺着真中枪了。像我这种人,也只有躺着中枪了,才会相信现实有时真是现实啊。

我有两个铁哥们儿,我们三个人是铁哥们儿。我们经历过贫困和富裕的考验,大家都是铁板一块。我们哥仨,虽然没有一点血缘关系,但就如亲兄弟一样。我们就是这样,有时比亲兄弟还亲地抱团走过了几十年的风风雨雨。我们平时都叫对方:老大、老二、老三,俨然就是亲兄弟。我是排行老二,有时我就真是哥仨的黏合剂,老大和老三,不管是谁想见面聚聚,也都是给我打电话,然后我安排饭店,我负责买单,我再通知老大或者老三,久而久之,我就被老大和老三称为"常务"。

兄弟三人在一起,互相帮衬,互相扶持,多少年来,都是被外界羡慕的哥仨。老大常说:我们是一辈子的兄弟!我们和老三也说:是的,我们是一辈子的兄弟!

然而,一辈子有时还真不好说是多久。前两天,老大突然来找我,让我有点吃惊,因为我们相聚几乎都是哥仨联系好了,再聚会的。我问老大通知老三了吗?老大一脸的不高兴,向我发起牢骚。原因是，前几天，老大和老三，为了几百块钱的事情，红了脸，吵了起来。老大说了很多有关老三的卑劣行径，而且是越说越多。我就很纳闷了，平时看不出老大和老三之间有什么隔阂啊！怎么为了几百元钱的事情，就都翻脸了呢？我安慰了老大一番，老大还是气鼓鼓地走了。

老大走了，让我想起了我们在困难时期，哥仨有一块大饼子，掰开后都要把大的那半塞给对方，哥们儿之间，为了承担更多的重任和困难，真能做到为哥们儿两肋插刀。现在大家都富裕了，反而为区区几百元钱的事闹翻了，这到底是为什么啊？

我只好给老三打电话，问问到底是怎么回事，谁理谁非，我好劝说劝说。没想到的是，老三接了电话，还没等我问，他就十分生气地数落了老大的不是，火气很大，好像冲我来的。我耐心劝了半天，我们毕竟风风雨雨走过了几十年，大风大浪都过来了，现在我们的日子好了，兄弟之间就都让一步，还是好哥们儿。但是，令我没想到的是，老三竟然把我电话撂了，我再打不接了。

我想来想去，打算给老大和老三摆个场面，哥仨在一起，见了面，喝点酒，唠唠，我再两边劝劝，这么点小事情，也就过去了。于是，我安排了饭店，分别给老大和老三打电话，这哥俩一接我电话，像商量好了似的，基本是一个语调。老大说，有老三，我不去，我不想见他！老三说，有老大我不去，我这辈子再不想见到他！我也无语了。我也生气了，既然你们这个样子，把几十年的友谊一下子抛弃，我也无计可施啊！我又想，这哥俩都一时在气头上，过段时间，都消消气，也就好了，毕竟是处了几十年的铁哥们儿。

但是，令我没有想到的是，老大开始给我打电话，让我跟老三断交；老三后来也给我打电话，让我跟老大断交。他们俩，都把怨气和压力施加到我的身上。我明白，我此时站在谁的一边，谁就是胜利者。但是，我和老大、老三的感情都是一样的，我想给他们俩弄到一起，说说事情的来龙去脉，我给评评理，搞出个是是非非，对他们哥俩的事情有个了断，可这哥俩就是不见面，不谈，不给我机会。

后来，我没想到的结果是，老大跟我放了狠话，和我断交。我想，老大和我断交，我不能告诉老三，我再劝劝老三，结果是，我当时没有答应老三和老大断交，老三也严肃地告诉我，和我以后老死不相往来。

事情就是这样，无意中，我被老大和老三，各打了一枪。又想，这样也好，我虽然无意中挨了两枪，毕竟没有让这哥俩对射。

守住我们的好日子

天下百姓，谁都想过上好日子，这大概是我们生来就有的愿望。但是，在我们生活的过程中，要想过上好日子却并不是一件容易的事情。尤其是，大家都过上好日子就更不容易了。我们经历过饥饿困苦的日子，所以我们珍惜现在的好日子。我们会常怀感恩的心，来感恩那些让我们过上好日子的一切因素。工业发达了，科技进步了，政策好了，时代前进了，人类文明进步了……但是，无论时代如何发展，我们还是要过年的。只是，现在过年和我们小时候过年，心境却是完全不一样的。

我们小时候常幻想，说天天过年就好了。因为那时候，只有过年了，我们才会拥有一套新衣服或者一双新鞋；只有过年了，我们才能吃到鸡鸭鱼肉；只有过年了，我们才会不用去田里或者山上劳作。有一身新衣服穿，有一双新袜子穿，能吃到饺子，真是人生中的好日子。那时的孩子们，都是那么听大人的话，又是那么的快乐。大人也会在过年的日子里，舒展他们平日里辛劳的愁容，说起话来也是那么温和。

我们小时候都巴望着过年。过年后，见面都会幸福地微笑着说：你过年过胖了。那时说对方胖，可不是贬义词，是绝对的褒义词。

那时的胖,是幸福健康财富的说明书,不像现在的胖,是疾病的代名词。那个时候,胖子是稀有动物,如今胖子是普遍现象。这让我想起来,前两天看的一部电视剧,剧中有一段演的是清朝末年的灾民情景。我看到这一出,笑喷了。因为剧里的饥民,男的胖乎乎,女的很丰腴,尽管导演为了剧情的需要,给这些演员穿上了破烂衣服,把脸和身上涂抹泥黑色,但是,还是遮盖不住那些人皮里肉外的油水。我当时就想:天下已经找不到饥民了。

天下已无饥民!这就是真正的好日子的标志。

2018年春节又来到了。我们老百姓从过日子的角度说,如今真是好日子!但我们一定记住,好日子来之不易,是需要几代人的努力才有的。我们更要知道,好日子不仅需要创造,需要经营,需要拼搏努力,更需要我们大家珍惜、守住。

好日子是用我们的智慧和汗水,干出来的。因为好日子来之不易,所以守住我们的好日子,也是硬道理。

当下生活

从宅男到快递小哥

我最近认识了一位快递小哥,他给我讲述了自己从宅男到快递小哥的过程,我觉得他的这个经历,对我们大家很有教育意义。

他因为一场失恋,受到沉重打击,于是对生命都不感兴趣了,想过自杀,但是没有具体落实。于是,他便抱着破罐子破摔的态度,去对待生活。人最可怕的就是自甘堕落,自己对自己失去信心和希望。他把自己关在了家里,不出屋,不工作,不和朋友相处,唯一和外界联系的,就是外卖,因为他活着,就得吃喝。

就是这样,他不管亲人怎么想,反正自己就是宅在家里,成了一个只活自己的自私的人。他每天不固定时间吃喝,饿了渴了,就是叫外卖。花钱就跟父母要,父母也无奈,不能眼看着他活活饿死。

一年之后,他在吃着各种外卖和喝着各种饮料以及瓶装水的日子里变成了一头圈养的肥猪。他偶尔从床上或者沙发上站起来,都很费劲,有时还迷糊。终于有一天,他昏过去了。家人把他送进了医院。

在医院，通过各种现代仪器的检测，给他的答案是：过度肥胖，血压高，血脂高，血糖高，心脏病，脂肪肝……当医生了解了他宅在家里吃了一年多的外卖时，这位女医生哭了。原来这位女医生也有过一段天天吃外卖的经历，也吃出了病。于是，这位女医生在给他用药的同时，也结合自身经历和经验，对他进行了一番思想教育。

他在医院里住了一周，自己坚决要回家。回到家里，他号啕大哭一场，上网找快递公司，这次不是叫外卖了，是想应聘外卖公司的快递小哥。

他选择做快递小哥，是有要求的，那就是坚决不送吃喝，不做送吃喝的快递小哥。

他用了仅仅三个月的时间，在快递小哥的奔跑中，让自己又成为原来的那个健康快乐的自己。成为快递小哥后，他的身体比过去更健康了，他对生活又满怀了希望和憧憬，因为他又追求了一个女孩……

每个人在生活中都会遇到坎坷和苦难，在跌倒中爬起来继续前进的就是英雄，而跌倒了就抱怨和自甘堕落，那就是狗熊了。人身难得，发肤受之父母，不敢有任何伤害。活着就要坚强，活着就要勇于担当，活着就要走向远方和希望。

当下生活

快乐的搓澡小哥

小区楼下有一个大众浴池，我每周末，都去泡个热水澡，顺便也搓搓澡。时间久了，就认识了搓澡小哥小李哥。小李哥，年纪比我小几岁，姓李，大名忘记了。他也告诉过我，但是，每次搓澡都喊他小李哥。在澡堂子里，大家也都喊他小李哥，小李哥也是他的艺名吧。我每次见到他的时候，他都是笑呵呵的，有人喊小李哥搓澡了，他也是笑呵呵的。我认真看过他那笑，感觉不是应付的那种皮笑肉不笑，而是那种发自内心的笑，憨憨地笑，让人觉得特别阳光温暖。

我和小李哥的交流，都是在搓澡的过程中。他搓澡认真、细致，每搓完一个澡，都累得满头大汗。我就对他说：别那么实在用力，差不多就行了。他总是摇头微笑说：那可不行，顾客就是我的衣食父母，你看我的回头客多么多啊！我靠什么？我靠的就是实在、任干。我只有实实在在服务好了客人，我才会有好的收入，我才能养家糊口。我上有老，下有小，不好好干活，怎么能行？

认识时间长了，我和小李哥也经常唠唠家常。小李哥是退伍军人，退伍后到国有企业当了一名翻砂工，后来企业倒闭，他下岗了，下岗后，下过煤矿井下，打过零工。他完全是靠自己，娶了媳妇，又贷款买了楼房。

我有时说：小李哥，你真挺不容易，也挺能干啊！他笑呵呵地说：我觉得没什么啊！一个男人嘛，无论做什么，只要是靠自己劳动生活，就是快乐的啊。咱们不坑蒙拐骗，不偷不抢，出点力气，挣钱养家，就是心安理得。我妻子就是看上我这一点，才嫁给我的嘛，还给我生个好闺女。我没觉得有什么苦事难事。

有一次我说：小李哥，搓澡这活，不仅需要搓澡的技术，还真是体力活啊，跟老板讲讲条件，别让老板太黑，多给你们分点提成钱。

这一次，小李哥没有笑，而是很严肃地跟我说：我们老板更不容易，现在支撑一个摊子，操碎了心。我现在挣这些钱很满足，我在这个浴池干了五年多了，我可不像他们那些人，不定性，没良心，学点能耐就不安分。现在这个浴池，我是老员工，我挣得也最多，我一个搓澡的都能贷款买楼房，咱不得感谢人家老板吗？

我被他说得脸有些红，佩服得直点头。

我和小李哥成了朋友。因为我每次搓澡和他交流的时候，他带给我的都是积极向上的，让我也感觉到生活是美好的，劳动是快乐的。

安分守己地靠自己的劳动生活，对社会充满了感恩的心，快乐地劳动，快乐地生活，在当下也应该是一种难得的美德。

当下生活

烦恼的装修

换了个老旧的二手房子，思来想去，还是得装修一下。于是，四处打听装修的事情。朋友说，不能去大街边找那些脖子上挂块装修牌子的人，他们都是散兵游勇，出了问题，或者被骗了，都找不到人。朋友就推荐了一家装修公司。据说这家装修公司，是全市最好的，技术好，规模大，最关键的是讲诚信。现在，我们老百姓最需要的大概就是诚信了。

来到这家装修公司，店面在正街上，不仅门面华丽，店里的装修也很豪华，让人觉得这家公司正规，可信。

接待我的是一位三十岁多岁的庄经理，他在听了我的简单要求后，开始给我介绍各类装修产品和工艺。一个多小时的被介绍后，我觉得很累。我们一家人都是工薪阶层，只想简单装修，用料的原则是无甲醛无有害物质的材料。让我没想到的是，无甲醛无有害物质的材料，他介绍了十几种，价格更是高得让我吃惊，而且都是品牌产品，价格相差却悬殊。我面对庄经理的侃侃而谈，蒙头转向，无所适从。

庄经理看我发蒙的样子，最后说到我的房子里去看看，进行现场设计和作价。时间定在第二天中午。庄经理在接待我的整个过程中，处处都显示了他很忙碌，他的客户很多。第二天中午，庄经理带了一位助手，来到我的房子。他经过一番排尺、记录、拍照。然后，庄经理还是重点向我介绍各种装修材料。我说，想自己买装修材料。庄经理就很不高兴的样子，并严重告诫我，只有他们帮助我购买装修材料，才能买到真货，才可以保证质量。但我执意要自己购买材料，设计和施工由他们来做。庄经理就把我拉到一边，说他看我这个人挺好的，想帮助我。如果包工不包料的话，他帮我介绍一位轻包工的，只包工时的老板。就这样，我见到了庄老板介绍给我的钱老板。

钱老板四十多岁，据他自己介绍说，自己已经干装修包工这个活十几年了。他看了现场，帮我简单设计了，告诉我先买材料。他毛遂自荐带我走了十几家装修店，有的材料是在他介绍的店里购买的，有的我没看好，或者对该店的材料有怀疑，就坚持自己再去别的店看看。我们这个年纪的人，都知道装修的介绍的顾客，交易成功，店里是要给介绍人回扣的。所以，凡是搞装修的都热衷帮店里卖材料，这个钱挣得要比干装修活计省力得多。

现在的装修产品，太多了，五花八门。有些品牌，在各个装修店里鱼目混珠，不是专业真就无法辨认真伪。以防盗门窗为例，看着一样的东西，价格相差悬殊，每个店里都说自己的是正牌货，各种专业的介绍，对我们消费者来说，简直就是云里雾里。这时候，我们往往也只好依赖介绍人了，毕竟人家是干装修的。

钱老板给了我包工的预算价格，又帮我购买了大部分装修材料，我以为马上可以开工了。这时钱老板才说，开工要等，等多久不好说，因为他手里同时还有几个装修的活在同步进行。他手下的工人，要有空隙才能给我装修。我有点生气，就跟钱老板吵起来了。钱老板

当下生活

在也生气的情况下说,现在所有干装修的,大公司接大活,只做利润空间大的。像我这种简单装修,他这种小包工头也不愿意干,因为挣不着大钱。特别是像我这种人,装修简单,又想自己买料的人,装修得更不愿意干。钱老板说完,夹着包就走了,临走时甩下硬邦邦的话:想等就等,不等拉倒,找别人,押金不退。

我交了整个工程款的百分之二十的押金,只能等钱老板了。但钱老板没有告诉我究竟要等多长时间。接下来的日子,我只能是一边等,一边给钱老板打电话,说好话,求他帮忙,早点动工。虽然我花了钱,但是,我要哀求他。

这是我装修过程中,刚开始遇到的烦恼。但我已经做好了准备,接下来的烦恼,一定会更多。

新年新气象

前几天,一位朋友把他们家的一段家常对话做了记录并整理成文字,然后发给了我,让我给评论一下。我看完后,只能说无语了,因为真的不知道应该做如何的评论。后经朋友的允许,我把她整理的家庭对话,转发这里,请大家仁者见仁智者见智吧。

女儿:老爸老妈,新年马上就要到了,为了在未来的新的一年里,我要有个新气象新生活,所以宝宝要提前给你们一个惊喜!

爸爸:好啊宝贝女儿,喜从何来?

女儿:我又辞职了。我要多陪陪你们二老。

妈妈:我就说么,你能有什么喜事!

女儿:呵呵呵,老妈又不高兴了。这不是什么喜事,但也不是什么坏事啊。老爸你说呢?

爸爸:不是坏事,但也不是什么好事。你在这个公司不是做得挺好的吗?为什么辞职呢?

女儿:待够了。这个传媒公司,没什么前途。经理就知道做那些小事情，做不了什么大事业。我费劲巴拉地给他搞了个项目策划，他竟然说我是在做梦，一点也不结合公司实际，一点地气也不接，如果按照我的策划执行，公司就得赔死，项目不等做完公司就得倒闭。你说，这老板就这么点出息，公司会有什么发展？

妈妈：宝宝，你说这个公司没有发展没有前途，可你连这样的公司不是也没有吗？再说了，你大学毕业不到一年，换了五家公司了。这些公司，就没有一家你看得上的？

女儿：也有我看得上的，可是实习结束了，人家没录用我，真是有眼不识金镶玉，有眼无珠！

爸爸：宝贝啊，你说说他们为什么没有留用你呢？我们找找原因是什么。

女儿：哼，这个老板太黑了，公司也太不人性化了！上个班，迟到罚钱，早退罚钱，工作时间不许玩手机，不许上淘宝购物，还不让人家吃零食！有这么不讲理的吗？人家早上不吃早餐，上午十点都要饿死了，偷吃了一个巧克力，被主任发现了，罚我十元钱！离职的时候，我都想去劳动监察部门告他们。

妈妈：一个单位没有规矩不乱套了？大家都随便迟到早退，工作时间什么都干，那这个公司就得被你们搞黄！

女儿：人家晚上睡得晚，早上不是起不来吗！再说了，迟到两分钟也算迟到吗？上班时间吃点东西怎么了？就影响工作了？再说了，我也看不上那个经理，一天板着个脸。

爸爸：宝贝女儿，爸爸不奢望你有多大作为，也不求你能挣多少钱，只希望你能在一个单位，安安静静、踏踏实实工作，在工作中学习怎么为人处世，一边工作一边成长。

妈妈：是啊宝宝，我也是觉得，你大学毕业了，老大不小了，做事要定性，处人要懂得感恩。公司无论怎么样，为你提供了工作的机会，有要感恩的心。

女儿：好了好了！别说我了，就知道说我！咱们一家人快快乐乐地过个年，过完年，我去云南旅游一趟，放松放松，然后回来再找工作。我向你们二老保证，再找工作，争取干半年以上。

爸爸：啊？

妈妈：哼！

女儿：行了行了，你们不用为宝宝担心。我有我的世界观和价值观，我有我的生活方式，我和我的小伙伴们玩得很快乐。再说了，只要有你们二老在，宝宝是饿不死的！

当下生活

可怕的烂尾

在我们的城市里,常常会有没搞完整的工程,我们俗称烂尾工程,这些烂尾工程中,危害最大的就是那些烂尾楼。

我居住的小区附近,就有一个烂尾楼。据说这个烂尾楼,投资了十几亿,最后因为什么具体原因停工不得而知,但是十几年过去了,这座庞大的烂尾楼却依然破败地挺立在那里。每当我看到这座破破烂烂的烂尾楼,好心情都会被破坏。我常想,如今城里这土地寸土寸金,楼房价值不菲,这么好的地段,这么庞大的楼群,怎么就硬生生地烂在这里了呢?从城市形象看,有碍观瞻;从经济资源角度看,实在是太浪费资源,实在是得不偿失。

据说,烂尾工程之所以能够成为烂尾工程,其中原因错综复杂,也不是几句话就能够说得清楚明白的,更不是轻易能够解决的。但是,我想,成为烂尾工程是人为的,既然是人为的,我们就一定能有办法解决。我们不能怕困难,更不能怕承担责任。我们作为老百姓,希望国家的资源,不要被长期浪费掉。

除了这些大的烂尾工程,还有那些随处可见的小的烂尾。例如,我们刚铺好的人行道,过几天被某公司挖开了,挖开路面做完他们的工程后，被挖的路面往往要过好久才会再铺上，而且铺完后，那些地砖和马路牙子的结合处，常常被放弃修补完整，给路人带来了诸多不便。我经常路过的一条马路边，几年前栽植了松树，栽树的第一年，工人用木棒和八号线铁丝，支架后绑定那些刚栽植的松树。如今，五六年过去了，那些松树已经长大长牢了，但是那些支架和绑定的铁丝，还在牢牢地捆绑着那些松树，已经把绑在树干上的八号铁丝，包箍在自己的树干里了。我不知道，这算不算烂尾工程。

又如，我居住的小区，小区的马路一年要被挖开十几次，原因就是修复一段地下的自来水管。这个几百米的地下自来水管，经常要被挖开修补。据说，每次挖路修补，都要耗费很多资金。我们就不明白了，如今科技如此发达，一段自来水管为什么几年来修补了几十次都没有修好？难道真的像有人说的那样，就是有些人为了另一些人有工程干，有钱赚？一次修好了，再没活干了？不得而知。

总之，大烂尾和小烂尾工程，都反映出来一些问题，而这些问题，在有些人看来是小事，但对我们百姓来说都是大事。因为我们的资源有限，因为我们的钱财应该花在刀刃上，也就是该花在有益于百姓生活的地方，而不是去自造一些烂尾工程影响我们的生活，当然更不应该去随意或者故意浪费。如果我们能够把民生工程，都当成自己家过日子那样去做，我们相信那些大的小的烂尾工程，就会越来越少。

当下生活

生活杂记两则

问路

一日,路遇一位问路的妇人,问曰:哪有充电桩?我认真想了想,回道:往南走大约一公里处,有个加油站,那里有充电桩。我又突然想起,告知:往北走五百米处,有一驾校,那驾校门口有充电桩。那妇人惊喜:我们就是找那个驾校。我疑惑,找驾校为什么问哪里有充电桩?妇人笑说:驾校的人打电话告诉我说,驾校门口有个充电桩。

我想,如果我一时没有想起那个驾校门口也有充电桩,妇人又问的是哪里有充电桩,那么我告诉她的有充电桩的加油站,对她而言不正是南辕北辙吗?本来找驾校,却问哪里有充电桩,实在让人迷糊。

打电话

那时,手机还没有普及,在乡下更是只听说过什么"大哥大"之类。但有些人家已经有了座机电话。乡领导们在单位有一部座机电话,为了方便工作,单位也会为够级别的领导家里安装一部电话。

但是，安装在个人家中的电话，电话费都是由个人承担。这是很讲理的，因为你家中的电话，往外拨打就产生费用，你接电话并不产生费用，给你家中安装电话主要是为了方便工作，工作上有事能够及时找到你，那时的月租也很低，大家都能承受。

那时，打长途电话很贵，所以，有方便条件的人，个人有事都在单位打长途电话，单位的电话费都报销。罗副镇长就经常在单位打长途电话，揩单位的油。

一日，罗副镇长陪上面来的人，因为受到批评，心情不好，又连陪三悠，酒醉。虽然大醉，却没耽误打电话。也许是酒醉的原因，也许是上面来人对他进行了批评的原因，也许是平时工作有积怨的原因……总之，他那天狠狠地抱住单位电话，该打的电话和不该打的电话，他都打了，他那个电话本上记录的电话号码，他从头到尾打了个遍，反正单位电话，打多少都不用自己花钱。

当月罗副镇长的夫人去邮局交电话费，当时就跟邮局的人吵起来了，因为那个月的电话费比他们家一年的电话费还多。罗夫人认为，是邮局搞错了，邮局工作人员给她打了电话记录详单。

后来，罗副镇长和罗夫人终于搞清了，产生高额话费的时间，正是罗副镇长酒醉的那天下午。原来，罗副镇长酒醉那天，镇里的小王把他送回了家，而罗副镇长在家里拿起电话，以为那是单位电话，所以就打了很多个长途电话……

当下生活

失眠症

　　我一直是能吃能睡,心大如盘,根本就不知道什么叫失眠的人,如果有哪个朋友说自己得了失眠症,我都会嗤之以鼻。

　　但自从来到省城,我很快就认识了失眠症,并以各种各样的巧合,同失眠进行了痛苦的纠缠。

　　因为没有经验,也是因为经济能力有限,在省城买了第一套住房,是在繁华的商业街区,地点好,房子却很老,连小区都没有。尽管房子破旧,但开始还是觉得自己很神气,住在车水马龙的繁华商业街区,出行购物十分方便。例如,半夜如果饿了,爬起来到楼下,有各种美食,很多餐馆串店酒吧等,都是通宵达旦。

　　开始,可能是买房子跑了两个多月,累了,晚上照样能在喧哗的环境里入睡。这样睡了一个多月,天气暖起来,很多串店开始在门外的街路边摆桌了。我也时常会趴在窗前,看着那些年轻人吃吃喝喝,吆五喝六。关上窗,虽然依然能听到各种各样的声音,但我还是很快就能入眠。

　　可好景不长,有一天的后半夜,我在睡梦中被尖叫声惊醒。起来看看窗外,是有人在对面的街边喝啤酒吃烧烤发生了冲突,打起来了。他们的叫骂声和哭喊声,粗野尖厉,直到110来了,那种叫骂声音才停止。当我再躺下的时候,竟然没有了睡意。那个后半夜,第一次宣告失眠。

　　又过了两天,我再次在后半夜被惊醒,是一阵轰隆如巨雷的马达声把我从睡梦中惊醒的。醒来后,心脏怦怦乱跳,又失眠了。紧接着几天晚上,都是在那个几乎相同的时间里,我都被那巨大的马达声惊醒。是有人在窗前的马路上飙车,他们那巨大的摩托车马达轰鸣声,把楼都震得发颤。

就这样,我成功地得上了失眠症。

得了失眠症我才知道,原来睡觉对我们来说,是多么重要。为了能活下去,我决定换房子。经过半年多的折腾,卖掉了繁华地段的老房子,来到有点偏远的地段的一个全封闭的知名小区买了房子。这次有点经验,对买房的小区进行了认真调研。经过了解,这个小区被街道评为优秀示范小区,我想这肯定错不了。尽管小区的房价高,物业费高,但是为了能睡着觉,还是咬牙贷款举债买了这里的房子。真是老天有眼啊,这个小区真很安静,我的失眠症很快就被治愈了,睡眠又恢复到过去那个最佳状态。

人无百日好,花无百日红。半年后,我居住的房子的旁边,隔着小区里的一条道,道的另一侧是面向小区外的门市房,那一大趟门市,原来的各种店铺突然被清理了,开了一家游泳馆。最关键的问题是,这个游泳馆的门,竟然开在小区里。游泳馆把小区的公共绿地占了,盖了接待房。就这样,小区里开始乱了,形形色色的人在白天夜里进进出出。

我住的房子,楼下对应的就是游泳馆在小区里后扒的门。每到后半夜的时候,经常有游泳馆的服务生,过了道在我们的楼下吸烟,唠嗑,嬉戏,打闹。在夜深人静的时候,他们的声音,就像无数条蚯蚓,爬进我的睡梦……

我的失眠症又回来了。

如果让我再换房子,我实在是无能为力了,压力和失眠已经让我筋疲力尽了。我是多么渴望在一个文明的城市里,在一个优秀的示范小区里,在自己的房子里,能够安安静静地睡一个好觉啊。

当下生活

物丰更要勤俭

如今,物质极大丰富,让很多人购物,不再是从生活需要出发了,而是出于爱好了。尤其是买衣服,成了很多人的爱好。住在城里的人,谁家的衣柜里、鞋柜里,不是满满当当的呢?有很多衣服和鞋子,没穿几次,或者有些衣服根本没上过身,闲在那里。

一日,有年轻的同事找我提议,希望我能够联系一下农村,大家把不穿的衣服捐出去。我想也是,尽管现在农村也富裕了,没有人再捡穿别人的旧衣服旧鞋子,但农民总还要上山下田去劳动吧,把这些过了时的旧衣物(其中很多衣物根本不旧)旧鞋子,洗干净,消了毒,劳动时穿,当工作服穿总是可以吧。

于是,我联系了某村村长,说明了我的意思。村长告诉我,现在农村也是一样的,旧的衣物和鞋帽,是没有人要的。农民什么都不缺,更不缺衣服鞋帽了。现在农村的生活,甚至比城里还好,生病有农合医保,种地有补贴。大家在劳动时,平时买的那些衣服,穿旧了的,不时尚了的,或者不喜欢了的,就都在劳动时候穿,穿不过来的穿。而且现在的衣服,几乎没有什么纯棉的了,都是工业产品,特别结实耐穿,根本就穿不坏。过去农村的那些破衣烂衫现象,早就在农村绝种了,全村也找不出一个人还在穿破了的衣衫鞋帽了……

村长和我唠了很多，我们也共同回忆了二三十年前，我们小时候，还都争抢着穿从城里捐来的旧衣物。记得有一年冬天，大家为了争抢从部队捐来的一件上了补丁的旧军大衣，几个人大打出手。现在想来，觉得那时又可笑，又可怜。

可话说回来，现在物质极大丰富，我们的衣食住行都很优越，但我们似乎缺了什么？比如，爱惜物命，勤俭持家的优良传统离我们远了。我们更讲究浮华了，讲究所谓的时尚了。我们铺张浪费的结果，就是消耗了地球上的大量资源。一件衣服，从生产原材料到成衣，哪一道工序不需要能源和资源呢？哪一道工序，不需要劳力呢？我们忽视了衣物的实用价值，一味追逐所谓的时尚与奢华，造成了严重的浪费。

地球的资源是有限的，我们不能在如今科技发达的今天，在物质极大丰富的时代，把子孙后代的资源都浪费殆尽。我们要从生活中的一点一滴做起，从一件衣服和一双鞋子做起，爱惜财物，求实务实，珍惜来之不易的美好生活，重拾勤俭持家的美德，只有如此，也才能保证我们富裕美好的生活长长久久。

当下生活

在城里打工的表弟

两天前,表弟给我发微信语音说,他通过社区,向武汉疫区捐款一百元。我通过他的语调,能够感觉到他那种自豪自信的成就感。是的,也许区区一百元钱,真的不算什么,但是,对于表弟这种在城里打拼二十多年的农民工来说,或许意义非凡。

表弟,是在二十年前来到了城里。开始表弟是在太阳城扛地板和家具。记得表弟说,最高楼层,需要扛一百多斤重的地板,爬到七楼,是个实实在在的力气活。表弟说,这个活出大力流大汗不说,还经常受气,要看老板和货主的脸色。我曾劝表弟换活计,表弟说,这个活挣钱,要比在家种地挣得多。

就这样,表弟一个人在城里扛地板家具爬楼梯,干了几年,有了点积蓄。后来,表弟说,为了老婆孩子都能来城里,为了孩子能够在城里上学,他考察了一个项目,就是弹棉花。于是,表弟在城里租了一个破厂房,又租了一间住的平房,把老婆孩子接到了城里。孩子顺利地上了小学。弹棉花的生意也做得挺好,收入比他扛地板家具还多,一家人又能够团圆,表弟就觉得很幸福,在他老家农村,村里人也认为表弟一家混得很成功。

因为表弟夫妻两个，老实厚道，做活认真，弹棉花的活就越来越多。表弟夫妻俩就起早贪晚地做。虽然这个活计，灰尘大，也很辛苦，但是挣钱多，表弟一家人就特别有干劲儿，对在城里的生活充满了美好的愿景。

通过几年的奋斗，加上表弟之前扛地板和家具攒下的钱，有三十多万了。那时表弟还住在那个潮湿低矮的出租屋里。我就劝他用他的积蓄，买个五六十平方米的二手楼房。当时表弟所在的城里的那个区域，房价也就五千多一平方米。但是，表弟坚决不在城里买房。他的观点是，自己的三十多万元，回到老家农村，算个有钱人，那时老家县城的房子才一平方米不到两千元。表弟和妻子的想法是，等孩子大学毕业了，他们老两口带着积蓄回农村老家去过神仙的日子。我当时觉得他们这个想法，也许是正确的。

时间不会等待任何人和事的，表弟一家转眼之间，在城里生活二十多年了。后来虽然表弟和他妻子不再做弹棉花的生意了，靠打零工生活，也挺好。期间也重新租住了一个六十多平方米的楼房，改善了生活环境，每年租金一万多元，他们夫妻压力也不大。他们手里十多年前积累的三十多万元，后期增加不多，因为要供孩子上学。但是，能保住三十多万的存款，也是不容易了。

如今，表弟的孩子已经上了大学，表弟夫妻年纪也不小了。问他们现在可以回农村了，为什么还不回去？表弟夫妻俩，思想发生了变化。他们觉得，现在在城里生活已经习惯，两个人每天上班，比在农村种地要生活得好。但他们夫妻二人，有时也觉得很迷茫，更困惑。最后悔的事情就是，十年前没有在城里买楼房。那时的

当下生活

三十多万，可以买到楼房，如今他们的存款加上利息，已经买不到楼了。如今他们所在的区域，二手房也要近万元一平方米了，老家县城那时不到两千一平方米的楼房，现在都要四千多了。

虽然表弟有时说到买房子的事有点后悔之意，但是他们夫妻却对生活充满乐观，都很积极向上。他们夫妻两个在打工的店里，两个人都是最长久的员工。老板也都非常喜欢他们二人。老板喜欢的人，无非是忠诚、勤劳、肯干的人，也必须是一心一意为老板创造财富的人。

就在我写这篇文章的时候，表弟又发来微信，高兴地告诉我，他打工的店可以开始营业了，他的老板是第一个给他打的电话，第一个通知他上班的。表弟那种高兴得意受宠的感觉，溢于言表。微信中，我顺便又提了他捐款的事，表弟说，这次疫情，不光他捐款一百元，他妻子也捐了五十元，他女儿也捐了十元。

表弟说这些的时候，我能感觉到他那种底气，好像是个有钱人的样子。

我为表弟一家人感到自豪。因为我知道他们一家人是很抠门的，他们那种勤俭节约过的日子，现在已经很少有人这么过了。他们来到了城里，靠什么生存下来？他们对外面，是良善的；但他们对待自己，却是苛刻的。

战瘟神

2020年这个春节，是一个让我们大家难忘的节日。因为新型冠状病毒的袭扰，让我们大家同瘟神打了一场硬仗。

这场病毒的突袭，考验了我们的意志与能力。通过二十多天的战"疫"，实践证明，我们的党、我们的国家、我们的人民，是一个能战胜任何困难的强大的民族！在这个特殊时期，我们能够深刻地感受到，在灾难面前，我们真是万众一心，众志成城。

对于疫区武汉，除了国家层面的救助与支持外，全国其他省区也都是鼎力相助，民间的团体和个人，也涌现了大批捐款捐物的现象。事实证明，在灾难面前，我们更加勇敢，更加团结。面对我们的强大阵容和攻势，瘟神很快就会退去。

那么，我们作为老百姓，在国家遇到困难的特殊时期，我们既要挺身而出，做好力所能及的事情，更要服从上级的调度指挥，不给政府添乱。尤其我们在隔离期间，要懂事儿，不要闹情绪。我们可以想想那些奋战在一线的同事们，他们不畏惧艰险，在风险面前，为了更多人的生命安全，担当奋战。难道让我们在家隔离，减少传染和被传染的机会，我们还做不到吗？我们只有按照政府的部署，科学规避风险，大家团结一致，就一定能战胜瘟神。

  我们作为老百姓，作为中华民族这个大家庭的一员，针对这次瘟疫的灾害，也要深入思考。保护环境，保护地球的生态平衡，应该从我们每个人自身做起。据说这次新型冠状病毒肺炎，是从吃野生动物传播的，这又一次给我们敲响了警钟！保护生态，保护大自然，保护野生动物……我们只有保护好我们的地球，与大自然和谐相处，也才是和平自然之道。

  我们要做好自己，和大自然融为一体，保护好大自然，大自然也就保护好了我们，如此，瘟神也就没有了可乘之机。

干净人家

回到故乡，发现村里有几户人家的大门上都挂一块白色的木牌，上面写着：干净人家。这让我觉得很有意思，这种牌子也很接地气，干干净净简简单单的一小块木牌上干干净净地写着"干净人家"几个字，不繁杂，不刻意，真接地气。

走进挂着干净人家牌子的人家，是真干净啊。农家院落，不是靠什么装修装饰来体现干净，而是看院落里物品的摆放，看院落空地是否整洁。走进屋里，重点是看厨房和卧室。如今农村很多人家，厨房也都镶嵌了白色瓷砖，灶台也都搞得灯明瓦亮，家里都是自来水，煤气灶，电磁炉等，烟熏火燎的时候少了。卧室里，一般家都打着地炕，炕上铺着艳丽整洁的炕膜，屋地镶嵌着高雅灰白色瓷砖，门窗也都是铝塑材料的，窗明几净，干净、温馨。

干净人家的女主人，也都是光鲜靓丽，穿着时尚，落落大方。现在从农村的居住环境和穿衣打扮，已经看不出什么城乡差别了。

故乡，是一个较偏僻的小山村，全村只有五十多户人家，不到二百口人。但就是这样一个小山村，全村竟然有两个专职打扫卫生的人。这在过去是不可思议的事情。

  丰富的物质给我们奠定了幸福生活的基础。我们的生活好了，不愁吃穿了，就要追求更美好的生活。居家过日子，干净整洁是一种生活态度，环境影响我们的身心健康，也影响我们对美好生活的向往。在脏乱差的环境里生活，不仅不卫生，影响我们的生活质量，也影响我们的心情。所以，居家环境对每家每户的生活都十分重要。

  村里每年评选干净人家，让大家都有追求，都有向往，对生活态度积极端正，真正的小康生活不仅要富裕，还要文明。干净人家的评比要求，不仅要居家环境干净整洁，还要身心健康，尊老爱幼，团结邻里……

  干净人家里住着勤劳、健康、文明的村民，值得我们去尊重，去学习，去推广。

好好过日子

只有去好好过日子，才会有好日子过。

2020年这一年，对我们每个人来说，都是难忘的一年，因为这一年我们经历了太多的艰辛和苦难。或许我们每个人经历得不一样，但难受和困难应该是差不太多的。

我们经历了新冠疫情，我们经历了水灾，我们经历了台风灾害，我们经历了经济震荡……但这一切，又算什么呢？或许，正因为人类要经历各种各样的磨难，才会使我们更加坚强，才能增长我们的智慧，才会练就我们战胜自然灾害和艰难险阻的体魄，让我们人类得以发展和延续。

在灾难面前，我们会更加团结，只要我们团结一心，这种巨大的正能量，就能够迎接所有挑战，就能战胜一切困难，就能重新恢复我们所有的生产生活秩序，就能重新建设我们的美好家园，也就能让我们老百姓有好日子过，过上好日子。

话说回来，冰冻三尺非一日之寒，所以，要想有好日子过，我们平时的日子就要过好，要认真对待。我们只有认真对待我们日常

当下生活

所过的每一个日子，日积月累，我们的所有日子才会是幸福的、有质感的、健康快乐的。我们不要在幸福的日子里，没有长远打算，没有危机感，只顾眼前利益，自私自利地过好自己的日子，甚至疯狂地掠取大自然的资源，把儿孙的饭都在当下吃了，这样的日子，自己觉得过了好日子，不管未来的人能不能过上好日子，这就是自私自利的日子。如果我们只顾自己能过上所谓的好日子，别说我们的道德底线是否越界，就是大自然都不会答应。生态的破坏，大自然的不平衡，自然灾害就会来警告我们，惩罚我们。

痛定思痛。2020年我们经受了前所未有的灾难，或许正是这场灾难在告诫我们，我们要热爱大自然，我们要在大自然中去寻找我们人类的平衡点。我们要反对对大自然的无序挖掘和掠夺，我们要反对铺张浪费，要重视中华民族的优秀传统文化，爱惜物命，勤俭持家。如果我们每个人做好了自己，那么我们的国家就会繁荣强大。

2020年给我们每个人都上了一堂沉重的教育课。我们不能忘记历史，也不要忘记灾难给我们的警醒。我们不仅要有战胜灾难的气魄，还要在灾难中锻炼成长，更要吸取经验和教训，使我们有底气，有勇气，有智慧，有能力，去面对未来。

我们每个人都是国家和民族的细胞，只有我们每个细胞是健康的，是积极向上的，我们的国家和民族才有希望，才能实现中华民族的伟大复兴。我们老百姓只有把每个人的日子过好了，人人就都有好日子过，这就是国家繁荣昌盛的基石。

当下生活

看猴

上周六休息的时候,去龙潭山公园走走,想呼吸点新鲜空气,主要也是想静静心。身居闹市区里,汽车的马达与鸣笛声,白天晚上地撕扯我的耳膜和弱弱的心脏,还有人挤人的嘈杂声,经常切割我已经有些紊乱的神经系统。所以,周六一早就去了龙潭山公园,因为这个公园是国家命名的森林公园,离市区较远。我想那里会清静,人会少,汽车也不会开到山上去。

没想到的是,我到了龙潭山公园,还是那么多人,有往山上走的,有从山上返回下山的,幸好还没有车开上山来。虽然没有我想象的人少,但是这里树木茂盛,空气新鲜,也让人觉得很舒服。

我正半陶醉,突然听到有人喊:猴子!猴子!是一个小女孩喊的,有几个人向她奔去。我也本能地快步跑过去。我们五六个人都跟那个小女孩一起,向树冠上看去。我看了半天,也没看到有什么猴子。这时,不知道谁又惊叫道:我看见猴子尾巴啦!看看,快看,猴子尾巴!

我眯起眼睛,迎着一缕朝阳,终于看见树叶中有一团毛茸茸的东西,但是很快又被树叶遮住了。

这时,我已经被几十人包围了。大家拥挤着,仰头拼命往上看。

当下生活

有人自言自语：有什么啊？是什么在那里？身边就有人说：猴子，有只猴子！大家就仿佛真看到了猴子似的，说：啊，是猴子啊！是猴子！猴子！

很快，这段路就被人群挤满了。后来围上来的人，也不问了，都往众人翘首看的方向望。后来就没有人说什么猴子了，大家七嘴八舌地说些什么，我也没听清，但是，很吵闹！

这时，树上的猴子也许受到了惊吓，或者被吵闹得受不了了，突然从一棵树上蹿到了另一棵树上，现了原形……

有人喊：是松鼠！松鼠！

有几个孩子喊：是猴子！是猴子！猴子！

不管是猴子还是松鼠，那个小动物没影了，消失在树林里。

有人似乎很失望：就这么一个小松鼠！就这么一个小猴子！

我身边一个孩子问爷爷：爷爷，那个小猴子去找谁了？它有爷爷吗？

爷爷说：我们东北是没有猴子的，它是松鼠。

孩子不高兴了，大声说：人家都说它是猴子！它的爷爷才是松鼠！

爷爷赶忙讨好地说：是是是，爷爷是松鼠，孙子是猴子！

买到"剁手"

又一个"双十一"在大家的期盼中到来,又一个"双十一"在大家的疯狂中过去。但是,疯狂过后是平静后的兴奋,是退潮后的失落。还有很多人表示后悔地想剁手,当然不是剁别人的手,而是想剁掉自己的手。

我不反对网购,更不反对在"双十一"期间,商家所谓的"献血""大优惠""特优惠"等等手段,以此来刺激消费、以此来普惠大众、以此来刺激内需、激活市场消费群体……

但是,我想劝劝那些过了"双十一"就想剁手的人,这些人为什么过了"双十一"就想要剁掉自己的手呢?因为这些人购买的物品大多数是不实用或无用的。很多人买的东西不是生活必需品,这从某种程度上来说,就是一种浪费。虽然有很多包包了,但是"双十一"期间必须还得买;有了一柜子衣服,有了一柜子鞋,但是"双十一"来了,还得买……

买买买,为什么有的人明知道自己所买的东西是多余的,是浪费的,还要拼命买呢?因为"双十一"商家打折,东西便宜。只要东西便宜,哪怕我们买来没有什么用,那也要买。

这是一种什么心理呢？正像有的网友说的：商品打折了，优惠了，不买就是吃亏了。

商家的商品打折了，消费者购买商品比平时便宜了，如果此时不买，那么就等于没有占到便宜，那么，没有占到便宜，就等于吃亏了！我不知道这种心理是否健康，但是很多人都是这么表述的，他们就是这么认为的。所以才会在"双十一"物价便宜的时间，买到想要剁掉自己的手。

物有所值，物尽其用。物质极大丰富的时候，也不能铺张浪费。占不到便宜就等于吃亏，那最后吃亏的也一定是你自己，就是剁掉自己的手，恐怕也无济于事了。

如此期盼下一场雪

今年冬天,长春一直没有下雪,倒是下过两场油一样的毛毛雨,连地皮都没有湿透。可见老天爷对我们是多么吝啬,寒冬之际,不下雪,下点雨还那么可怜。

我很忧虑,也很烦躁。我觉得,大东北的大冬天,不疯狂地下几场大雪,也应该情意绵绵地下几场小雪啊。可是,入冬以来,我们这个地区,就没有下过一场像样的雪。

瑞雪兆丰年。现在大家已经不在乎什么丰年了,因为粮食连年丰收,因为高科技,因为转基因,粮食产量比过去高几倍,所以粮食也不值钱了。因为物质极大丰富,有吃有喝,大家似乎就不在乎冬天下不下雪了。现在下棋都不看三步了,只看眼前的事,看眼前的利益。所以,有人说,这冬天多好啊,这么暖和,不下雪,既不用清扫雪去受累,开车出行也方便。

但是,也有很多人觉得,大半个冬天不下雪,严冬时节又如深秋一样暖意洋洋的天气,并不是什么好事情。我们生长在大东北,我们不怕严寒,但我们却怕暖冬啊!

今天是大雪节气后的第六天了,可是,看着外面晴朗的天空,万里无云,火红的太阳给这个干燥的城市添加了浓浓的暖意。再看看马路上车流如织,人们并没太多在意老天爷的举动,而都在忙碌

当下生活

自己眼前的事情。大家的心里在盘算着，在奔波着，没有时间去关心下不下雪这样的事情，因为下雪与否，我们也管不着，更管不了，那是老天爷的事。

而我倒是觉得，老天爷下不下雪，正是因为看着我们人在做什么。下多下少，也是看我们人都做了些什么。我们给予了大自然什么，老天爷就会给予我们什么。

但也有很多人并不相信下雪是老天爷的事。我和朋友感慨了这个冬天一场雪都没下，天气太暖，空气干燥，不利于我们的健康，不利于万物的生存，不利于明年庄稼的生长……

朋友听我一番话，像看怪物一样看着我，绝对认为我精神不太正常。他哈哈大笑着说：咱们还能管着老天下不下雪？我看不下雪更好，老天最好下钱……哈哈！

我无言以对。在心里说：钱在有些时候，并不能维持健康和生命。

我孤独地望着这大冬天的晴朗天空，在内心虔诚地祈祷：上苍有好生之德，那就为老百姓、为万物下一场应该下的大雪吧！千万不要下钱，因为钱只是我们人类的工具。

而雪，才是孕育生命、孕育万物、孕育春天的。

致青春

青春的命题，从盘古到如今，人类赋予了青春无数的激情与使命，每个人的心田，都种满了青春与生命那饱满的种子，有的开出灿烂的花朵，有的茁壮成参天大树，当然还有那灵气十足的小小草……

无论我们每个人的青春承载过什么，那都是我们一生的荣耀与辉煌，也许还是我们一生的回念与失眠。青春的脚印，是那么恒远地镌刻在我们的故事里，青春的美酒，是那么持久地醉在我们的梦里。

我们常说，我们不要虚度青春，哪怕是为了赚取爱情的伤痛，我们都要赤膊上阵，义薄云天。我们有时不知道青春鼓胀了我们的血管，驾驭了我们的荷尔蒙，所以我们不怕那高峰峻岭，也不怕那海阔浪急，为了公平与正义，为了独占鳌头，我们真的不怕流血牺牲。

青春是什么？青春是战士，青春是将军，青春是狂风骤雨，青春是电闪雷鸣，青春是天高云淡。

或许有人觉得，只有成功、浪漫、自由、靓丽、洒脱才是青春的命题，我却不这么认为。失败、犯错、沮丧、苦恼、伤感也是我

当下生活

们的青春旋律，我们在忧伤中思考，我们在跋涉中成长，我们在失败里获得坚强，我们在挫折里获得胜利的经验，我们在浪漫和忧伤的青春旋律中，完成我们此生青春时期的使命。

　　人的生命从强盛到衰落，形成了各种各样的生命轨迹，这是大自然的造化，是上苍的鬼斧神工，塑造了我们千奇百怪、形形色色的人生，或许我们的肉体无法改变，但是，我们的灵魂却掌握在我们的手中，当我们把良善和美好注满我们青春的血液，我们就会成为那美丽、善良的天使，成为那漂亮的玉女；当我们让满满的正能量成为我们青春生命的傲骨，我们就会成为那顶天立地的金童，成为那帅气的王子。

　　青春，是我们人生的高峰，离太阳最近；青春，是我们生命最重要的阶梯，可以和星星握手。

　　让我们的青春，从我们人生的最高峰起飞吧！因为只有从高处飞翔，才会飞得更高，飞得更远。

　　向我们永远的青春致敬！

灵魂拷问

灵魂拷问

人生遇到谁

我姥爷给我讲过一个故事。

说从前啊,有个小孩爬到路边一棵果树上摘果子,恰好有一个过路的人走到这棵果树下休息。这个过路人坐在树下的石头上很舒服,突然头上浇下来一阵热雨。这个人正望着远处晴朗的天空,不知道发生了什么,惊慌地站起来,往上看。这时,他看见了树上一个十来岁的孩子,正嗤嗤坏笑着看着树下的他。路人什么都明白了,这个坏孩子从树上给他浇了一泡尿。路人看着孩子的坏笑,心想:我要比你还坏!于是仰头对树上的孩子说:"小孩,你真厉害!树爬得高,尿也尿得准!你真是个聪明的孩子!"说完走了。

树上的孩子得到第一个人的鼓励,就想得到第二个人的夸奖。于是,他在等第二个路过的人。

第二个人来到这棵果树下休息的时候,遭遇了与第一个路人同样的待遇。第二个路人看到树上的坏孩子的时候,这个孩子正在哈哈大笑。这第二个路人说:"孩子,你真勇敢,真聪明!不但爬树爬得高,尿尿也尿得准!来,接着!"说着从衣兜里掏出了几块糖,抛给了树上的坏孩子,转身走了。

树上的孩子吃着糖，在等着下一个路人。

终于等来了第三个路人。当这个路人被尿到的时候，他看见树上的坏孩子，那孩子一脸的成功，满眼的不屑，嘴角露着坏笑。这个路人也笑了，对树上的孩子说："小孩，你下来，我给你钱！"树上的孩子一听，按照惯性思维，高兴坏了，急忙从树上下来拿钱。

这个孩子哪里会想到，这个路人是一个土匪。孩子来到他面前，这个土匪把孩子两条腿抓住，一劈，结束了这个孩子的生命。

这个故事，我一直没有忘记。所以我一直努力坚持在工作和生活中，去批评人，去管理人，去得罪人，去为人负责。可是，不被理解的时候太多。生活中有很多惯性思维，给我们的教训是后悔莫及。生活中很多看似美好的现象，实则是假象，而我们却恰恰迷恋那些假象。我们说了实话真话，说了负责任的话，却在很多时候被大多数人所痛恨，会得罪人。恶果是一步步取得的，成功也是我们自己一步一个脚印走出的。所以，我们一生的成功也好，失败也罢，在人生的道路上，遇到谁很重要。

灵魂拷问

野生缘

老鹰

十几年前,春节前夕,朋友给我打电话,说过春节要送我一个特殊的礼物,是他在山上用夹子夹住的一只野老鹰,活的。他在电话那头很兴奋,说老鹰肉特别好吃,因为老鹰是吃野鸡飞禽的,所以营养价值特别高。现在是宁吃飞禽一口,不吃走兽半斤,他自己都没舍得吃,特地送给我过年吃。听了朋友的一番诚意表达,说实话,很犹疑,因为我的确没吃过野老鹰的肉。

长白山区有过"棒打獐子瓢舀鱼,野鸡飞进饭碗里"的时候,但那已是久远的过去了。不过,我们小时候对长白山区的野味并不陌生。后来,野味稀少了,国家也开始管制了,但在实际生活中,野味偶尔还是会跑到有些人的餐桌上。

下班回到家,妻子告诉我,刚才朋友送来了一个编织袋,朋友告诉她,袋子里装了一只活鸡,是送给我们家过年吃的。我们家的年货都是由我采买置办、收拾妥当的,妻子从来不碰。

进了厨房,把朋友送来的编织袋打开,拎着袋子底部,倒在厨房的水泥地上,一只硕大的老鹰就斜着躺在地上了。它的一条腿被夹伤了，有血，看起来很严重。它拼命地扑腾了几下，想要站起来飞走，但此时的它也只能在地上打磨磨，根本站不起来。它拼力挣扎一气儿，无果后，突然回头看向我。我们四目相对的时候，我惊呆了！那是一双又大又圆的眼睛，里面充满了惊恐，似乎还有哀怨和愤恨。我的心震颤了，这双眼睛还告诉我，这只老鹰是不能吃的。我第一次和野生动物对视，就感受到它眼睛里充满了灵性，那双眼睛在说话，直到十几年后的今天，我都无法忘记。它用那双有神会说话的眼睛和我对视了很久。我看着眼前受伤的老鹰，心中突然升起一股热血，直冲脑门。

我慌忙把妻子喊来，妻子一看，立马说，这是一只有年头的鹰了，你朋友送的不是鸡吗？我说，这只鹰不能吃。不用说别的，你看它的眼神，我们怎么能吃它啊！

和妻子商量后决定，不但不吃这只鹰，我们还要救它，但一时不知怎么救。于是妻子给林业部门和电视台分别打了电话。林业部门告诉我们自行处理，让我们自己去放了。电视台来录了像，当天晚上，电视新闻播报了。可是等了两天，没有任何人来收救。这期间，我们给老鹰的腿上了药，又进行了包扎。妻子买来鸡肉喂老鹰，又给它饮水，然后又找了一个大大的纸壳箱，把老鹰放进去，给吃给喝，并给它的腿勤消毒、勤换药。

老鹰毕竟是野生动物，一开始，我们给它换药治疗腿伤，它很不配合，一直处于惊恐状态。期间多次用它那锋利的尖爪抓伤了妻子的手腕，但没有伤过我。

那年春节期间，在我们的精心照料下，老鹰的伤腿逐渐好了起来，食量也越来越大。我们一家人虽然很辛苦，但都毫无怨言。

灵魂拷问

随着老鹰的渐渐康复，它已经不能只在我们给它准备的那个大纸壳箱子里安稳养伤了，它时常会冲出纸壳箱子，在屋子里飞两圈。在我们把它抓回纸壳箱子里的时候，常常被它抓伤。奇怪的是，每次被抓伤的都是我妻子。

天渐渐暖了，春天来了。屈指一算，这只老鹰已经在我们家住了快两个月了。它的腿伤彻底好了，我们家已经无法为它提供飞翔的空间了。

于是，在一个晴朗的天气里，我打开了门，把它抱到了院子里，对它说：你的伤已经彻底好了，放你回到大自然，去过你自由飞翔的好日子吧！

老鹰似乎听懂了我的话，又用那双有灵有神的眼睛看着我，然后在我没注意的情况下，突然从我的怀里腾空而起。这一次，它飞起的时候，抓伤了我的手臂，而且流血了。我感觉到了疼痛，但不知为什么，我没有一点怨怪的意思，反而觉得，这只老鹰是让我记住它。

我们一家人站在院子里，看到这只老鹰竟然在我们家院子的上空盘旋了两圈，才向远处飞去。

刺猬

县城中间有一条河流穿过，河堤两岸做了亮化工程。为了活跃县城的市场经济，也为百姓生活提供便利，政府在一侧宽阔的河堤上开辟了早市。早市上人很多，不仅聚集了大量的小商小贩，周边的农民也都起早来早市出售他们在田里、山上获得的物产。

灵魂拷问

有一天，和朋友军子又去早市上闲逛。早市上的人很挤，有叫卖的，有讲价的，有偶遇唠嗑的，整个早市彰显着嘈杂与繁华。我们俩正盲目地走着，突然，走在前面的一个小女孩拽着她妈妈的手哭了起来，一边哭一边说："……妈妈妈妈，我求求你了，你就答应我去把那两只刺猬买来吧，然后让舅舅去山上放了……那个阿姨说了，那两只刺猬，是娘俩，就像咱们娘俩一样……"妈妈并没有停下来，而是不管不顾地继续往前走，那个小女孩的哭声大了起来："妈妈，求求你了，求求你了……"妈妈还是一直往前走，并且边走边大声训斥女孩说："买什么买，妈妈没那么多钱！"这时，军子拉住女孩问："小朋友，不哭，告诉我卖刺猬的在哪儿？"小女孩愣了一下，用手一指说："在那边……"然后又认真严肃地说："叔叔你可要答应我，你去买了那刺猬娘俩，不能吃了它们，一定要放回山里去，它们那么可怜，呜呜……"我忙向小女孩保证："放心放心，我们两个大男人说话算数，我们一定去救下你说的那刺猬娘俩，跟你拉钩！"小女孩看我认真的样子，破涕为笑了，并伸出手指跟我拉钩，还看着我的眼睛说："拉钩上吊，一百年不许变！"

按照小女孩所指的方向，我们找到了卖刺猬的小贩，看到了小贩的柳条筐里蜷缩着一大一小的两只刺猬。问了小贩价钱，小贩要价很高。又问小贩，根据什么说它们是娘俩？小贩不屑地告诉我们，那个大刺猬，是雌性，小刺猬也是雌性，据抓刺猬的人说，抓到它们的时候，是在一个洞里，它们就是一个妈妈一个女儿啊。

我听了小贩的话，心里突然莫名地难受，那种难受说不清楚，潜意识里想，我一定要买下这娘俩，把它们放回山里去。

军子这时已经跟小贩讨价还价了，最后，我俩把兜里所有的钱

141

灵魂拷问

都掏出来了,离跟小贩最后讲定的价钱还差五块钱。小贩说,我们现在给她的价钱,她就挣五块钱,如果这五块钱不给的话,她就一分钱没挣,白忙活了。

我说,我们买这俩刺猬,不是吃的,刚才有个小女孩哭着求她妈妈买,然后让她舅舅去放了,她妈妈没钱买,我们答应了那个小女孩,买了也是去放了的。

那个小贩听我这么说,看我一脸的真诚,不像是撒谎,刚才也看到我和军子把所有的衣兜翻了一遍,实在拿不出钱了,就低下头,低声说:"既然你们是买了放掉,那我也积点德吧,拿走吧。"

我和军子拿到刺猬,研究了一下,最佳方案就是放得越远越好。我们俩各自骑上自行车,往县城北边的一个大山沟里去。

山沟里的路实在无法骑自行车了,我们又把自行车锁上,走了很远,最后爬到一座山坡上,觉得安全了,才把那刺猬娘俩放下。

刺猬这种动物,只要受到外界的威胁,或者有一点刺激,一点声音,都会蜷缩成球形,把刺张开,把头部和腹部那柔软的部分包藏起来,以保护自己。所以,在危险的时候,它们是不会伸开自己的。

当我和军子抹着脸上的汗水,再看草地上的两只刺猬时,它们竟然没有走,而是一起伸出头来看向我们。停顿了一会儿,这刺猬娘俩,似乎对我们俩点了点头,然后才恢复成两个球体,迅速滚动而去。

蝲蛄

家乡有一条河,叫蝲蛄河。这条河,是家乡流域内最大的一条河。

从家乡的最北端发源，流到家乡的南部，纵贯家乡南北，也是家乡的母亲河。有十几万人口，包括县城，都是吃这条河的水。如今被冠为家乡县城的水源地。

长白山区的很多山川河流，都是以地形或者物产命名的，当然也有很多是由满语音译过来的名字。但是，即使是满语，当初给这些山川河流冠名的时候，很多也都是以物产命名的。

蝲蛄河就比较好懂了，就是这条河里盛产蝲蛄。毫不夸张地说，我们这些在蝲蛄河边长大的孩子，很多都是吃蝲蛄长大的。

记得小时候，蝲蛄河两岸都是茂密高大的红柳树和杨树。那时的河堤都是天然的，那些茁壮的大树和茂密的蒿草，把河岸固定得牢不可破。所以，发洪水的时候，即便河水漫过了堤岸，待洪水退去后，河堤依然是坚固的。

那时的蝲蛄河，又深又清澈，有的河段，水流湍急，是我们大家的天然浴缸。水浅的地方，我们能够清晰地看见各种鱼在水里游，可以看见蝲蛄在水底慢悠悠地爬行。

那时，蝲蛄河里的蝲蛄多到什么程度，现在说来，很多人都不会相信。我们闭上眼睛，左手掀开水里的任意一块石头，右手向掀开的石头下面随意抓一把，就能抓到一大把蝲蛄，还有一些蝲蛄慌忙逃掉了。我们都喜欢抓蝲蛄，不仅是因为蝲蛄多，还因为抓蝲蛄比较简单。蝲蛄在岸上爬行，动作慢，在水中也很慢，所以我们这些做人的，就欺负蝲蛄吧。那些鱼和蛤蟆，用抓蝲蛄的方法就不灵了。

蝲蛄很美味。我们抓了蝲蛄，有时是白水加盐煮了吃，有时也用柴火烧了吃。那时的人头脑简单，不会玩着花样去吃，虽然那时的肚子里没有多少油水，但都不会暴饮暴食。

> 灵魂拷问

　　蝲蛄河岸边茂密的植被、清澈静深的流水、随意在岸边就能看见的各种鱼儿和众多的蝲蛄，在我记忆中，有十几年的光景了。

　　后来，蝲蛄河两岸的树陆续不见了，岸边都被开垦成了水田。再后来，蝲蛄河发源地所在的乡镇为了发展林业经济，成立了很多木材加工厂，那里的树木越来越少。于是，河里的水也少了。蝲蛄河又经历了几场浩劫。有人从上游往河里撒药，据说是专药鱼的。这种药是绝户药，上游撒药，整条河里的生物都会被灭绝。再加上河岸两边田地里的农药和化肥等等，一点点地将蝲蛄河侵蚀，昔日那健康的蝲蛄河就不见了。

　　如今，我们意识到了生态和环境的重要性，对蝲蛄河进行了保护，在河两岸修了景观带，用钢筋水泥和大理石修筑了漂亮的堤坝。我们怕洪水泛滥，所以花重金来治理蝲蛄河。然而，蝲蛄河里那瘦弱潺潺的水流，好像已经无法反抗我们的强大了。

　　每每看到如今蝲蛄河里的瘦水，就能唤起我过去的记忆。现在蝲蛄河里的鱼和蛤蟆不多了，但还有；而蝲蛄却几乎是绝种了，原因就是，蝲蛄的生存对水质和环境的要求很高。

　　也许，在水中慢悠悠爬行，憨态可掬的蝲蛄，是水中的贵族。而这个贵族，或许会在国家对生态保护的重视下，随着大自然良好生态的逐渐恢复，会重新回来的。

蛤蟆

　　蛤蟆是长白山区人们对林蛙的俗称，隐藏在大山沟沟里的家乡人，很少有人说林蛙的，都习惯叫它蛤蟆。

春天的时候，蛤蟆带着细瘦的身子、空空的肠胃，从河中跳上岸，成群结队地到山上放青觅食去了。历经一个肥肥绿绿的夏天，母蛤蟆的肚子像孕妇一样饱满起来，有了油，有了受精的籽，公蛤蟆也多了肉。到了秋天，它们就带着一个夏天的采撷收获，到山下的河洼池塘里生儿育女了。待到完成这一伟大的传宗接代的历史使命之后，已近初冬。这时，它们开始找水深的河洞和不至于在三九天冻干碗的河流中去，猫冬。

蛤蟆的生活习性，我的姥爷太谙熟了。于是，姥爷每一次去抓蛤蟆，都是满载而归。所以家乡人都称姥爷是蛤蟆王。

长白山的每一条沟谷里，都会潺潺地流出一条河流来，大大小小、弯弯曲曲，长流不息。清澄的河水中含有丰富的矿物质，为蛤蟆这种两栖动物提供了优质的营养物质保证。

初秋，山野飘飞红叶之时，蛤蟆开始下山了，它们钻进河中卧牛般的巨石下，钻进急流险滩的河底，钻进深黯的水汀，就是山里人，也不是人人都能如愿地捉到它们。它们常常会在你紧张的盯视下溜掉。掀动河水中的一块石头，眼巴巴地看着肥肥的蛤蟆迅疾地溜掉，它们甚至还在你的面前翻两个跟斗，炫耀一下它们那漂亮的花肚皮，而你却只能死死盯着它们溜掉。那种心情比吃醋难受。于是，姥爷在长期与蛤蟆的斗智斗勇中，发明制造了"蛤蟆钩子"。姥爷用小手指粗细的铁条打成两股铁钩，另一头绑上一根又长又直的木杆。当蛤蟆在深水中出现的时候，姥爷手握木杆，直伸水中，钩子一抖，又斜刺里猛地向身后一拉，只见一道水花飞扬，再看姥爷身后的岸上，肥胖的蛤蟆正在河滩或草地上抖腿，此时的它还没反应过来呢，就已经飞上了岸。

灵魂拷问

姥爷这一大发明，填补了家乡人在捕捉深水中的蛤蟆时无工具的一大空白。于是，很多爱好抓蛤蟆的人，纷纷来学习制作蛤蟆钩子的技术和使用本领。

然而，在家乡，靠原始的下"机"子，靠姥爷新发明的蛤蟆钩子抓蛤蟆的历史，不久就结束了。有人用摇电电蛤蟆了。把电线插入水中，一摇发电机，蛤蟆隐藏得再绝密、再深，都会被电出来，在水中麻木成死的样子，轻易就捡起它了。使用这种工具时，只要穿上齐胸的水裤，电不到自己就行了，不用像使用蛤蟆钩子那样，需要练眼疾手快的真功夫。

记得那是一个漆黑的夜晚，姥爷喝了个大醉，姥爷大概是酒后吐真言吧。他说，他是蛤蟆精托生的，他永远是蛤蟆王……

那时，我已经很懂事了，看见姥爷蒙眬的醉眼，看见姥爷那布满皱纹的脸，看见他那双粗糙的大手，我流泪了，在泪光中又出现了姥爷和我在一起的画面：

在银色的沙滩，在洁白的雪野，在光明的冰原，有一堆红色的篝火在燃烧，篝火在幽静的河谷，噼啪出生命的亮点，红色的火炭像希望一样惹人。姥爷领着年少的我坐在火堆边，光环润着姥爷饱经风霜的脸，润着我稚嫩的眼睛。火炭上烧烤着肥胖的蛤蟆，不加盐，不放醋，从它们那漂亮的身子里滋滋地向外渗着透明的油液，而蛤蟆独特的香气，默默地传出很远很远。那时，天空中或许飘浮着几朵白云……

长白山的深秋，冷雨总是那么缠绵，下得日子都惆怅起来。而这个时候，正是抓蛤蟆的最佳季节。

我要去城里，住在姑姑家读书。姥爷说："今晚我领你去抓蛤蟆，明早好好吃一顿。"我很纳闷儿，如今的蛤蟆，摇电电、炸药炸、毒药药，已经很少了，所剩的也都变得训练有素了，白天都难抓，更何况是晚上。过去蛤蟆厚（多）的时候，晚上拿了火把，倒是可以在河岸上就能照见并抓到，可如今……

这时，姥爷已准备好火把和口袋，催我快走。

天阴得死葫芦一样，冰凉的细雨打在我们的雨衣上，姥爷哧溜哧溜的脚步声像勾死鬼一样紧紧拽着我的神经。在这样的夜晚，这样走路，什么都可以想，也可以什么都不想。

喧哗的流水声横在我们面前时，姥爷停住说："坐下等吧。"我实在摸不着头脑了，问姥爷在这儿等什么呢？姥爷说，一会儿就知道了。

姥爷在大河边找了一处比较平整的沙滩地，默默地坐下了。我紧挨着姥爷坐下，在黑暗中疑惑地望着姥爷那朦胧的剪影。

我和姥爷坐在黑暗的夜里，面对着涌动的大河，听着流动的河水发出动人的乐声，仿佛穿越到了另一个远古的世界。面前黑暗的大河中，仿佛有一条绵长的生命在流淌，有一个没有开头，也没有结尾的故事在流淌，有一个空洞的意念在流淌，有一首古老而神奇缥缈的诗在流淌……突然，有一只蛤蟆在我面前鸣叫。这是一只来自远古、来自天堂、来自遥远的外星、来自地狱的蛤蟆在叫。这叫声凄丽可人，这叫声秀丽迷人，这叫声勾人魂魄，这叫声钻过暴风骤雨，这叫声掠过花塘池面，这蛤蟆的叫声在旷夜里久久不息……

是姥爷在模仿蛤蟆王的叫声。

当静下来的时候，姥爷点亮了火把。在我和姥爷坐着的沙滩上，聚集着成千上万只蛤蟆，好像千军万马受到了将王的召唤。

蛤蟆在夜晚突然见了光亮，就都一动不动了。

姥爷模仿蛤蟆叫，是蛤蟆王的叫声，所以才引来如此众多的同伴。

姥爷说："少抓一点，够吃就行了。"

姥爷的声音在黑暗中显得有些凄凉。我似乎突然明白了姥爷这一绝技为何从来没用过。

秋天的夜晚，细雨淋漓。

这秋天的雨夜，这成群的蛤蟆，还有蛤蟆王——我的姥爷，是属于长白山的。

灵魂拷问

嘴黑与心黑

　　亲戚朋友们在私下评论我的时候，经常都说我这个人心地良善，正直无私，愿意助人，敢作敢当，是个典型的大男人，哪样都好，就是嘴太黑。而说我嘴黑，并不是说我伶牙俐齿，说话尖酸刻薄，而是说我讲话太直太实，有时候没有照顾到他人的情面。

　　年轻的时候，别人无论怎么喷我，或者我如何施恩招怨，我反反复复承受了窦娥之冤，但还是记不住，也不在乎，遇到事情还是不管不顾，照样还是义无反顾，勇往直前，去承担，去做。也有亲朋说我，就是没脸，总是好了伤疤忘了疼。我自己受伤之后，有时候也后悔，也在心里告诫自己，不要去管别人的事，可怜之人必有可恨之处，不要吃一百个豆不知道腥，要改改自己的性格和做事原则。但是，在现实生活中，还是屡试屡败，遇到不平事，还是要谏，还是要管，遇到别人有困难，还是要出手相助。而现实的残酷是，你出力了，操心了，花钱了，其结果往往并不好。而这种不好的结果，并不是我做的事情有问题，而是流行病的问题。网上有例子可以做解释，有个名演员孙俪，资助一个贫困大学生，最后大学生知道了孙俪的身份后，状告孙俪资助太少，无法满足他的高消费生活。现实生活中，这种施恩招怨，恩将仇报的事情太多，其背后的原因不是三言两语能阐述清楚的。

　　我们在生活当中，大家常常听到这样的话：你有能力，你就应该帮助我；你有钱，你就应该为我们多花点；你没让我占到便宜，就是给我亏吃了……

朋友们，我把这些话写出来，是不是我又嘴黑了呢？是的，肯定会有人说我嘴黑的，特别是那些经常这么说话的人，不但会说我嘴黑，还会骂我更难听的话。

如今，随着年龄的增长，我学会了自省和反思。认真想想，我嘴究竟黑在哪里呢？想想自己这张破嘴有时候还真是够黑的。嘴黑的原因是，别人都不说的实话，我说了大实话，那么虚伪的人肯定要骂我嘴黑的；有的人专爱讲扯皮搪塞的话，不能直指事物之核心，更不敢直指人心，我说了真话、尖锐的话，那肯定有人骂我的；有的人，怕得罪人，怕失去自身利益，更不敢主持公道与正义，只能说些冠冕堂皇的话，我又跳出来，说了真话、实话，当然还会伤害一些人的，挨骂那也就是当然的了。

总结一下，我的确是嘴黑。讲真话，说实话，嘴就是黑的。但是，有的人，口蜜腹剑，诳语连篇，说话是假大空，做事是坑死你，骗死你，拖死你。说的是天花乱坠，对自己没有利益的实际事儿一件也不办。甚至嘴上仁义道德，行动危害他人。这种人，嘴的确不黑，但其心却是黑的。

我想来想去，我这张嘴，恐怕只能黑下去了。当然，也可以考虑提高自己的修为和层次，比如，修佛家之慈悲善良之心，炼道家坚韧强壮之骨，学儒家之学说与做事，会更好。

但是，我还是怕失去了自我。我大半生都是靠这张黑嘴，讲真话，说实话，鞭挞虚假与丑恶，弘扬公平和良善，抱打不平，做了一个真实的我。我也知道这样，付出很多，却没讨好，也吃苦更吃亏，但是走到知天命的年龄了，我依然还没后悔。

我的心没有黑，这是我的幸运和自我满足；而我这张黑嘴，估计到死也不会悔改。

心里有个他

每每在医院就医排队，每每坐车排队……总之，在我们需要排队的时候，需要我们大家共同遵守某项规则和秩序的时候，常常让我们觉得失望或者愤慨，因为总是有些人，他们破坏了大家的规矩，他们在自私自利的驱使下，变得目中无人，变得麻木不仁。

我们在等候公交车排队的时候，只要超过十人以上，你就无法辨认队形，因为你不知道哪个队形是在真正的排队。本来先来的乘客，排了个队形，大家开始也会陆续跟着排队，人渐渐多了的时候，就会有戴着墨镜，昂着头的人，目空一切地走到前面去，和排队的第一个人并列站着，于是，后来的讨巧的人，都会站在他的后面，因为他后面的人少。就这样，又会有人径自大摇大摆地走到前面去，自己另起一行，又排个新队伍。很快，这个队形就乱了套。先来排队的，内心愤恨，有时又都是敢怒不敢言，或者觉得多一事不如少一事，也就糊里糊涂和大家一样了。

我在火车站，坐车经常会遇到，在始发站，乘车的旅客会在下车的旅客还没走下车的情况下，横冲直撞，抢先上车。结果是，下车的下不来，上车的上不去。我很纳闷，现在我们国家的高铁、动

灵魂拷问

车等,交通十分发达,大家乘车特别方便,可以说乘客都有座位。那么,下车的乘客还没有走下车,上车的乘客就拼命抢先上车,他们究竟是在抢夺什么呢?有时间,有座位,那为什么还要拼命去抢呢?

在车站购票,在医院挂号,在很多公共场合,排队已经成为了我们大家必须面对的现实,这个残酷的现实本身就让我们很苦恼,而那些加塞的插队的,就更令人讨厌和气愤了。凡是来排队的,都要提前赶来,所付出的时间和辛苦,也是生活所迫无奈的事,而那些破坏规矩的人,说白了,就是心里没有别人,只有自己。你急,别人不急?如果真的是有特殊情况,大家让让也是正常的。但是,关键的是,有的人就是想省略掉他人所承受的排队过程,直接达到自己的目的。

我们在机会和利益面前,第一反应就是"我",这大概也是天性使然。但是,我们这个群体,是大家的群体,而不是一个人的群体。如果我们希望这个群体和谐,群体内有道德的约束,那么我们每个"我"中,还要有个"他"。如果我们每个人的心中都有个"他",我们这个群体,在未来的坎坷和灾难中,才会是一致的,才会是有队形的,也才会是战无不胜的。

灵魂拷问

文字漫画

垃圾堆

在居民区里的一块空地上,有一堆垃圾。开始这个垃圾堆很小的时候,上面插了一块大木牌子,牌子上面写着几个大字:此处严禁倒垃圾!后来,随着垃圾堆的不断增长,这块牌子也在不断升高。插这块牌子的人,始终保持了清醒的头脑,隔段时间就把这块牌子拔出来,重新插到垃圾堆的顶峰,怕这块牌子被垃圾埋没了,那样,他就严重失职了。

支撑

城市里的马路边,年年都种树。一个春风暖人的日子里,路边的绿化带里又补种了几棵树。每棵新栽下的腕口粗细的树上,都绑了四根或者六根手腕粗细的支架。有人算了一下,栽一棵腕口粗细的树,要牺牲几棵大树。因为那四根或者六根用以支撑的木杆,都是需要大树才能裁割出这样的材料。城市里为了绿化,为了栽树,有时是不计成本的。计较的是,栽下的这棵树是否能活下去,至于靠什么去支撑,可以忽略掉。

灵魂拷问

公交车广告

公交车每到一个站点，都要提前报站。有时需要提前的时间长些，否则站点报不完，容易错过站。如果你坐车不够用心，容易听不清楚所报站点。例如：

各位旅客，五六七八九商场提醒您，本月该商场所有商品都一折出售，并于本月开展抽奖活动，活动期间，所有商品都物超所值，欢迎您和您的家人、朋友、同事来五六七八九九商场，参加购物和抽奖活动，只要您于本月1日到30日来到本商场，就会惊喜不断！真事儿车站到了。

全靠药

上午参观了某农药兽药厂。厂负责人介绍，他们近几年来，研发了多种农药、药肥和兽药等。为广大农民和饲养大户，增产增收，实现了巨大利润。现在的庄稼和蔬菜，如果没有农药、药肥，根本不生长，原因是现在没有农家肥了，土地板结严重。现在的猪啊鸡啊，不吃他们研发的饲料，根本不长个，猪也不肥，鸡也不下蛋。这位负责人，最后很自豪地说：我们现在在工厂里，就解决了吃饭问题！

下午参观了药厂。药厂负责人介绍，他们近几年来，投入了大量的科研经费，投入了大量的人力物力，研发了多种治疗癌症、治疗各种绝症的药物。这位负责人说，现在由于环境污染，人类健康受到威胁，所以，很多问题要靠药物来解决。我们在工厂里，就解决了人类健康问题。

灵魂拷问

会鼓掌的两只手

这个夏天一直持续高温，在闷热的天气里，城市里正在修高架桥，双车道变成了单车道。所有的车都在拼命争抢着往前开，于是就塞车了。大家的车辆无法前进，很多开车的和坐车的人就下来寻找堵车的原因，大家不约而同地围住了一辆车。这时围观的人发现，塞车的主要原因是有一辆白色轿车被路边的一块石头卡住了。开车的女司机急得直踩油门，但是车前轮只是空转，司机在车上干着急却不知道什么原因，而且是越急就越慌，越慌就越没有办法。

围观的人们七嘴八舌议论着，有的人在大声叫喊着，都说是那块石头惹的祸，都在议论指责着司机和那块石头。就在大家义愤填膺叫嚣的时候，从人群外挤进来一个穿着工装的人，一看就是农民工。他走到被卡住的轿车前，挥手叫司机停下，然后躬下身，费力地将车轮前那块石头挪走。这时人群里突然有人嘀咕说：这个人是一只手！围观的人群一下子都不出声音了。此时大家这才注意到，搬石头的人另一只袖管是空空的。他搬走了石头，向那被挡住的轿车司机挥挥手，轿车鸣笛一声开走了。

在围观的人群里，不知道是谁出于什么心态，竟鼓起掌来。一人鼓掌，大家不约而同地用双手鼓起掌来。大家在感动着，在议论着，在响亮地鼓掌。

一只手的人搬走了挡路的石头，两只手的人都在为他鼓掌。

灵魂拷问

我只做你停靠的港湾

如今，朋友有很多，可是，当我们孤独的时候，当我们面临生活困境的时候，尤其是我们从辉煌坠落到凄惨境地的时候，回头看看，突然发现，昔日那些围前围后的朋友都不知到哪里去了。实用主义，有用没用，是否能获得物质利益，这些东西已经重新定义了朋友的意义。尽管如此，我们生活在世上，还是要交朋友的。无论从物质还是精神的角度，我们都需要交朋友。那么，我对朋友只有一个要求，那就是，我只做你停靠的港湾，而且永远都只做你静静的港湾，一直默默地，无任何所求。这就是我的境界。

朋友，你在生活的大海中受到险风恶浪的袭击了吗？你受到鳄鱼的惊吓了吗？你有难以言说的委屈吗……当你活得很累，对一切都厌恶，几乎要向生活屈服时，甚至你的世界要面临崩溃的时候，就请你来我这静静的港湾吧，我会梳理你的羽毛，抚慰你的伤口，让你休养生息。

朋友，你失意了，你受伤了，就到我的港湾来吧。不需要带礼物——哪怕只是一件小小的礼物；你也不要打招呼，不要说什么，就悄悄地来吧；你不要有在艰难时才想起我的羞愧，就这么自然而然悄悄地来吧……

我也不会跟你打招呼，或者说出那么多华丽的辞藻，我不会；我知道这个时候最好是什么也别对你说，我只会张开我厚重广阔的胸怀，默默接纳你；不会提及在你辉煌时是如何冷落我的，也不会提及在我失意时你是如何回避我的，我只会让你在我的港湾里顺风顺水、安安全全、自由自在地停靠，调养你的身心……

如果你所受到的伤害一时还无法消除，你还可以在我的港湾里尽情地挥霍发泄。你可以发怒、可以耍疯、可以流泪；可以骂、可以喊、可以笑……在我的港湾，你可以做你想做的一切事。直到你轻松了，舒畅了，依偎在我的港湾悄悄睡去为止……

我的港湾就是你生命的莲花池。当你的伤口愈合了，当太阳升起来的时候，你已精神饱满，英姿勃发，对人生又充满了信心和梦想。你又要启程了，快快乐乐地去征服这个艰辛而美丽的世界。这时，你什么都不要说，也不要对我想什么，你甚至连一句谢谢也不用说。你知道我的博大胸怀，你也知道我的深度。所以，就这样带着在我的港湾里吸取和储存的生命能量，轻轻松松地重新起航吧。

当你又在人生的海洋里搏击巨浪的时候，我依然会默默孤独地卧成一座静静的港湾。用我温厚的气息，用我巨大的良善的潜能，悄悄为你送行，一直送你到很远很远；用我最真诚的情感，遥望你远去的背影，心中默默为你祝福，一路顺风……

我的朋友，最后我要告诉你，即使你到天涯海角也要记住，我永远是你人生道路上可以随时停靠的港湾，是你可以安静疗伤、重获新生的港湾。我一直在默默地、毫无怨言、毫无奢求地等着你；不只等你的幸福和辉煌，也等你的失意和疗伤。尤其是，当你在人生路上又一次失意、又一次受伤的时候，你就再悄悄地来吧。在你得意的时候，在你幸福的时候，你可以忘记我；在你失意的时候，在你孤独无助的时候，你就来我这静静的港湾。

朋友，我永远都是你可以停靠的港湾。

灵魂拷问

劳动依然是我们崇尚的美德

人类社会的精神财富和物质财富，无论是靠体力劳动还是脑力劳动，都是靠基本劳动创造而来的，都需要劳动才能完成。

当下，我们对劳动似乎不那么热爱了，很多人更喜欢一步登天、一夜暴富，不劳而获。尤其是体力劳动者，还时常被唾弃，被那些不劳动的人看不起。我们对年轻一代的教育也有问题，更多给予他们的都是捷径。尤其是独生子女的出现，一家人都围着公子公主转，公子公主们洗个碗，奶奶姥姥爷爷姥爷等都会抢过来，剥夺公子公主的劳动机会。长期以来，新一代人的基本生存能力被弱化，他们心安理得地享受大人们的劳动成果和服务，于是诞生了一个时代的产物：自私的啃老族。在啃老族的问题上，在当下社会青年一代的思想意识形态的形成问题上，我们做大人的要负责、要反思。

据调查了解，如今在农村，在田间劳动的人，都是七十年代以前出生的人，也就是说四十岁以上的人，才肯在田间劳动。年轻人们，基本不会劳动，也不愿意做那些面朝黄土背朝天的基本劳动。在他们看来，在田间的劳动又脏又累，既是很辛苦的，也是很低下的。现在的问题是，不是田间没有活干，而是没有人愿意去干了。

时代在进步，人类的体力劳动被越来越多的科技手段所代替，这是好事，也是我们人类追求劳动力解放的方向。但是，基本劳动还是永远存在的，包括我们应对自然灾害，我们的生存能力，主要是依靠劳动锻炼来完成的。因此，劳动依然是我们生活中最需要的技能。

一个民族，如果不尊重劳动者，如果不鼓励劳动者去劳动，不崇尚劳动美德，那么，这个群体最后会很无能的，也不会发达兴旺。我们常说，我们中华民族是一个勤劳勇敢的民族，勤劳是放在首位的。劳动创造了我们中华民族的财富和智慧，我们的祖宗是在劳动中不断进步繁衍生息的。勤劳这个美德，是我们中华民族传统文化的重要支脉，我们必须要传承、要延续。

时代已经不允许我们继续浮躁下去了，不允许我们把吃喝玩乐当成我们生活的主旋律了，也不允许我们去追捧那些浮华的精神泡沫了。我们要尊重每一位脚踏实地的勤劳勇敢的劳动者，无论他从事什么样的劳动。我们更要加倍尊重和追捧那些底层的劳动者，把他们当成明星。试想，一张明星脸或者一首流行歌曲，有时真不如一个馒头或者一个萝卜有价值。我们的衣食父母，是我们身边的劳动者，劳动者才是最伟大的。

把我们丢失的崇尚劳动的美德重新捡回来吧，并加以发扬光大，传承下去。靠我们的勤劳和勇敢，才能完成我们中华民族的复兴之梦。

灵魂拷问

能不能

能不能静一静

我们真的需要大家静一静，共同创造一个安静有序地活着的环境。我住在省城比较繁华的路段，住在一幢八十年代初期建筑的老楼房里，房子虽老，但是经过简单装修，也算过得去。可是，我住这里两年，心情是越来越烦躁。跟朋友说起，朋友说，那里是繁华地段，人多，所以嘈闹。但我觉得，繁华和喧闹或者嘈闹，之间有必然的联系么？

我的楼下是一个十字路口，车流很大，连后半夜也是汽车喇叭尖叫不断。我经常在凌晨三四点钟，被那些飙车的巨大的马达声惊醒。时间久了，夜晚窗外的汽车鸣笛声和马达声，基本上不能让我们在疲劳的状态中惊醒，但是，那些在后半夜夜深人静的时候，突然的高分贝马达声和汽车喇叭的持续尖叫声，时常会突然让我们在酣睡中坐起来，误以为发生了什么重大灾难。

还有楼下的那些通宵营业的餐馆，夏夜里，老板为了招徕生意，把餐桌摆在了餐馆门外的马路边上，吃客们不仅大吃，还豪饮。这些也不重要，重要的是，那些年轻的吃喝客们，会突然发出尖叫，分贝不小于汽车的尖叫。他们喝多了的时候，还会打架、叫骂、嚎哭，或者发出各种各样的大声怪笑。我常常会被他们的声音惊醒，趴到窗前看看，他们是那么的放荡和自由自在，仿佛这个世间，只有他们的存在。楼下还有一家餐馆，可能因为生意不好，在他们的餐馆门口的马路边上，支上了一个大屏幕，放着影片，吸引顾客。每天晚上十一点前，他们所放的影像的声音，都是震耳欲聋。

我住在自己家里，但是，我却无法得到一个安宁的能够属于自己的空间。炎热的大夏天，我晚上睡觉时却要挡上薄棉被一样的窗帘，因为对面饭店墙外的电子大屏幕那强烈的霓虹灯光，刺激得我的眼睛无法睁开，强烈的光线，让我无法呼吸，也无法睡眠。

这处繁华的路段，居民不是我一个。我不知道其他居民在夜里是怎么过的，但我相信，他们的处境不会比我好到哪里。我只想对那些夜行的人们说，能不能静一静？因为地球不是你们自己的，因为这个城市也不是你们自己的，这条马路更不是你们自己的。

一个有修养的人群，无论在多么繁华的地方，无论有多少人，大家都应该是安静的。当我们的内心宁静了，这个世界才会安享幸福。

能不能洗一洗

跟朋友去饭馆吃饭，发现黄瓜上有泥，我就抱怨了几句。朋友嘲笑我半天，说饭店里的有些蔬菜是从来不给洗的，例如黄瓜，茄子，辣椒，大头菜等。我不相信，因为我们在家吃饭，都是要把从市场买来的蔬菜，用清水浸泡，又加盐又加醋的泡，浸泡几个小时，才肯吃。原因很简单，大家都知道，现在的蔬菜上，农药残留太多，

灵魂拷问

化肥用得也多，通过浸泡来稀释蔬菜上的农药残留，也幻想着将蔬菜里的化肥成分泡到水里一些。大家无非是希望少得病，多活几天。而一些饭店里（朋友说特别是一些小饭店里）竟然对一些蔬菜不洗，我实在是无法接受这个现实。我有意无意问了几个人，他们都说，有些饭店和烧烤店里，一些蔬菜真是不洗。怪不得，很多人是卖什么不吃什么，他们是不会吃卖给顾客的东西的，也可能有些人是舍不得吃，但多数人可能还是因为他们知道那些东西的真实内幕。

其实，我们的粮食和食品安全问题，老百姓早已经意识到了。例如，现在很多农民，他们在自己的土地里，要种两种不同的粮食和蔬菜：一种是很多化肥和农药的，自己省心又省力，产量高但是毒素大的；另一种是农药和化肥很少或者没有，靠农家肥生长的粮食和蔬菜。前者卖给市场，后者自己食用。他们养的猪啊鸡啊鸭啊鹅啊，凡是能端上餐桌的，也都是分类的，一些是喂那些从工厂里拉来的饲料，短时间内把那些动物催大，获取较高利润；另一种是喂粮食的，或者喂较少的相对安全的饲料，喂养时间也长。他们知道什么东西好，那么，好的东西就是自己食用，那些他们不敢吃的东西，销售到市场中去，给城里的人吃。而城市里也有他们那些年轻的儿孙们在闯世界，但是，谁也解决不了这个靠化肥农药和一些工业化学产品催生出来的泡沫，或者说叫毒瘤。那么，一些饭店里也是这样，他们吃的东西，会花费时间气力，浪费一些水去洗一洗的，而给顾客的东西，就要节省成本，省下力气，省下水电费，不洗了。

民以食为天，种粮食蔬菜的，养家畜的，做食品的，是做良心活。我们已经走上了这个快速发展的轨道，但是，我们要顾及死活，要考虑给我们的后代留下一条符合自然规律的健康的活路。请你做食品前，洗一洗那些蔬菜吧，洗一洗你的手吧，最好也洗一洗你的良心。

能不能想一想

我每天下班回家，出了要拐弯抹角穿插在人群和车空外，还要特别注意我家楼下的路口。因为我必经的回家路口，常常会被那几家烧烤摊争抢着挤满，无法走过去。有时我很痛恨自己，为什么没有生一双翅膀。

最折磨人的是，去年的春天开始，我家楼下原来一处锅炉房被一个据说很有来头的人物买去，于是他们开始大造工程。在原来的破旧的房子上，往高处接，往外面扩张。连地下也深挖十几米，修建他们的宫殿。这一年，我几欲崩溃。

他们为了遮挡什么，会在路口并排停几台车，回家有时必须绕路走，因为他们堵在你路口的豪华车辆让你无法通过。他们的工程开始，我们进出家门的路上就没干净过，泥水横流，有时堆放的建筑垃圾会让你无法走路。他们从地下挖出的泥土，堵死了我们的路口，白天挖完了，他们的大型铲车和自动装卸车，会在第二天凌晨三四点钟开始往外拉。那巨大的轰鸣，震得我们的那幢老式楼房在颤动。有一次，他们那个挖掘机用力过猛，我们整幢楼的居民都以为发生了地震。一年多的折腾，自来水被挖断多次，有时停水有时停电，让居民们很恼火，很愤慨。开始也有居民找，但是，都被那些脸色忧郁愤怒相的不明身份的人给吓回来了。大家都在忍，也只能忍。

有一天我下班回家，走到楼下，有几位居民在小声嘀咕，因为

灵魂拷问

我们回家的路口又被他们挖出的泥巴堵住了。我听见一位上了年纪的老居民说：也不想一想，只想自己的方便，不想一想大家。而且这么霸道的人，这么折腾的人，是败家的开始。他们建完了扒，扒完了建。哪有这么折腾过日子的？

我也想起来了，是这样。这个有来头的人，工程干了一年多，开始扩建装修好了，后来又扒了，反复扒建了两三次。之所以不大的工程折腾一年多，跟建了拆，拆了再建有关系。大家都觉得这个人，钱太多，简直是在玩烧钱游戏。

老人家又接着感慨：你有钱不怕，你就是钱再多，你也是人啊。也不想一想，他折腾这一年，给我们这些邻居造成多少困惑，带来多少不便！他们不但没有一句宽慰道歉的话，还净来横的。他也不想一想，这么多人在内心里怨恨他，他以后在这里的生意会好么？只想自己的人会得好么？聚在老人家身边的几个邻居，都在频频用力点头。

那个老人家活了多半辈子，当然会对人生，会对怎么做人做事，有自己的经验和人生思考。我不想评论他的观点对错，但的确引起了我的共鸣。

你我他构成了我们这个人群，形成了我们的社会。我们都是人，所以你无论贫穷富贵，高低贵贱，也都要在世间做人做事儿。你再有钱，再有特权，你失去了我们大家，你又能做什么呢？想一想吧。

灵魂拷问

做比说重要

　　当我在键盘上敲完最后一个字，目光离开电脑屏幕的时候，我才发现，办公室里已经暗了，是电脑屏幕发出的亮光，让我一直以为天还早呢。我看一下时间，原来距离下班已经过去两个多小时了。我揉揉酸涩的眼睛，长出一口气，终于又完成了一项工作。当我离开办公室，发现整个办公大厦里漆黑一片，走廊里的灯都已经关掉了。好在我是轻车熟路，摸索着走出办公大厦的时候，外面的天已经擦黑了。抬头望望黑蒙蒙的天空，月亮和星星都是模糊的……

　　工作任务完成了，刚才还觉得心里很舒畅，浑身都充满了轻松愉快的感觉。可此时走在回家的路上，又觉得很孤独。我所做的工作，是我最热爱的事业，但是，支持我的人并不多，其主要原因就是，我做的事情，跟这个时代不是很合拍。用最简单的话说，就是付出的多，得到的少。而这个多少，都是指物质上的。

　　我在学生时代，就有做文学事业的梦想，几十年来，无论我是在人生风光辉煌的时候，还是在我人生坎坷低谷的时候，我都没有放弃这个梦想。而且，我不是只是去想想，做做梦，我是克服各种困难，千方百计地去实践，去做。前几天，一位出版社的朋友看见

灵魂拷问

我写的诗歌，竟然怀疑是不是我写的。我把我写作情况说了，他很兴奋，鼓励我收集整理一百首诗歌，为我出版。我在他的提醒下，开始整理我的诗作。没想到的是，除了一些找不到的诗歌外，我竟然写了上千首诗歌。我没想做诗人，只想写诗，写着写着，或许就写成了个诗人。再回头整理我的小说和散文，发现我写的作品，出版一本小说集和散文集也是绰绰有余的。

我突然悟出一个理来：成功是靠做出来的。虽然我现在还没有成功，但是，我一直在向着我的梦想的方向，默默去做，一直在努力的路上往前走。如果想要做好一件事情，就要不怕吃苦，要耐得住寂寞。不要只想不做，或者没做呢就想着名利。心中没有名利，去做自己想做的事情，去追寻自己想要的生活，自己就会很快乐，内心也会变得很纯净。

我们现在做事，都讲求效益和回报。所以，说得多做得少，有时会成为我们做事的一种惯性。但行好事，莫问前程，这应该是我们做人做事的最高境界。

好了，不说了，不说了，现在开始就去做实事儿吧。

请你记住别人的好

现在交朋友很难，也正应了老话说：交人难，得罪人容易。我们处在这个浮躁的当下，很多人没有时间去考虑他人的利益和感受，想到更多的都是自己的名利。很多人觉得，在朋友处，占不到便宜，就是吃亏了。我们由于心态不好，狭隘自私，又斤斤计较，所以，很难处到好朋友，就更不能奢望知音或者生死之交了。

我有个相处多年的老朋友，在酒桌上曾经立下誓言：我们是一辈子的哥们儿，一生不离不弃。可最近，他有一件事情求我帮忙，我秉承对朋友的一贯忠诚，死心塌地为他跑了两天，但是结果没有达到朋友的要求。我如实向这位老朋友报告了办事的艰难过程和最终失败的结果。但让我没想到的是，这位老朋友当即就跟我急眼了，说我忘恩负义，说我不够意思。我虽然感觉很生气，很受伤，也很无奈，但是我还是强压心中的火气和委屈，保持了镇静和沉默。我想，毕竟是多年的老朋友了，毕竟有过友谊与共识，毕竟相互帮助过，而且这个事情，无论是因为我的无能还是因为这件事情的本身难度太大，我毕竟没有帮助朋友把这件事情办好办成，是我对不起朋友。于是，我在自责和委屈中，一直保持了冷静和沉默。

但我还是没有想到，这位老朋友还是在微信里，写了很多很多。

灵魂拷问

内容就是，他过去如何帮助我了，他为我付出了多少多少，我占了他多少多少便宜，甚至连我吃了他几顿饭，他都罗列出来……

说实话，我看了他的微信留言，有许多过往的事情，我都已经忘记。但在他的刺激下，我回顾了我们的交往，我们相交了十几年，原来我一直都在为他服务，为他付出。我突然发现，如果我们之间互换一下位置，恐怕我们的友谊早已结束了。如果这些年，我对他没有好处的话，我们的友谊绝对走不到今天。但是，我平时并没有去想这些事情，更没有去想朋友之间谁占谁的便宜。我们这种视如亲兄弟般的朋友，交的是心，对方给予的是友情，是精神层面的东西。交心交神，互通有无，相互批评，互相鼓励，相互扶持，好朋友就应该是这样啊。

这位朋友在微信里对我的责怪，对我的埋怨，还有无情的伤害，我都保持了沉默。我理解不了朋友为什么会为一件事情翻脸，或许是他压力太大？或许，当下的很多人和事情，都不好解释，也很难理解。所以，我没有对这位老朋友进行辩解或者解释什么，我觉得，既然浮躁、功利、无情无义已经侵蚀了我们友谊的田园，我去辩解再多，说再多，又有什么意义呢！

出于对老朋友的礼貌，我在微信上这样回复道：

我们交往的这十几年里，很多事情我的确忘记了，但你对我的好，我还都记得，并会永远记得。

> 灵魂拷问

富有，不是我们浪费的理由

　　随着我们国家大发展大繁荣的到来，我们老百姓的生活是越来越好。我们丰衣足食了，我们富有了，但我们在优渥的生活中，依然要保持头脑的清醒，依然要理智地对待我们现在所拥有的一切财富所带给我们的美好生活。

　　物质的极大丰富，是靠我们奋斗出来的，我们吃穿住行所享受的财富，是靠科技和工业手段生产创造出来的。但是，无论我们的科技和工业如何发达，我们发明或者拥有了什么样的高级手段创造财富，最终还是需要地球给我们提供资源。我们都知道，我们的地球，资源是有限的，很多资源也是不可再生的，终会有枯竭的那一天。因此，当我们面对现在无处不在的铺张浪费现象，我们就要警惕了。希望社会上有识之士，共同发出呼吁，鼓励节约，杜绝浪费。

　　我们每个人都要三省自身，我们每天在吃穿住行上浪费了多少？我们用水用电，又浪费了多少？我们的各级单位，各类企业有多少铺张浪费呢？我们大家都冷静反省一下，我们在餐桌上浪费了多少饭菜？我们衣柜里有多少是一年也不穿两回的衣服？我们有多少是重复建设？大量的空置房屋，是不是最严重的浪费？

　　勤俭节约，勤劳致富，是我们中华民族的传统美德，只有在富有的时候，我们还能提倡以俭养德，以勤兴业，我们的幸福生活方能长久。我们生逢盛世，我们的祖国强大了，我们的百姓富有了，但这一切绝对不是我们可以浪费的理由。

灵魂拷问

好人是做出来的

很多人都常说，自己是个好人。是的，人之初，性本善，我们每个人的本质都是善良的，基因都是好的。好人的标准有很多，但最基本的应该是真诚、勤劳，能够实实在在做事，表里如一为人，尽自己的能力去帮助他人，力所能及去回馈社会，能够让自己的家庭和睦，孝敬老人，为子女尽责。如果能够做到这些，大概也就是一个传统意义上的好人了。

事情都是说起来容易做起来难啊，很多人做好人，还都停留在嘴上，很多年轻人的孝顺也多是甜言蜜语。其实，说一千道一万，不如实实在在地去做，行动才是最能说明问题也是最能解决问题的。

老家有个宋大妈，言语很少，但是亲戚朋友和邻居没有说她不好的，她侍候完公公婆婆，再侍候瘫痪十多年的丈夫，又侍候呆傻的小叔子，几十年默默无闻，靠她的勤劳、善良、毅力，支撑了一个残破的家，并让这个家充满了和谐和温馨。是的，包括很多人都在传讲她的事迹，也是说得容易，而几十年如一日地去做，又需要付出多少心血和汗水呢？又要承受多少煎熬呢？所以，凡是认识宋大妈的人，没有不敬佩她的，大家也都会真诚地说，如果换作自己，肯定做不到宋大妈那样。

有一些人，是做得少，说得多。有个高老师，经常给大家上课，讲什么传统文化，讲什么如何做个好人，做好事对人生有什么益处，讲如何孝敬老人。可是，一到关键时刻，他就无影无踪了。他的父亲住医院了，这个时候不仅仅是需要儿女出钱，更重要的是需要儿女的陪伴。他每到这个时候，就不再出现了。当老人出院了，他再出现，然后又开始给大家讲有关孝顺的理论了。

有个80后，经常在喝酒的时候哭，一边哭一边说，自己的父母老了，头发都白了，靠打零工生活，太不容易了。可当酒醒之后，还是照样啃老，不出去工作，三十多岁的人了，还要靠父母出大力养活。

还有个90后的美女，都做了母亲了。她每天要给自己的母亲至少打一次电话，或者发一次视频，电话里或者视频里总是粘腻着母亲，甜言蜜语一串串，爱妈妈，想妈妈。可是，当和母亲在一起的时候，自己会躺在沙发上，对母亲吆五喝六，指使母亲帮她不是干这就是干那，把自己的老母亲当丫鬟使，而且一言不合就对母亲发脾气，大吵大叫。

或许现在的独生子女们，他们尽管已经成人或者已经成家，但他们没有吃过苦，从小就是大人们在伺候，被所有的大人所娇惯，所以，他们没有吃过苦受过累，就根本不知道什么是生活，更不知道什么才是有意义的生活。

如果我们一生中，做好人，做好事儿，做一个孝顺的人，做一个对社会有意义的人，只停留在嘴上，或者说只停留在理论研究上，那是很可怕的。我们要教育自己的后代，做人做事都要脚踏实地，把理想和目标落实到行动当中去，靠智慧和实干去实现我们的人生目标。我们要崇尚社会和谐、家庭和睦，孝敬老人爱护孩子的文明之风，在日常生活的点点滴滴行动中，传承中华优秀传统文化。

羔羊跪乳。乌鸦反哺。羊和乌鸦都是在实际行动中完成孝的。

灵魂拷问

难守的老品牌

一个真正的企业家，不仅要追求最高的经济利益，还要追求社会担当和承担社会责任，或者说要在追求经济效益的同时，也要追求企业的社会效益。

但在市场大潮的推动下，让我们有时身不由己，毫无定力，浮躁做事，让一些优秀的老品牌消失了。以某酒厂为例。

这家酒厂，原是一家地方国营企业，五十年代建厂。因为该酒厂前身，就是一家烧锅，因为水好，烧出来的酒就好。过去这家烧锅，烧出来的酒远近闻名，方圆几百里内的人，都喝这家烧锅烧出来的白酒。于是地方国营酒厂，就在这家烧锅的基础上建厂，继承了传统烧酒工艺，因此酒厂的几款白酒产品，很快占领了本地市场，又很快占领了省内市场，继而在国内白酒市场也有了很大的份额。

后来，随着经济的快速发展，加上酒厂大量在媒体上投入广告，该厂的产品供不应求。这时，企业管理者也被巨大的经济利益冲昏了头脑，为了追求利益最大化，还管什么产品工艺、产品质量，以效益最大化为原则。就这样，部分传统工艺被抛弃，产品利用现代工业手段，产品产量激增，但最终因为产品质量的下降，广告投入过高，企业成本剧增，企业盲目扩张的结局就是企业经济效益断崖式下滑。

后来，国有企业转制，这家国有企业被个体老板收购。老板没有去研究这家酒厂近百年来是靠什么生存下来的，他要的是更大的经济效益。于是，老板把酒厂的传统工艺彻底放弃，这个酒厂在不冒烟的情况下，生产出大量的品牌白酒。为了能把酒卖出去，于是，老板在酒厂附近，挖出来这家酒厂前身的烧锅遗址，并申请了非遗项目。于是，这家不冒烟的酒厂，生产出的产品，都被冠以百年老字号的桂冠。

老板充分利用了现代营销手段，花巨资打下铺天盖地的广告，组建了庞大的销售队伍。功夫不负苦心人啊，企业效益剧增，在短短的几年里，老板挣得盆满钵满。

过去老辈人说，酒好不怕巷子深，我们细品，还是有一定道理的。只有你的东西好，才是硬道理。虽然这个酒厂的新产品，都冠以百年老品牌，但是所有产品没有一点老的东西。酒瓶精美，酒盒华贵，就是酒在大家的胃里越来越不被接受，不被消费者所欢迎。

如今，这家过去在国内知名的老品牌，在市场上已经基本销声匿迹。老板也在几年前，把在酒厂快速挣来的钱，去投资房地产，盖房子去了。

灵魂拷问

可怕的包装

大米和小米，以及五谷杂粮，是我们百姓的命，是每个人在日常生活中都离不开的。这种我们天天都需要的东西，就应该平常而朴实地存在，不用搞得雍容华贵吧？不应把五谷杂粮也包装得像"贵妇人"，或者"官二代""富二代"一样。

然而事实恰恰就是我说的这样。大家在超市和粮油店里，可以看到很多五谷杂粮，都被包装得精美绝伦、五花八门。日前，朋友送我两盒大米，开始我以为是高档茶叶或者是什么名牌奢侈品。拿到家里仔细一看，原来是我天天都吃的大米。这大米是五斤装的，外面这个纸盒，做得非常精美，里面又分成十个小盒子，每个小盒子里分装着塑料真空包装的大米。我看着这精美的包装，真切地感受到了"贫穷限制了我的想象力"。我凭经验就知道，这个精美的包装，其价钱要远远超过大米的价钱。我们究竟是吃大米还是吃包装呢？

通过实践，这个精美包装的大米做成米饭后，口感和色泽都不如超市里的散装米。吃过这个精美盒装大米后，更刺激我的好奇心了，就按照包装上的联系方式，和这家米厂取得了联系。经过了解，这种盒装米，其包装成本是大米收购价的三倍。那么，大米我们吃掉了，这个精美的包装盒，没有任何收藏价值，只能当垃圾扔掉。

不仅是五谷杂粮有高档精美、价值不菲的包装，每年中秋节的月饼，包装得更是高档到离谱，远远超出了我们的想象力，还有各种酒的包装，真是太高档了。

现在的问题是，部分食品的高档包装，包装下的实物怎么样？这些高档包装下究竟掩藏着什么？不用说，大家都是心知肚明的。

那么，为什么这些包装，没有被我们大家抵制呢？是我们的审美出现了问题，还是因为我们的内心浮躁，喜欢追求浮华的东西，抑或就是因为我们的生活好了，高档的包装能让我们的生活品质真正得到提升？

我们的食品安全问题，一直是大家所关注和无可奈何的大问题。高档包装里装的是普通的五谷杂粮，甚至是问题粮；精美高档的酒瓶里装的是普通酒，甚至是劣质酒。而价格很高，卖米的卖酒的，都是在卖包装，是为了牟取暴利。我们大家的虚荣心，被有些不良商家利用了。

华丽的外表和奢侈的包装，都包不住丑陋虚假的灵魂。实实在在地做食品，用良心做事，才是最美的，也是最朴实、最可靠的。

灵魂拷问

用心去看这个世界

有人说，眼睛是心灵的窗口。但通过实践来看，通过眼睛折射的内心世界，越来越模糊了。那些表象看来美丽迷人的眼睛，所看到的东西往往都是丑陋的，甚至是邪恶的。因为很多漂亮的眼睛，盯的是他人的短处，看到的都是别人的毛病。因此，在我们的现实生活中，我们真的是无法相信眼睛所看到的一切。

儿时所接受的神仙世界，都是在天上。那些无所不能的神仙们，在高高的天上快乐生活，天马行空，来去自由。可当我坐在飞机上，俯瞰云层，看那千姿百态的云彩，再看净净的高空，真的没看到神仙们的亭台楼阁，更没看到神仙的影子。儿时的想法是，只要能飞到天上，就能看到神仙们。

但是，如今真的飞上天了，我们的眼睛却没有看到神仙。

是没有神仙吗？还是神仙在更遥远的天空？

是我们的眼睛度数不够吗？还是我们的眼睛缺少什么？

用眼睛看世界，是我们人的本能。但问题是，我们的眼睛大多数时候却欺骗了我们，因为我们看到的多数是假象，很难看到事物的真相。

我们看不到神仙也就罢了，可我们有时连身边的人和事也看不清楚。因为看不清楚事物的本来面目，所以，有时就会做出错误的判断，伤害了正义和良善，助推了邪恶和私欲，使我们的社会失去了平衡和前进的动力。

　　因为我们的眼睛里，装满了我们自己的美丽和优点，所以，我们看别人都是丑陋的，甚至是龌龊的；因为我们的眼睛里装满了自己的私欲，所以，我们的眼睛追寻的都是满足自己的东西。当我们的眼睛里，只有自己的时候，我们的世界就会变得越来越狭小，直至没有了让自己存在的空间。

　　用我们的眼睛去看世界，我们有时真的看不到什么。所以，我们看看那些得道的圣人的画像，或许有某种启发，他们都是闭目的。或许，用我们的肉眼真的看不到什么，而要像圣人那样，闭上眼睛，用心去看这个世界。

灵魂拷问

远去的亲情

前几天，我的叔叔从县里来省城办事，顺便要到我家来做客。我接到电话后，很高兴。下班后，我把叔叔接到家里，叔叔看到我的住房连连夸赞，说真够宽敞的。唠了一阵家常话，我张罗给叔叔做饭，没想到叔叔说：家里做多麻烦，出去吃一口吧！我想想也是，买菜做饭，真的是一件麻烦事。又想，叔叔来了，应该给叔叔做点好吃的，也不知道叔叔喜欢吃什么。去餐馆，更方便，更随意。于是我带着叔叔去了楼下一家比较高档的餐馆。晚饭吃得很高兴，我和叔叔喝了点酒，唠得也非常开心。吃完饭，我要领着叔叔回家休息。可出了餐馆门，叔叔就说：我就在餐馆边上这家宾馆住吧，开个标间就行。我有些吃惊，也很生气，我说：我家里可以给你提供一个单独的卧室，很方便的！叔叔嘿嘿笑着说：我知道你家条件不错，能住下我，可我觉得还是住宾馆里方便，得劲儿。

我和叔叔争执了一会儿，感觉叔叔很诚恳很坚决地要住宾馆，我怕叔叔觉得我不舍得花钱，也只好同意了叔叔的要求，在我家楼下的宾馆给他开了间房。

我回到家中，躺在床上的时候，回想起不知道从什么时候开始，我的那些亲戚和好朋友，过去一个锅里吃饭、一铺炕上睡觉，但现在来我家里做客，都很少在家中吃喝了，几乎没有在家中过夜的。今天，自己的叔叔来了，也是这样。我突然觉得莫名地失落，情不自禁地想起儿时的伙伴，想起那些一起奋斗过的同事，想起那些同甘共苦的朋友，想起那些曾经相濡以沫的亲人……然而，不知道从什么时候开始，亲情和友谊渐渐淡去。如今通信手段如此发达，交通如此方便快捷，可那些亲情的东西却越来越远了，远到让我们有时连自己也不认识了，时常会觉得这个世间是如此虚幻，如此地缥缈。

或许，因为我们的脚步太匆忙，或许因为我们的物质太丰富，或许因为我们都在人生的道路上拼命追赶什么。我们都会说，不知道，真的不知道为什么，我们的内心情感的东西突然变得坚硬而稀薄了。

或者，孤独已经成为我们人生的一种常态。孤独的我们，在生活中所做出的事情，有时让我们是那么无奈，而又不得不去做。这是一种说不清道不明的变化，究竟是什么东西在发挥如此强大的作用，让我们内心最柔软的东西悄然发生着改变？

物质代替不了人性和亲情。虽然有时物质会破坏我们人性的一些东西，但是，物质永远是死的，而只有人性才是充满活力和旺盛生命力的。

我们健康灵魂的构成，应该是亲情、爱情、友情的最佳组合。

灵魂拷问

真善美是我们一生的追求

真诚、善良和美好，如今显得弥足珍贵。也是物以稀为贵吧！不敢说我们缺少真诚、善良和美好，但是，我们有时为了快速达到各种各样的目的，常常把真善美忽略了。

当我们承受着假疫苗、假药、假食品的危害时，我们怎么能不呼唤真善美呢！如果我们做药的人、做食品的人，都是诚实、良善、心地美好的人，他们又怎么会做出侵害我们百姓身心健康的产品呢？如果我们把真善美作为我们做人做事的尺子，那么，我们的生活就会充满美好，人人都会有安全感和幸福感。

我们的本意是真诚的；我们的本心是良善的；我们的愿望是美好的。有些时候，因为我们的欲望超出了我们的自性本意，所以，我们的真善美被利益遮盖了。有时在利益的驱使下，我们本有的、内心深处的真善美被淹没了，甚至走向了极端，变成了追求假恶丑。因为我们的浮躁；因为我们在没有底线的状态下追求利益最大化，所以又常常把假恶丑，当成了真善美。

一个民族的强大与兴盛，全民素质的提高是关键因素。假如我们为了追求短暂的物质享受，放弃了对真善美的追求，没有良知，做利益的奴隶，在群体中形成互害模式，将是十分可怕的事情。所以，我们现在就要对后代进行真善美的教育。无论是家庭教育还是学校教育，都要把真善美作为日常的一种常态教育，让我们的后代懂得什么是真善美，做人做事都要用真善美来衡量和判断是非。我们不能只学技艺，不学道德。技艺再高明，道德沦陷，对我们的国家和民族的发展也并无好处。

如果想让我们的社会和我们的生活充满幸福和美好，那么我们每个人都要追求真善美。而且我们要把对真善美的追求，作为我们一生的追求。

灵魂拷问

大声说话

某日,我下班走进小区,我的身后突然一声巨雷炸响,吓得我差点蹦起来。我回过头看见,紧随我的身后的一个高出我一头的男人,在大声尖叫。他是在叫前面并不远处的一个女人。我拍着自己的心脏部位,直喘粗气。这突如其来的大声吼叫,的确是吓了我一大跳。这个男人意识到吓到我了,向我点点头,算表示了歉意。他越过我,一边走一边和前面的女人说话,声音还是很大。他如此大声说话,并不是和女人在吵架,因为从他们说话的内容听出他们是在讨论晚上吃什么以及到哪里去玩。男人喊女人的声音如平地起炸雷,之后讨论的声音低下来,也是如高音贝的喇叭。这男人的身体一定是健康的,元气十足。大声说话是他的常态。那同他说话的女人声音也很大,两个人在说话声音上就很是般配。

大声说话,随处可遇,似乎已经成为一种地域特征。但这种特征,绝对是粗陋的毛病。大声说话,特殊场合可以理解,但平时养成了大声说话,不顾身边人的感受,实在是不可取的,我们应该注意,应该注意提升自身的修养,修正自己的毛病。

有些人,不管不顾,在公共场合,大声说话,恣意喧哗,暴露了自身素质的低下,影响了他人。我们不能只管自己大声说话舒服了，而不考虑他人的感受，这就是自私，也是没有教养的体现。我们可以回顾一下，我们在饭店里所接受的喧哗，我们在车站、商场遇到的噪音……

我亲身经历的被噪音，被影响心情的小事，数不胜数。例如，我居住的小区，还是社区评比出的优秀小区，就是这样的模范小区里，竟然开了个游泳馆。游泳馆雇用了一批年轻的服务人员。他们每天半夜之前，都会在游泳馆的门前，也就是我住的楼下，大声吵闹，疯狂喧哗，又喊又叫，又唱又跳，根本不管小区里的居民死活。他们所制造出的噪音，影响了很多居民的休息。居民们投诉，投诉一次，他们或许会安静一会儿。然后，他们该怎么闹还怎么闹，该怎么吵还怎么吵，大声说笑是他们的习惯，不考虑他人的感受也是习惯。

记得有一次，我坐动车，我的前后左右，有几个人同时在播放视频，声音大得几乎整个车厢都能够听到。有的人还一边看着视频，一边哈哈大笑，还有一个中年妇女，一路打电话，她打电话的声音，时常会盖过那几位播放视频的声音，他们好像在开噪音比赛大会。

相信大家，在生活中也都会有我这样的经历。本来汽车的马达声、工地的建筑声，各种各样的来自现代工业文明的噪音，包裹了我们的身体，吵得我们不胜其烦。我们自身又发出噪音，不管不顾他人的感受，恣意妄为，实在是缺少教养的一种表现。

我再次呼吁：请你我从自身做起，加强自身修养，能够考虑他人感受，不要活得太自私；请你在平时，不要大声说话，不要在公共场合恣意喧闹，尊重一下自己，也尊重一下他人。

灵魂拷问

失信者说

如今，不讲诚信已经成为某些人的生活常态。失信也就失信了，最关键的是那些失信的人还满身是理，常有理，把自己的失信罪责推诿到他人身上，令人啼笑皆非，难以理解。

借钱不还的人说：我没还你钱吗？我好像还你了吧？我怎么好像忘了是什么时候借过你的钱呢？是没还吗？如果真没还你的话，你放心，我赖不了你的钱，你怎么这么小气呢！不就是借你点钱吗？你真小气，不仗义，等我有时间了，就还你，小气鬼！

不履行合同的人说：咱们的合同，签订的时候我就说过，我完全是为了照顾你的生意，现在你都按照合同执行，你也太不讲究情义了！你说，我现在失恋了，都要疯了，你怎么还让我执行合同呢？我昨天晚上喝多了，今天头还疼呢，你不知道现在的生意不好做吗？我的司机的表哥的老婆跟他表哥的铁哥儿们跑了，我们小区楼下的游泳馆起火了，你信不？游泳馆都能起火，你觉得这靠谱吗？

失约的人说：我忘记告诉你了，我临时有点事，又堵车，我以为我告诉你了，那天实在太忙，做梦的时候电话关机，忘记充电了。再说，我没来也没什么呀，你也不损失什么，你还赚得出来散散心，遛遛弯儿，呼吸点新鲜空气，还能晒晒太阳补补钙，多好的事情啊！

答应办事没办的人说：呵呵呵，哈哈哈，你不能只说我不办事。其实，我去给你办了，没办成。我忘记告诉你了。现在办事多难哪，你拿的那点儿钱，又请客吃饭又买烟，哪儿都得用钱。钱不够不说，我还搭钱了呢，我都没好意思跟你说。我那天是答应你了，这件事包在我身上没问题，可你要知道，我又不是神仙，不是什么事都能办。现在最难的就是办事，你不用急，你先饿几天，没事的，饿不死。要不你先冬眠，慢慢等我，等我把事给你办成了，你再回到人间。有什么了不得的？多大事儿啊？就那么点儿事你还用上火？还用说是你们全家的什么大事儿？有什么了不得的？值得让你哭一场又一场的？没事儿，多大点儿事儿，包在我身上，你不用左一趟右一趟来找我。事儿虽然没办成，钱也花了了，不行你就再找找别人？不是我有意要耽误你的事儿，只是我没早点告诉你。的确是我忘记告诉你了。你的事儿，我去给你办了，没办成，钱花了，可办事儿哪有不花钱的？你说说，你说说，是吧？

　　失信的人说：不是我不讲诚信，失信于你；而是因为你讲了诚信，才让我失了信。

灵魂拷问

卖水

我在小区里开了一家超市，老赵总来买烟，一来二去就熟悉了，时间一长就成了朋友。

一天早上，老赵点上一根烟，深深地吸了一口，对我说："我有五百桶桶装水，便宜点给你，让你挣点钱。"我一听，嘲笑他说："你这哪是帮我啊，简直是害我啊，咱们这小区是够大，但是五百桶桶装水够卖两年的。"老赵看看我，皮笑肉不笑地说："我自来水公司有朋友。"我说："你自来水公司有朋友，和我卖桶装水有半毛钱关系吗？"老赵说："你不懂。这样吧，我把水先拉来，你卖出去再给我钱，咱们哥俩都挣点，就这么定了啊。"老赵说完把烟屁股扔在地上就走了，我看着老赵扔在地上还冒烟的烟屁股直发呆。

第二天下午，老赵拉来五百桶桶装水，超市里放不下，就都放在超市外。我看着堆得像山一样的桶装水，只有叹气摇头的份。

果不其然，一个星期过去了，只卖出去两桶。我对老赵说："你这不是闹呢吗？这么多水堆在这里，碍我事儿不说，看着就压得人喘不过气来。"老赵像没事儿人一样，笑笑说："就怕这些还不够你卖啊！"

又过了两天,小区物业贴出公告说:因为今年小区自来水管道坏了两次,这次又坏了。经研究决定重新更换管道,工程巨大,需要一个月左右的时间,给大家带来的不便请理解……

小区业主立刻炸锅了,纷纷质疑。小区的自来水管道是坏过两次,可是这个小区建设不过五六年啊,自来水管道就能老化?这不是整事儿吧?这里有什么猫腻吧?

但是,小区还是在业主的质疑、谩骂声中,迎来了自来水公司工程队。

小区停水了,可这一千多户人家都得吃喝拉撒啊,尽管大家都有自己的办法,但是我超市的桶装水是最方便的,价格也不贵。我只好临时雇了两个人,给小区住户送桶装水。

五百桶桶装水很快卖完了,老赵又拉来五百桶。我说:"小区物业说了,还有两天管道就修好了。"老赵说:"放心吧,这五百桶也不一定够卖。"

自来水管道修完了,自来水工程队撤离了小区。但是物业说,需要挺一挺才能恢复供水,这是自来水工程队专家提出的。

又挺了一周,小区自来水终于恢复供水了,老赵后拉来的五百桶桶装水也正好卖完。历时一个月,不多不少,正好。

灵魂拷问

我们要节制

北京师范大学的校训是：学为人师，行为世范。我觉得，此校训应该成为所有师范学校或者说所有学校教师的人生之训。我们做老师的思想言行，对我们后代的影响至关重要。

最近去朋友家做客，到了朋友家之后，竟只有朋友的妻子接待了我们。朋友的妻子说，他很忙。我们说，老师也加班啊？朋友的妻子说，不是加班，他们学校里几个老师，是圈子里的，每周都要聚会一次，正赶上了今天，不好意思啊。现在这年头，在单位里没有圈子也不好过啊！身不由己啊！

是啊，如今的单位，工作可能没有让我们操多少心，费多少神，倒是那些复杂的人际关系把我们搞得筋疲力尽。我们在朋友妻子的招呼下吃过晚饭，边看电视边等朋友的归来。

因为朋友是这个城市里一所重点中学的老师，等朋友的过程中，让我想起了自己女儿从小学开始经历的几件让我至今没有忘记的事。

女儿上小学三年级的时候，有一天妻子跟我发火了，原因是，女儿不想上学了。我平时忙着我的所谓事业，几乎没有管过女儿，也不管家里的事情。我问女儿怎么回事，女儿哭着说，她看不到黑板。妻子把我叫到一边说，现在上实验小学，谁不给老师送礼，谁的孩子就会被冷落，就会遭罪。我们的女儿特别老实，长得小，但是被排在后边的座位上，站起来都看不到黑板，而且老师几乎不提问她。我听后，觉得学生多，老师照顾不过来，不提问女儿，冷落了女儿，可以理解。但是，我们上学的时候，老师排座位可是按照大小个头排的啊。

我只好约了女儿的班主任老师，见到这位戴着眼镜文质彬彬的女老师，我觉得应该让我们尊重啊！

第一次请女老师吃饭的时候，我没有想到她答应得那么爽快。程序是这样的：吃完饭，喝完酒，她主动提出去歌厅唱歌，在歌厅里又喝酒。直到我们几个陪同的朋友都睡倒在沙发上。那天晚上，我第一次在外吃喝到凌晨两点。

后来，女儿在小学的几年里，那个女老师没少给我们"添麻烦"。

初中高中就不说了，大家的命运和我们应该都是一样的。

去年，女儿大学要毕业了。有一天，女儿说，他们的老师要和大家聚会。我们对女儿的家教很严格，说少喝酒，早回家。我觉得，天下所有的父母都是这样告诉女儿的。

结果，女儿和她的同学们，一直和老师喝到凌晨三点。给女儿打几次电话，都说老师喝得正高兴，同学们谁都没走，不好意思先走。再说了，老师不提出结束，学生谁敢或者谁好意思提出啊！那一晚，我们一夜没睡，一直在等女儿回来。

朋友的妻子给她丈夫打了几次电话，然后笑着对我们说，快结束了，马上就回来。当我迷迷糊糊听到朋友回来时，好像已经是凌晨两三点钟了。只听他妻子严厉地说：又喝多了，快睡觉，明天还上班！

他的妻子并没有提及我们。我在为朋友担心，喝这么多，玩这么晚，明天早上带着酒气和布满血丝的眼睛，怎么面对学生？

不是杞人忧天。老师就是先生。先生就是圣人。当然，老师也是人，是人就要有七情六欲，就要享受生活。当今时代，我也并不反对我们要好好享受生活，享受这个时代赋予我们生命过程中的美好。但是，我们是要有底线的，要有节制的。如果说我们的行为没有规范，忘记了我们中华优秀传统文化的古训，我们的心就会乱，我们的行为就会过度。所以，做人，尤其是做影响他人或者影响后代的人，我们要有戒律，要有道德底线，面对纷繁的世界，要有节制。如果说我们心乱了，没有了行为节制，我们所生存的环境就会乱，也就违背了自然之道。如果自然之道乱下去，那么我们就不会有更多的时间来享受生活了，那也就是真正的最后疯狂了。

所以，为了我们民族的兴旺，国家的富强，我们必须要节制，要为我们自己、为我们的下一代负责。

忠厚品自高

我的姥爷常常教导我说：老实常常在，忠厚品自高。姥爷虽然没什么文化，但是他却经常告诉我们如何做人做事的道理。那时，我们接受的教育是，要本分做人，勤劳做事，做一个老实本分又能干的人，会得到亲朋好友乡里邻居的喜欢和称赞。好的姑娘嫁给的都是身体健康老实勤劳又本分的好小伙。

如今，我们的很多东西丢失了，或者说我们的观念发生了太大的改变。现在村里老实厚道的小伙，虽然勤劳本分，但是往往娶不到媳妇。姑娘更愿意嫁给那些油嘴滑舌心眼活泛的小伙。这其中的细节和深层次的问题，我不想去挖掘和探讨。我只想说现实存在的变化和现象，供大家去思索。

我们的很多东西在变化，但是，我认为，千变万化，我们还得做人，人的本性的东西不能丢。比如我们要追求真善美，比如我们要和睦邻里，比如我们要孝敬老人，比如我们要诚实守信……我们要做的事情太多，我们要回归的东西更多。如果要我们的后代能够接受我们传统文化精华部分的熏陶，还要从娃娃抓起。随着我们的物质生活好起来，我们不缺营养了，甚至我们的营养有时过剩，致使我们的智商越来越高。这让我想起前不久我亲身经历的一件事。

有一次我参加朋友的聚会，回家的时候，搭了朋友的车。朋友开车，他的妻子和他们四岁的女儿坐在后面，我坐在了副驾驶的位置。因为送我，朋友的车需要绕一段路，但这个事情我们三个大人也都没说。朋友四岁的女儿，开始和她的妈妈又说又笑，问这问那的。车开出二十分钟左右，朋友的四岁女儿突然不高兴了，用稚嫩的声音说：爸爸爸爸，你为了送前面这位叔叔，绕道了，耽误时间了……她的爸爸妈妈都忙说：宝贝女儿，送叔叔没耽误时间，没绕道。他们的女儿提高了声音大声说：不对，这段路我走过，就是因为送叔叔耽误时间了，绕路了……我朋友和他妻子都严厉地说：宝贝，不能这么说话，送叔叔是咱们应该做的，何况没有耽误多少时间！要有礼貌！四岁的女儿哭开了，哭着说：你们大人不诚实，就是因为送叔叔我们才绕路的，才耽误回家的时间的……

虽然是孩子行为，但是我还是觉得有点尴尬，朋友和他的妻子也很觉得没有面子，都在严厉地训斥他们的四岁女儿。

这件事，让我对如今孩子的聪明程度感到震惊。从智商看，这哪还是个孩子啊，就是个"小大人"。但我并不为这个"小大人"感到自豪或者高兴。我觉得，按照自然之道，孩子就应该是孩子。

当下是一个物质文明飞速发展的时代，所以我并不是反对我们的聪明，我希望我们每个人都有较高的智慧，让我们的社会更加进步。但是，如果把我们的聪明智慧都用在了外物上，假大空的现象就会难免。如果我们都追捧所谓的浮躁与聪明，不注重我们内在修养与传承，我们做人做事的根基就不会太牢固。

所以，我还是觉得，我们要老实做人做事，要注重内心修养，要有底线和敬畏，成为忠实厚道之人，如此，我们做人的品位也才会得到提升。

灵魂拷问

人间正道是沧桑

　　每个人的路都是用自己的心支配自己的脚走出来的,所以,你无论走了什么样的路,是歪路还是正路,抑或无路可走,你最终的选择只有自己去承受自己走的路给你带来的成功或者失败。怨天尤人不如怨自己,骂天骂地不如闭门思过,去认真检讨自己。我们的眼睛看到的都是别人的缺点,却无法修正自身的坏毛病。当我们在城市里穿行的时候,我们边走路边看风景,也会看到很多对我们人生有启示的景象。

　　我在城市里看到,垃圾堆上插着很大一块警示牌,上面大红字写着:此处严禁倒垃圾。

　　成群结队的人结伴闯红灯。司机开着他的套着假牌照的汽车横冲直撞。

　　夜晚成片的楼群里不是灯火通明,而是黑灯瞎火。大量的闲置楼房,成为城市里一道独特的风景。

　　去年媒体炒作的"世界这么大,我想去看看……"这封辞职信,竟然火了那么久,被无端追捧。当时媒体炒作这封辞职信的时候,我就在想:大家都辞职,去外面看看,都出去吃喝玩乐旅游,那么,工作谁干啊?企业老板怎么办啊?财富谁创造啊?没有了企业,纳税怎么办?没有了税收,国家怎么办呢……如今,网上又说,那个

灵魂拷问

红极一时的写辞职信的人，还是没有摆脱人间烟火和现实生活，在开旅馆，生意不是很好。

我们不能再浮躁下去了，不能炒作负能量的东西了，我们还得脚踏实地老老实实做事情，过日子。当我们冲破了人类的道德底线，坏了很多规矩，把信仰抛到了九霄云外，我们内心并不知道路该怎么走，应该向何方走。所以网上说，有的人开着宝马去慈善机构捐款，有的人开着宝马去社区领低保。同样的路，走的人不同，结局就不同。去天堂和地狱，都是一念之间。

当我们面对健康之路、生死之路的时候，我们往往也是无奈地去走。面对有毒食品，少数人坏了良心，多数人坏了身体。知道我们吃的东西有安全问题，但是，我们能不吃吗？

当诚信成为我们人生路上最大的缺失的时候，我们脚下的路已经变得虚无缥缈了，因为我们不知道什么时候就踏进了陷阱里。

我们都走阳光大道吧，因为充满光明的大道才是人道。人间正道是沧桑。

灵魂拷问

竟然如此"野生"

偶尔在电视上看到鉴宝的节目,鉴定的是核桃。主持人现场砸核桃,一种当场砸开,核桃仁被现场吃掉,另一种核桃主持人砸了半天没砸动。于是请教专家:没砸动的野生核桃和被砸开的嫁接核桃有什么区别?

于是一位专家说:野生核桃就是文玩核桃,那么野生核桃和嫁接核桃的区别就是:野生核桃是不能吃的。听到这里,稍有点生活常识的人都会笑掉大牙的。

什么是野生的?在大自然中自然生长的,就叫野生的。在我们国家,很多地方都有自然生长的野生核桃树,长白山区,大小兴安岭,野生核桃树数量很大,野生核桃也有大量的采摘与出售。野生核桃中被选出所有品相好的,被人赋予了更大利益,成为了文玩。文玩的话题,我们不去说。但说,野生的核桃不能吃,这简直是不可思议。一个研究核桃的专家,竟然不知道野生核桃是能吃的,而且是有很多人都在吃,这让我想起来,现在的四体不勤、五谷不分的年轻人,只知道粮食和蔬菜是从超市里出来的,不知道是在地里生长的。浮夸和浮躁之风,是多么可怕!

做学问,怎么能脱离了实践?大兴调查研究之风,才会有真知灼见。而现在很多专家学者都是坐在研究室里，想当然，脱离了社会实际，误国误民。

　　讲求实际效果，应该是我们工作的重点之一。而我们有些人却只会夸夸其谈，纸上谈兵，不负责任。一个研究核桃的专家，就这样给野生核桃下了如此的定义，这让经营野生核桃的企业和商贩如何适从？让我们这些吃野生核桃的老百姓说什么？当然，这位专家说的"野生的核桃不能吃"的观点，倒不能影响野生核桃树的生长，百姓也会照吃不误。关键的问题是：这位专家不会尴尬，因为他的确不知道野生的核桃是能吃的，而且营养丰富，营养价值是极高的。

洗澡二得

一

去我家附近一家洗浴洗澡时，发现我熟悉的那些搓澡工都不见了！因为我在这个洗浴中心洗二年了，对五位搓澡工都熟悉，而且我每次来都固定选那个叫小胖子的师傅搓澡。我和他们混时间久了，每次来也和其他搓澡工打个招呼，熟悉得很。今天来洗澡时还想像以前那样和几位搓澡师傅打招呼时，定睛一看，所有操作工都是新面孔，我想，是换老板了吗？

于是我去找了一位搓澡师傅。当我提出疑问时，他说，是老板把原来的搓澡工一下全炒了……我问为什么？他说，因为原来的人互相排挤，不团结，闹矛盾，合伙出卖集体利益，比如搓完澡不下单子，私自跟顾客要钱等。我摇了摇头，我不相信他说的话。他好像看出我点什么，又说，搓澡工也不是你想来干就能干的，如果领头的排挤你，如果你干的活老板不满意，你就干不成，你就没饭吃……我愣了！没有想到，搓澡工们也这么复杂，这一行水也这么深啊！另一方面看，搓澡工的工作竞争也如此激烈啊！

我低下了头，陷入深思。想想我们这些工作稳定，工作环境又

灵魂拷问

好的人，有什么资格消极怠工，有什么理由不珍惜自己的工作机会，不好好工作呢？

二

这个搓澡师傅，说自己搓盐手法特别好，我也觉得这些日子太累，想放松一下。就想再奢侈一回，同意搓个盐。也想用这种方式，变相让这位搓澡师傅多些收入，据说，搓盐要比单纯搓澡挣钱多。我说，以前用那个小胖子师傅搓盐，他手法特别好，能按到穴位，消解疲劳，特别舒服。他说，你放心，我比小胖子强多了！

结果呢，他一上手，我立刻后悔用他了！他手法凌乱，毫无章法啊！而他却很自信，总是一边搓澡一边跟我说，他的手法比小胖子强吧？我还不好意思让他太没面子，只好含糊应答。当他给我搓盐结束时，我的肩仿佛脱臼了，我的腰也被按得不舒服，疼痛得要哭，他却在那擦着脸上的汗，很自信地说：搓盐其实就两个字，那就是：舒服！我看着他那真诚自信的样子，按住疼痛的腰，笑不出来，哭也不是……

这让我联想到我们做编辑的，修改作者稿子也是一样的道理。你没有把好一篇文章的脉搏，自己只靠蛮干和胆大，凭自己粗浅的自信，自以为是，没有章法，改完了，文章也完了，甚至还不如人家原来写的。

行行出状元。如果想在某一个领域成为状元或者大师，首先要有这方面的天赋，同时还要刻苦学习，谦虚谨慎，修行到位。大师在民间。搓澡按摩好像很简单，其实学问技艺很大。比如我现在就很想以前在这里工作的那个搓澡的小胖子，他搓盐那才是享受。而此时这个说自己很厉害的师傅，以后就是给我钱，我也不会再用他搓盐了。

洗个澡，整出这么多思想来，这也是常写作常思考所练出来的一门技艺。

我思故我在。要思考，也要修炼。当你修行好了，万事皆通了。其实天下万事万物，理都是一个，如果你不信，那只能说明你还没修行到位。

灵魂拷问

哎呀妈呀

婴儿牙牙学语的第一句话发音都是：妈！妈妈！这是天性使然，妈妈是我们来到这个世界的唯一途径和依靠，我们从天性来看，所有人从小到老，在情感上都是自然而然要依赖妈妈的。

当我们饿了渴了，都叫妈妈；我们恐惧了，都是自然喊叫：哎呀妈呀；我们激动惊喜了，也会叫：哎呀妈呀；当我们面临身体疼痛的时候，都是连连叫唤：哎呀妈呀，哎呀妈呀……总之，我们痛苦的时候和快乐的时候，都会本能地叫出：哎呀妈呀！妈妈这两个字被我们叫出，能够减压镇痛，能够让快乐和幸福更具有温润感。

我们来自母体，我们的生命在母体诞生，这种恩情是我们一生都报答不完的。

因此，从古至今，我们人类都把母亲视为最伟大的人，把母爱看作是这个世界上最伟大的爱。依赖母亲，孝顺母亲，亲近母亲，是不分国界、种族的，甚至很多哺乳动物，也都表现出对母亲的依恋和爱戴。

所以，当我前日在火车站看到的一幕，我愤怒地惊叫：哎呀妈呀!

　　事情是这样的,一位穿戴时尚的年轻女孩,背着漂亮的书包,像个大学生的样子,她对身边扛着大包的显得苍老疲惫的妈妈说,要去车站候车室里的商务豪华包里坐,妈妈说,快上车了,没必要格外浪费那二十元钱,这个年轻女孩,没说话,上去就给了她妈妈一个耳光。这一举动,被旁边的旅客看见了,首先从旅客中发出了哎呀妈呀的声音。大家都在指责这个女孩,被打的母亲在默默流泪,那个女孩昂着高傲的头,愤怒地看着她的妈妈……我在心里气愤地说:哎呀妈呀,你这样对待你的妈妈,将来你也要做妈妈的!

　　近日,网上又爆出,一个十几岁的孩子,为了打游戏跟母亲要钱,被母亲拒绝,这个孩子愤怒地将母亲捅了十几刀,生生地将母亲杀害。

　　哎呀妈呀,对母亲都如此伤害的人,丧失的是天然人性。当然,这是个案,这两件事情的背后,还涉及了家庭教育、学校教育和社会教育等错综复杂的背景原因。

　　当然,我们这个有五千年文明的民族,之所以能够繁衍昌盛,我们的"孝文化",起着一定的作用。我们孝顺,就从孝顺自己的母亲开始吧。虽然我们每个人都来自母亲,我们痛苦和快乐的时候,都会本能地喊出:哎呀妈呀!我倒是建议大家,在我们不悲不喜的时候,常在心里牵挂妈妈,祝福妈妈,回到家时幸福地喊出:哎呀我的妈呀,我回来孝顺您老人家啊!

灵魂拷问

梦的翅膀

我有时梦想着能够穿越历史的长河,但是,我一直没有找到那条河流。我好像不在历史中,因为我在历史的长河中找不到我。一粒微尘在历史的长河中是没有具象的。但是,再浩瀚再悠久的历史长河,也都是由我们这些微尘百姓组成的。因此,我们所有人,都可以梦想着在历史长河中去梦想。

我有时梦想,能够呼风唤雨,那样我就可以在干旱的时候唤来大雨倾盆,在洪涝灾害要到来的时候,就把雨水赶到沙漠里去。这样,我们就不会担心粮食和蔬菜缺少了,能够让大自然风调雨顺。呼风唤雨不是梦想,如果我们每个人都能够尊重大自然,热爱大自然,大自然当然回馈给我们的也是爱。大自然本来就是我们人类的母体,我们破坏和掠夺大自然的生气,大自然变得憔悴不堪,疾病缠身,大自然的健康能量消耗殆尽,又如何养育我们众生呢?如果我们人类还有未来和希望的话,那我们就只有一个天理,那就要像爱我们的母亲一样热爱我们的大自然。

我有时梦想,我们所有人都能够关心天气和粮食,不要再铺张浪费,节约一切维持我们生存的物质,人人都把爱惜物命作为生存的准则，才能实现天长地久。那时，我们呼吸的是清新的空气，我们吃的是绿色有机食品，大家不为吃穿住行的安全而担忧，真正实现人人都是衣食无忧。

我有时梦想，我们所有人都是诚实守信的，整个地球都是路不拾遗，夜不闭户，童叟无欺，人人充满着快乐，地球上没有战争，没有疾病和贫穷，真像一个快乐的大家庭一样，每个家庭成员得到的都是满满的幸福和尊重。

我有时梦想着，我所有的梦想都能够梦想成真。

灵魂拷问

春天的祈祷

枯燥的、浮躁的、反复无常又漫长的冬天终于过去了；干燥的、风大的、不定性的春天艰涩蹒跚着走来了……

这个无雨的春天来了，但我并没有因为春天来了而心情变好，还是那样的忧虑和惆怅。因为从漫长的冬天开始，到这个春天的来到，都是冬天来了不下雪，春天来了也不下雨。其实，我们这里是四季分明的，以往老天都是按照规律做事，该下雪下雪，该下雨下雨，该刮风刮风，该给阳光就给我们充足的阳光。但是，不知道从什么时候开始，我们承受了老天不按套路出牌的果报了。最明显的例子就是，忽冷忽热，总搞突然袭击，让大家感冒成为了常态化……

是什么原因让老天不按照规律做事了，大家都应该知道，我们向大自然索取过多，人类都在追求最大物质化，追求最大利益化，大自然就变化！环境生态的变化，是源自我们人心的变化。

我们这里是粮食主产区，冬天不下雪，春天不下雨，庄稼怎么耕种呢？现在的办法是，坐水种植，就是用抽出来的地下水，放到地垄坑里，然后埋下种子，也就是说，靠人工抽出地下水种植庄稼，可见我们的粮食成本会增加多少。更重要的是，地下水难道就是取之不尽用之不竭吗？

想到种植庄稼越来越难，成本变高，就更让我想起我们在餐桌上浪费粮食和蔬菜的恶劣行径了。这些年，因为我们的物质丰富了，生活好了，铺张浪费的现象随处可见，十分严重。我们仔细想想，我们吃的，穿的，用的，哪一项不是用大自然的资源转换而来的呢？哪一项不涉及到能源的消耗呢？我们富有了，我们就应该忘乎所以地浪费吗？

安贫乐道难，守住我们的富足生活更是难上加难，因为富有了，就更容易忘本，何况现在很多人没有那个过苦日子和靠劳动创造财富的经历和资本。因此，我们不仅要以身作则，带头勤俭持家，还要教育年轻一代，要懂得爱惜财物，珍惜来之不易的美好生活。

想到美好生活，我又对春天充满了希望，因为毕竟春天是孕育万物、万物复苏的美好季节，春天给了我们一个又一个美好的憧憬。这让我想起以往的春天，春风一来，就会有一场小雨，然后接二连三地又刮春风又下春雨，花草树木就一天一个模样，就像过去年代的少女，一天一个模样，越变越好看……

在干燥的春天里想到美好的春天，我又会情不自禁地祈祷：但愿我这篇小文写成后，我们这里就会有春雨乘着春风而来，滋养万物！让我更自信的是，上苍有好生之德，一定会给我们人类一个美好春天的！

灵魂拷问

做好事也有风险

我们处在这样一个多姿多彩的时代，各种文化和思潮不知从何处冒出来，因此，各种各样的生活方式变化多端。我们不知道该如何面对，有时也让我们无所适从。

人之初，性本善。我们这个古老而优秀的民族，是善良的，是勤劳的，是智慧的。做好人，做好事，本来是我们这个民族的优秀文化传统，是我们民族的天性使然。然而，如今我们做好人，做好事，竟然也要承担风险，令人汗颜，让人痛心。

由于在路上搀扶跌倒的老人而被讹诈钱财的事件，曾经发生多起，让我们一些善良的人，见到此类情况，不敢出手相救，因此出现了一些围观"困难"和"灾难"现场的现象。之所以出现此类情况，是因为做好事的好人们都没有得到好报，所以，我们怕承担责任了，我们怕善良了。是什么扼杀了我们的善良？

金钱成为我们唯一的信仰与追求。当我们一心只想索取金钱，并快速得到，无止境地来满足我们的欲望时，我们的良知，我们的人性，就都变化成轻飘飘的纸张了。为了一夜暴富，为了不劳而获，为了满足自己最大的私欲，我们所做的一切，都是为了获得最大利益化。亲情、爱情、友情，都要用钱去称量，钱就变得至关重要了。

在生活中，我们经常会被需要。比如有向我们借钱的，有求助我们帮忙办事的，但是，最终结果如何？借钱的不还，要钱的成为借钱者的孙子；帮助他人办事情，出力或者搭钱，事情办好了，是应该的，办不好落埋怨，有时甚至要付出代价。这些现象，大家在各自的生活和经历中都会有感受。

我们的道家始祖老子曾经说过：祸莫大于不知足，咎莫大于欲得。不知足与贪得无厌，让我们现在本来已经很优越的生活，变得"套路深"，变得"到处坑"。什么"校园贷"，什么"透支卡"，什么"小额贷"……这些东西，不是给大家解决困难和方便，而是让很多人欠下了巨额外债。如今很多人，为了满足自己贪婪的欲望，为了得到大钱，走上了赌博的"快速发家致富之路"，网络赌博和地下黑彩，为什么会屡禁不止？原因很多，但如果没有人去参与呢？如果我们接受的是靠劳动致富的教育，我们得到了老祖宗的传统文化教育，我们懂得感恩，我们知道知足，我们明白勤俭持家靠勤劳创造财富的道理，那么，我们的社会就会是和谐美好的。

国家要加大对黑恶势力的打击力度，要对出现的丑恶现象严加惩处，在法律法规层面给社会一片纯净的天地。同时，更为重要的是，我们要把我们几千年的优秀传统文化，加以实用和传承，提高我们的全民素质，让我们的社会更加幸福美好。

如果，身处我们这个社会，做好人，做好事，也要承担风险，那是很可怕的。

灵魂拷问

被网络游戏毁掉的人

小霍在城里上班，工作安逸，挣钱不多也不少，父母又给他在城里买了一套八十多平方米的房子，总之，他的生活被很多人羡慕。但有一天晚上下班后，他和朋友去了一家网吧。这家网吧很特殊，凡是来玩的，供吃供住，好吃好喝好招待，游戏随便玩，而且第一天晚上，小霍不仅白吃白住，玩游戏还赢了二百元。

就这样，小霍成了这家网吧的常客，每天下班都去玩，白天上班就在手机上玩，玩了两个月，各种小额贷款公司、很多银行，纷纷给小霍的同事、父母、亲戚、朋友打电话催促还款。亲朋同事们都很蒙圈，找到小霍问明情况，此时的小霍已经颓废成一个废人了。他竟然记不住也说不清自己究竟在网络上贷款多少，反正什么小额贷，什么信用卡透支，像苍蝇一样嗡嗡地轮番轰炸，催还款，不还款就威胁要砍胳膊要卸腿，要起诉要判刑，小霍父母哭，小霍要跳楼。父母一看要出人命，只好为小霍还款。小霍的父母都是下岗工人，夫妻两个靠打零工，卖苦力为生，省吃俭用攒下点为小霍娶媳妇安家的钱，结果都还了小霍的赌债了。

小霍父母为他还了几十万，负债十几万。但就是这样，小霍中了网络游戏赌博的毒了，不顾父母的死活，还继续玩，还继续进行网络贷。而且还不上贷款，就要跳楼，以死来威胁他的父母。可怜天下父母心啊，父母不能活生生地看见儿子去跳楼，只好把楼卖了为小霍还债。

小霍玩了半年，把父母省吃俭用一辈子的家底输光，不仅把楼卖了，还欠下一屁股债。父母和他打过、骂过、哭过、闹过，但都没能让小霍金盆洗手，他已经无法进行网贷，也榨不出父母的血汗钱，就整天趴在家里，在手机上以玩游戏为生，而他可怜的父母，却要整天没白没黑地去劳动，维持家庭生活，为他还债。

像小霍这种被网络游戏害了的事例，并不是个案。应该引起我们的警惕，更应该引起我们的深思。

灵魂拷问

不"野"的野菜

在新冠状病毒肺炎疫情发生期间，国家出台了《野生动物保护法》，得到了大家的拥护和赞成。我想，野生动物有了法律的保护，会安全很多。那么，野生植物是否也应该引起我们的重视？是否也应该得到我们的保护呢？

咱们从野菜说起。过去，野菜是我们贫困时期的法宝，也救过很多人的命。后来，随着植被的过度被破坏，加上人口的增加，野菜也变得越来越稀少。如今，在野菜刚刚出来的时候，其价格相当高，如果按照比例算，应该比房价还高。人们为了迎合大家的野口味，为了获得暴利，把野菜进行了家养，使野菜也不"野"了。

我们发明了蔬菜大棚，在寒冷的冬季，也能吃上反季节蔬菜。于是，有经济头脑的人，就想到了把野菜也在冬季搬到大家的餐桌上。如何把野菜家养呢？非常简单，去山上，把野菜的根挖到大棚里移植，例如蕨菜、山芹菜等，把刺嫩芽的树干砍下来放到大棚的水缸里生发，把蒲公英、荠荠菜等，都移植到大棚里。这些山野菜，来到大棚里，也要接受农药和化肥的催养，否则，它们在短时间内是无法为人们创造效益的。

如今，我们都喜欢吃困难时期吃厌了的野菜，是为了健康。那么，野菜与家常菜的区别，就是"野"不"野"的区别，是本质的区别，而不是品种的区别。山芹菜和家芹菜的区别，就是一个是在自然界自生自灭，一个是人工养殖，赋予了它人的欲望在其中。那么，我们把山野菜进行家养，只有一个目的，是为了获得更高的利益。所以，我们花着高价钱买来的那些大棚里经过人工饲养的山野菜，已经吃不出什么"野"的味道了。

大地对我们人类有着供养之德，适度按照季节采挖山野菜食用，无可厚非。但是，我们不能为了获得眼前的暴利，过度采挖，破坏植被，破坏了自然生态。山野菜进行家养，并以山野菜名义高价售卖，实不可取。

山野菜就是山野菜。保护山野菜的"野"味，需要我们大家的认知，也需要我们大家能够同心协力去做。

灵魂拷问

不知如何是好

现在有些人已经浮躁到什么程度，我说几个亲身经历的小事情，就足以证明了。有时搞得让人真是哭笑不得，不知如何是好。

就以我们经常要发快递的事情为例。

一个外省的朋友，购买我们三本杂志，按照约定的时间，我们如期发出了快递。快递发出后，再无音讯，在我们看来，快递应该是已经收到。半月后，这位朋友在微信中突然问我，她购买的杂志为什么还没给她快递？我说不能啊，早就按照我们约定的时间快递了。她说，根本没有收到。我费劲巴拉地查到给她快递的单号，一查，按照我们快递的时间的第三天，那三本杂志就已经送到了她所在单位的收发室了，单子上显示已经签收。我把快递单查询的截图发给了她。

以下是我们的对话：

我：杂志早就到你们单位收发室了，你怎么没取？

她：我不知道啊，收发室的人怎么不告诉我呢？

我：那你现在去问问你们收发室吧！

她：你们快递杂志，快递人员为什么不给我打电话呢？

我：这得问你们当地的快递人员。

她：既然到了我们的收发室，收发室的人为什么不告诉我呢？

我：……这个好像需要你自己去问你们的收发室吧！

她：你们发快递，就要负责！

我：……我们这边快递发货，是我们协调负责的，难道你们那边的快递和收发室也要我们负责?

她：反正我现在都没收到杂志，你们有责任！

我：快递单已经很清楚地显示，杂志已经在你们收发室了，你现在就去取吧！

她：你说杂志在我们收发室了？收发室怎么没告诉我呢？为啥没告诉我呢？

我：难道你想让我坐飞机去你们的城市，再打车去你单位收发室，给你找找？

十分钟后，她告诉我说，杂志取到了，的确是很早就收到了，收发室给压在了箱底了。

还有位朋友，他出差在外地一个多月，我们给他快递的杂志也是他们单位收发室代收的。但是，他这一个月，问我十多次，就说杂志没有收到，我也还是老办法，耐心地把快递单号和查询截图发给他。但是，他还是过几天就问我，杂志为什么没有收到。直到他出差回去后，在收发室找到了给他快递的杂志，他才不再问我。

如今，在工作和生活中，有很多人都是自己浮躁不认真，却把责任推给他人，怨这怨那，浮躁至极。还说快递的事儿，有些人，就是用自己的嘴，在那里想当然地把责任泼到发快递的或者快递员身上。比如，自己不接快递电话的，比如自己不去投放快递物品地点查询寻找的，比如自己忘记了又突然想起来有快递的，他们不先在自己的源头上找，甚至不找，就问发快递的，或者责怪快递员，典型的本末倒置。他们不仅给自己找了很多繁琐的事情，更耽误浪费了他人的时间和精力。

面对这些浮躁的人，有时真是无可奈何啊！

灵魂拷问

差距

　　外省的名人郝老师来长春看他的朋友于老师，因为大家都是朋友，我听说了便又犯了老毛病，积极热情地参与接待。这种情况下，我也没有多想，自己本来也实在，没有什么心机，就觉得都是朋友，郝老师从外地来，大家在一起聚聚，应该是人之常情。但我知道，我不能抢了于老师作为东道主的风头，所以，是于老师安排的第一顿饭，为郝老师接风洗尘。

　　于老师安排吃顿饭后，再就不露面了。我觉得作为朋友，不能冷落了从外地来的郝老师，所以，我就一直招待郝老师吃住行。但是，在我招待郝老师的时候，郝老师都提出让我邀请于老师来参加。我觉得，于老师对郝老师招待不周，不够热情，所以有的时候，吃饭时我就没有邀请于老师。也不是差于老师一个人的吃喝，觉得郝老师是受到于老师的邀请来的，于老师反而不积极主动，我总安排郝老师吃饭，我出费用，也怕于老师来了会尴尬。

　　就这样，郝老师住了三天，我陪了三天。虽然郝老师奔着于老师来的，但于老师只在第一天安排了一顿便饭，郝老师走的时候于老师都没送行，是我约了几个朋友一起为郝老师饯行，又送了郝老师土特产礼品，然后开车送郝老师去的车站。这三天，我安排郝老师，实心诚意地尽自己所能，让郝老师尽量吃喝好，住好玩好，为了郝老师要吃的兔子炖小鸡，我跑了三个多小时才找到这家饭店。钱，自然要比于老师花得多得多。但是，朋友之间，不该用花钱多少来衡量的。

郝老师回去后，没有向我报平安，再也没有联系。我也没多想，觉得大家都忙。

但是，时隔两个多月后，于老师看见我，对我说，他最近去了郝老师那里，郝老师接待得很好。然后又说，上次郝老师来，你怎么接待的？郝老师说你这人太抠门！他对你的表现很不满意！我听于老师这样说，很是懵懂，也很是生气。我说，上次郝老师是你邀请来的，你是东道主，你请了一顿饭再就不露面了，是我替你接待了他！我怎么还落得这样一个下场！

事后，我觉得也许是于老师怕我和郝老师走得太近，故意挑拨离间。但事实并不是这样。后来有几个我们圈子里的朋友，都疏远了我。通过了解我才知道，原来是郝老师的作用。我在这个朋友圈里，成了不讲究还抠门的人。

我觉得特别委屈，自己实实在在地花钱出力，替于老师接待了郝老师，最后落得如此下场。难道真的是我抠门吗？那么，于老师在二天里请郝老师一顿饭，花销不足三百元，我陪郝老师三天，花销三千多元，而且我放弃自己的很多休息时间，去陪郝老师……

我本来是个大大咧咧的人，跟亲戚朋友从来不计较，又是很忘事儿的，可这件事情，却梗在心里好多天，我怎么想都想不明白。我常常自我反省，拷问自己的良心，难道是我心眼小，婆婆妈妈的斤斤计较？还是郝老师品位太高不好侍候？我一直都没有找到我和郝老师之间的差距究竟在哪里。

有一天我终于想明白了，原来差距是在一直自称自己是君子的郝老师的心理。

灵魂拷问

疯狂呓语

疫情之下，我们大家的心情都很难过。我本来就是属于多愁善感忧郁型的，从疫情发生的那天开始，心情一直不好。看了灾区的影像流泪。反复三次尽自己所能地去为灾区捐款。自己做不了什么。茫然。生活错乱。饭量减了。体力下降。外出活动和朋友聚会没有了。

天总在下雨。气候不正常，本来应该温暖的季节了，却很冷。冷风刮过来的时候，就总在想人生的磨难，是老天在给我们考试。讨厌那么多人在盖楼。肥沃的良田越来越少了，变成了那些建筑的冰冷的世界。盼望我们自己都思考，都做个按照自然规律生活的人，按照我们的规则做事情。法则是大家的。希望风调雨顺。大家安居乐业。我闻到了百合花的香味。过去说人走茶就凉。现在，有的时候，直接给你端上来的就是凉茶。

其实，大难面前，人和人之间都回到了人之初。其实，做牛也不错。大灾前，除了我们人，其他动物都有预感。所以我们以后不要猎杀动物，它们的神通比我们大。我们就会勾心斗角。多吃点素食。要多走路。开车的要慢点。你看啊，乌龟很慢，所以它就长命百岁。我的身边总有看不见的人。他们在帮助我。所以，我受伤的时候很少。别去伤害别人，你自己就不会受伤了。你静静地观察过一条河流吗？你爱过一座大山吗？

有一条蛇，他希望自己能去西方极乐世界修正果。我曾经为他祈祷。他就去了。佛菩萨很公正。因为在佛菩萨那里，我们根本走不了后门。我们不知道为了什么，经常喝醉，有很多人（包括我）吃得太胖了。得了心脏病，糖尿病，胃病，前列腺病。要不，怎么都阳痿。我很可怜我们。大树好高，叶子很绿，看不出他老了。但是，他的心空了。

有一条鱼，说自己会开飞机。我当然相信了。我信任鱼。因为鱼不是人。喜欢帮助别人。因为自己没有足够的能力。如果有能力，会把太阳的光辉储存起来，在黑暗的时候好拿出来用。把月亮装在自己的上衣口袋里，随时照亮那些黑暗的角落，免得生出那么多成绩来。不敢把太阳装在自己的衣兜里，怕惹火烧身。走在黑暗的路上，想一个美女。走在光明的大路上，想那些妖。我总是在同时想两个以上的问题。我有三个心。

奇迹总是发生在我的身上。比如现在一直在呓语，并记录下来。思想的人，都会飞。把心拿出来，拴上风筝线，放风筝。记得我小时候，用铁棍捅天，并高叫：我要把天捅破。天没有破，天是捅不破的。但是，天的大门开了一条缝，淌下了那么多黄金水……可是，把我吓跑了，因为我那时还是个贫苦的穷孩子，不爱钱。因为不懂钱。我们都想有更多的金钱，但是我不会去捅天了。我怕把天捅破了，和黄金一起流下来的还有灾难。我不想人类和地球上再有什么灾难了。因为灾难太多了。如果老天要打开天的大门，那就为我们地球多降幸福吉祥吧。多降甘露吧。

虽然在梦中，我还是看不见我自己了，我不知道我哪去了。我已经不存在了，原来是那个疯狂的我没有了。但最终我还是不明白。不知道你明白不明白。

灵魂拷问

孝顺与责任

孝顺父母是天经地义的事情，但如今我们的孝道文化似乎遗失很多。以父母为儿女看养下一代为例，让我们对当下的亲情伦理关系，产生很大忧虑。

朋友的儿子，生养了一儿一女，朋友的确很高兴，有了孙子孙女，的确觉得是一笔巨大而难得的财富。但是，朋友也在我面前，多次哭诉，有太多的愤怒，太多的委屈，太多的无奈……当然也有乐趣。但，乐趣却是那样少。朋友说，其实，本来可以有知足，有乐趣，有幸福，可这一切都被儿子儿媳妇给葬送了。其原因，有两代人代沟的问题，但更重要的是生活习惯和三观的问题，或者说是我们的整个社会教育出了问题。

朋友的儿子在外地工作，很少回来，儿媳是一名老师，工作也很忙。于是，照顾两个孩子的任务就都交给了她。她两年前退休，退休后马上就走马上任，为儿子儿媳去带孩子。自从来到儿子家后，儿子家里的洗衣做饭搞卫生，都是她来做。例如，白天把孙子送去幼儿园，她要背着孙女去市场买菜；去幼儿园接孙子的时候，她也只好背着孙女……

她像一只陀螺，高速旋转。即便如此，有时还要被儿媳和儿子挑毛病，被指责。她在暗地里，不知流了多少眼泪。但是，为了孙子孙女，她都忍受了。用她的话说，她不管，谁管？没办法。

儿子儿媳有时也关心她，但也都是口头的，嘘寒问暖，眼里却没有活，没有实际行动。例如，儿子不在家，儿媳一顿饭都不做，基本是在外面吃，或者叫外卖，很少吃婆婆做的饭。经常是在下班的时候，提着从饭店里打包的饭菜，回到自己的房间吃。婆婆开始劝她少吃外面的饭菜，不卫生，更不健康，儿媳跟她大吵几次，后来她也就不管了。她孙子孙女的饭菜，都是她亲自采买，亲自做。为了省钱不说，更重要的是卫生和健康，都是为了孙子孙女啊！

最近，朋友跟我说，她想放下这一切，把儿子儿媳的本来应该承担的责任与义务还给他们。可是，儿子儿媳跟她闹，孙子孙女跟她哭，没办法，只好坚持下去。她也提过条件，要求她的儿子儿媳，能够像过去人家那样过正常人的日子，儿子儿媳迫于被不管的压力，答应她了，但是他们该怎么样还怎么样。她劝过，哭过，吵过，骂过，但都无法改变他们的生活。

朋友最后感慨地说：现在的年轻人，之所以这个样子，不孝顺，不担当，都是让我们从小给惯的。是我们的溺爱，让他们变得自私，变得无情，变得不负责，没有同情心，没有责任心。责任都在我们啊，所以我对孙子孙女不能再溺爱了……

而我想的却是：你孙子和孙女这一代，对他们能够起到最好教育作用的应该是他们的父母。

所以，我呼吁：有知识并大多受到高等教育的父母亲，把你们本该有的责任和担当承担起来，做好父亲母亲，做好自己，身体力行，言传身教，教育好你们的下一代。孝顺父母，尊老爱幼，承担应该承担的责任，是做人最基本的要求。

灵魂拷问

云里 雾里 梦里

坑里的雪

近年来,雪下得不多,但上天有好生之德,在大自然需要雪的时候,还是会赐给我们大雪小雪的。只要老天下雪,为了生活出行方便,就要把道路上的雪清理掉,所以,每当下完雪后,在城里就会有很多清扫积雪的人。

环卫工人是清理积雪的主力军。无论是在下雪期间,还是雪停之后,清理积雪的工人们都在辛勤劳动。我在采访清雪工人的时候,遇到一个一直让自己困惑的情况。城市里冬天马路边的绿化树,有时会被穿上衣服防寒,这些树站立的地方,树坑里的积雪却会被工人费力地清扫出去,把树坑里的泥土裸露出来。我很疑惑,就问工人,树坑里的积雪不应该清扫吧?树坑里的雪不但不该清扫出去,还应该适当添加上雪,树坑里堆积的雪只要不影响市容就可以啊,因为雪可以防寒保墒。所有的工人都笑了,都说,这我们可说了不算,这是我们领导安排的,树坑里的雪不清理出去,扣我们钱。我说,连没文化的老农都知道,大雪兆丰年,雪对植物的根系有良好的保护作用。工人们看着我,都摇头笑了。

灵魂拷问

雨天洒水

我们在城里,时常会遇到,在大雨滂沱或者小雨绵绵的时候,会有洒水车在雨中执着地行进,依然傻傻地洒水。每当遇到这种情况的时候,我们都会情不自禁地笑一下,觉得这个司机或者这台洒水车有问题。难道老天下的雨还没你洒的水多?如果下小雨的时候你洒也就洒了,可是有时下大雨的时候,你怎么还那么傻?还继续洒?

或许,我们看到的只是水里雨里的现象。因为我们要相信,谁都不傻。

难剪的树

老房子被拆迁后,开发商承诺给我的门面房前只设计两个花池,只种花,不栽树,这样就不遮挡阳光了,不会影响我继续做生意。虽然因为拆迁补偿的不公允,心里不平衡,但是开发商这么细致周到地替我考虑,还是感到一丝温暖。

房子建好后,门前没建花池,栽树了。再找开发商,开发商说他说了不算了,为了创城,现在县里统一规划,园林负责了。为了生存,就去找园林,园林负责地说,可以照顾我们的生意,门前栽矮棵的绿化树,不栽高大的树种。

栽树的时候,门前栽上了矮棵的樱桃树,同时也栽上了高大的梨树。我质疑那些高大的梨树。园林人说,请我们理解,因为那些高大的梨树是从外地高价运回来的,不栽就浪费了。我就更不明白了，为什么我们长白山区，本地的绿化树苗成千上万种，我们当地的绿化树苗，苗农都卖不出去，为什么还要从外地高价运回本地就有的梨树呢？

门前那几棵梨树，疯狂地长，没几年就把我屋子遮挡的阳光稀少了。去找园林反映吧，希望能够剪剪枝，给我点阳光。因为遮挡阳光，的确影响了我的生意。

多次去找园林，负责的都说，这种情况，可以给我们剪的，等忙过这段，就安排工人去剪。

遗憾的是，园林一直在忙。找了两年，门前的梨树也没被剪掉那些疯狂的枝叶。后来，家人给什么局长热线，县长热线，多次打电话反映我们的问题，门前的梨树还是依然疯狂地生长，而且越来越过分地掠夺了我屋子的阳光。

于是，最近就总做梦，梦见我屋前的梨树被剪枝了，我又见到了充足的阳光。

灵魂拷问

被折腾

我居住的小区，在街道社区一直被评为示范小区。所谓示范小区，就是从设施到各项管理都达到某些标准。可就是这样一个小区，一个示范小区，一个新建不到三年的小区，如今却把居民折腾得不得安宁。

大家当初购买这个小区的房子，主要是看这个小区宣传承诺的物业管理：封闭式的安全管理。老板在卖房子的时候，小区管理真是很好的，物业负责，管理严格，大家都觉得安全到位。可是，当老板把房子卖完后，没过半年，小区就发生了翻天覆地的变化。

小区的门市房本来是在马路上开门，无论做什么生意，都不会影响小区居民的生活和安全。但是，这个门市房开了一家大型游泳馆，又把门开在小区里，又占用了公共绿地，把花草树木都砍了，接出了门房。小区里从此就变得不安生了。形形色色的人，都从小区的大门走到游泳馆的后门，再进入游泳馆。

如果没有物业的默认和支持，这家游泳馆怎么会为了自己的利益，侵占公共绿地，扰乱居民生活，为小区居民留下安全隐患？而这种违规行为，却无人管，居民到物业管理部门反映，都无结果。

灵魂拷问

  这个游泳馆因为用水量大,管道经常出问题。几个月就要挖一次,修一次,机器的轰鸣声把小区闹得鸡犬不宁。居民都说,如果管道有问题,为什么不一次性修好?为什么要头疼医头,脚疼医脚?他们喜欢折腾,可我们居民受不了啊!

  居民的呐喊和质疑,都会被机器的轰鸣声掩盖掉。

  为什么少数人为了自己的一己私利,就可以忽视大多数人的合法利益呢?而这种事情,却没有人管。涉及老百姓的切身利益,那就是生活中的方方面面的小事情。而作为百姓,能够有安全感,能够睡得着觉,能花钱不受冤枉气,那就是生活中的大事。

  一个文明的法治社会,需要全民都提高素质来维护。而对于少数侵犯集体利益的不守规矩和原则的人,则需要相关部门给予教育和严惩。没有规矩,就不成方圆。

烦人的电话

不知道怎么搞的，有一天下班后，我突然接到了显示北京来的电话，接通后，对方开口管我叫哥，叫得那个亲切啊，我误以为是真亲戚呢。对方客气地说，打扰我几分钟，然后开始向我推销北京的门市房，一个二环内的临街门市房，三百多万就能买下。我一听，差点惊掉了下巴，这不可能吧？对方在电话里说，你有时间来看看就知道了。我说，我在长春，这么远，暂时没时间。对方说，我知道你在长春，这么便宜的房子，你想投资，还差一张飞机票吗？我随口说，那倒是，有机会再说吧。

因为当时走在马路上接的电话，也没有更多的思考，这随口一说，没想到却给我带来无尽的麻烦和烦恼。

从那天开始，有男的、女的，无数人轮番给我打电话，都说有一处门市房，很便宜，让我投资。我想，如果北京二环内的黄金地段近百平方米的门市房，才三万多一平方米，那北京的房地产市场是怎么了？我虽然没有能力投资，但倒是很好奇。正好有一个女生又打来电话，我就和她交流了一下。我说，我不在北京，我也没有北京户口、北京的纳税证明、北京社保证明，你们都打电话让我投资北京的门市房，这不是骗人吗？对方说，大哥哥怎么说话呢？你

灵魂拷问

个大男人，怎么会说骗人的话呢！我告诉你，买门市房，你只要注册公司，就可以在北京买。这我还真不知道，我说，那北京的门市房真像你们说的那么便宜，才三万多一平方米？对方说，大哥，你想什么啊？三万多一平方米，那是卖给你百分之三的股份。我说我不明白，她解释说，在北京，近百平方米的门市房都是上千万的，卖你的三百多万，就是卖你这个房子的部分股份。房子大产权还是房东的，你只是占部分股份而已。

我终于明白了，虽然我挂断了电话，但我心里还是感激她的，她毕竟告诉了我实情。我终于知道了他们推销北京门市房的套路了，也知道网上那些便宜价格的原因了。

来自北京的，向我推销门市房的电话还是不断，平均每天都会接到三五个，有时半夜也打。我采取了如下方法：接电话说自己不考虑，说自己是个上班族没有资金，说自己已经买完了，拉黑北京来的电话号码，接了不说话直接挂断……

虽然这些办法都用了，但是效果并不明显，每天还是会有推销北京门市房的电话打过来，不胜其烦，真是太烦人了。无奈，我只好考虑换掉这个用了十多年的电话号码了。

灵魂拷问

孤独者的孤独

突然发现，微信里有上百个好友，电话通讯录里也存了上百个亲戚好友的电话。但是，认真想想，如今通讯这么发达，每天也都在微信上花费很多时间，可是平时都不是与亲人和好朋友间的情感交流，偶尔有交流的话，也都是围绕着工作或者请求对方帮忙。细致想来，还都是跟利益相关。电话呢，每天也会外拨或者接通电话，内容跟微信所交流的差不多，唯一有一项不同，那就是每天都会接到各种推销、广告骚扰电话。

大家似乎都很忙碌，都在拼命追赶着什么。我们甚至有时都会感觉到应接不暇，会觉得各种各样的声音充斥我们的耳鼓，让我们无法安心去思考，深深体会了无事忙的感觉，甚至让我们某种程度上觉得成为了机器人。

单位里，我们面对着电脑和电话，忙碌不堪；家里，我们各自捧着电话，爱不释手，难以自拔；马路上的低头族们，用脚看路，电话已经绑架了他们青春靓丽的眼睛……

我们在和机器、网络交流，我们缺乏人与人之间真情实感的交流，所以，我们越来越孤独了。但我们又不是那种真正的孤独者，真正的孤独会产生智慧思想来。而我们现在所形成的孤独，却是越

灵魂拷问

来越狭隘和偏激了。孤独本应该成就智者的智慧，现在的孤独却成就了一些人的自私。

我们来到这个世界上，就要学会并能清醒地面对孤独。而我们时下所产生的浮躁的孤独，则大大降低了我们的情商。或者说，我们如此下去，是否会成为缺乏人情味的机器人？我们变得冷血了，我们变得没有人情味了。老祖宗留下的五千年文明，我们又如何延续？

我们是最讲人性的。所以，当我们孤独的时候，我们就会想起亲情、友情、爱情、真情。

因此，真正意义上的孤独者，其实是并不孤独的。

面对网络这个虚拟世界的我们，内心才真正是孤独的。因为我们没有时间，也没有情境，去在孤独中静静地思想。

家乡的河

家乡的河，叫蛳蛄河。之所以叫蛳蛄河，我猜想，大约是过去河里的蛳蛄多。也的确是，我小的时候，那河里的蛳蛄多得是。在河边的水中，左手搬起任意一块石头，闭上眼睛，右手随意在搬起的石头处抓一把，就是一把蛳蛄。蛳蛄是土名，我们说的蛳蛄就是现在人吃的小龙虾。那时的蛳蛄河，即使在枯水的季节，也是波涛滚滚，河面宽阔。河堤的杨柳茂盛高大，两岸的庄稼也是一眼望不到边。蛳蛄河滋养了成千上万的百姓，河水清澈，用之不竭。

还记得小时候，学校放暑假，我们都要帮家里大人去生产队劳动，我们在蛳蛄河边肥沃的黑土地上干完农活儿，都会跑到蛳蛄河里洗澡。那时的河水清澈，很多河段都是静水深流。一个猛子扎下去，会在水下看到成群的蛳蛄和鱼，我们也常抓些蛳蛄和鱼来改善生活。因此，记忆中的蛳蛄河，河面是宽阔的，河水是清澈的，流水是平静而深沉的，蛳蛄河在我们的心中是神圣的……

而如今，我站在县城的大桥上，看到穿城而过的蛳蛄河，河水是那么浅薄，虽然不是在枯水季节，河流却显得有气无力，感觉过去那生龙活虎的滔滔河水，如今好像病了似的……

但是，现在河两岸的河堤工程、亮化工程却是那么地强势。为

灵魂拷问

了让大家有休闲娱乐的场所，在蜊蛄河两岸修了十几公里的河堤路，河坝都是用大理石、钢筋水泥砌筑的。这种工程，既防洪又美观，据说光河两岸的灯光亮化工程就花费几千万，绿化树木都是从外地购来的，有很多名贵树种。近十几年来，蜊蛄河两岸的工程，几乎没断过，先后进行了几次大规模的投资改造。为了创新城市建设，为老百姓谋福利，真是在河岸工程上下了大力气，用足了功夫。

蜊蛄河两岸的那些养育了几代人的黑土良田，在过去都是生产优质水稻的宝地，现在都被钢筋水泥大理石覆盖，都被高楼大厦占据。蜊蛄河那种原生态的、大自然的概念，那些儿时对蜊蛄河的记忆被永远地剔除了。

看着宏伟的河堤亮化美化工程，看着宽阔的河堤大路，再看看那寥寥无几的行人，心里空落落的。而让我最五味杂陈的是，在如此坚固高大雄伟美丽阔绰的河岸工程下，流淌的是那瘦弱潺潺的河水。

如果河里的水没有了，那还是河吗？

灵魂拷问

礼物

　　局机关的大会议室里，关于相关单位合并合署办公的调度会已经近尾声了。在局长马上要宣布散会的时候，局办公室主任急忙说道：还有一件事，咱们局里的小会议室撤掉，小会议室的会议桌和椅子怎么处理？局长很干脆地说：我们一定不要浪费，要勤俭节约！我知道那套设备，购置三年多，但是质量很好，保管得也好，看看你们下面哪个部门需要？局长说话间，用犀利的目光环视着在座的各单位领导们。遗憾的是，大家没有谁回应。

　　局长把目光调和成笑眯眯的，最后把目光锁定在何院长身上，慈祥地说：老何啊，你们单位大，人多，就把这套会议室的桌子啊椅子啊当作新年礼物送给你吧！

　　何院长开始一愣，继而连连说道：谢谢局长，谢谢局长！那种诺诺的感恩万千的样子，把大家逗笑了……

　　何院长回到院里，叫来办公室主任吩咐：把咱们小会议室里的桌子椅子，都撤出来，放到仓库里，你再雇一辆搬家的车，去把局里小会议室倒下来的桌子椅子拉回来，安放在咱们的小会议室里！院办公室主任疑惑地问：院长，咱们小会议室的设备可是新的，刚买回来不到半年！局里小会议室的设备我可知道，那可是落后多了，应该淘汰的。何院长瞪圆了眼镜片后的那双布满血丝的眼睛，高声说：叫你办，你就办，哪那么多废话！

院里又在小会议室开会的时候，大家都议论纷纷。都说，原来新买的好好的桌子椅子，为什么不用，放到仓库里？局里倒下来的这些破烂，怎么还像宝贝似的用上了？院里新购置的设备，是根据会议室大小订制的，合理又舒服，局里这套设备，旧了不说，放在咱们这个会议室里，又别扭，用起来又不方便……

何院长看着大家那些翕动的红嘴白牙，一言不发，心里想的是：你们懂什么？有时，何院长听着大家的七嘴八舌，嘴角会挤出一丝苦笑。再看看何院长的眼神，他好像什么也没听见。

灵魂拷问

买药

小区不大，楼下却有三家药店，而只有一家便民超市。

人吃五谷杂粮，都会有个头疼脑热，各种各样的小不适，大家也都会根据自己的经验，自主去买点非处方药，解决自己的问题。因为药不是食品，用我们老百姓的话说，药是治病的，不是什么好吃的东西。所以，作为老百姓，也很少在自己家里储备各种药品。按照惯例，人们还都是头疼了，便去买点解决头疼的药回来吃，很少有人在头不疼的时候，先买些头疼的药准备着头疼的时候吃。当然，那些极少数经常犯某种病的，在家中备点常用药，也不足为奇。

现在的问题是，我去药店买药，十回有九回会被药店的店员们推销药品或者保健品，让人实在是不舒服。偶尔去药店买点小药，回回都能赶上"大促销""有奖购药""购药超百元打九折""买药送鸡蛋"等"回馈病人"的活动。昨天去药店，就赶上了"购药超二百元抽奖活动"。穿着白大褂的店员，极力推销、劝诱多买药，然后好抽奖。其中一位说：你多买点药吧！刚才有一位先生抽了十五次奖！我吃惊地：啊？这位年轻的店员又解释说：人家买了三千多元的药！于是我气不打一处来，苦笑着说：如果这个人为了抽奖，就买了三千多元的药，我觉得他买的一定是治疗精神病的药！这位身穿白大褂的店员看我态度不佳，才闭上了她那张一直劝诱我多买药的涂得鲜红的嘴巴。

真的让人啼笑皆非，心里极不舒服。这个年头，还有这么劝人多买药的，利用各种商业手段引诱人多买药……药也是商品，但是它有它的特殊属性。开药店是为了赚钱，但是，也得讲究点方式方法，讲点良心；用现在的话说，讲点社会效益。

过去我们中国人以吃中药为主，大家都是看了医生，然后按照医生开的处方到药店抓药，再回家煎药。煎药的药壶也不是家家都有。很多人家要煎药了，去借一下，而且借来药壶，煎药吃完，病好了，并不能把药壶送还人家，而是要等药壶的主人或者又有去药壶主人家借药壶的人，到煎完药的这一家来取。为什么药壶用完了不能给人家送回去？因为药壶是个"不吉利"的东西，是有病的时候才会用到药壶，主动送药壶就是一件极其"不吉利"的事。

如果一个人没有病的话，谁会去吃药？谁又会把治疗各种病的药多买一些放在家里，等待着有病了好吃药呢！

为了疯狂赚钱而不择手段的人，倒是应该多买点药吃。比如多买点良心药，多买点对身心健康有益的药吃吃。

灵魂拷问

请你负责任地活着

最近，看见的和听见的事情，都是令人愤怒和遗憾的事情。一些自私的人的浮躁与不负责任，让我情不自禁地想起《大学》里的话："……修身、齐家、治国、平天下……"其实，我们不用做什么大事情，我们能为自己、为家人、为亲戚朋友负责任地活着，也就算是功德无量了。

我有个朋友，才四十多岁，最近去医院检查，发现是肝癌晚期。医院已经表态，他活着的时日不多了。可是，他正处在年富力强的时候，上有老下有小，却在突然间倒下了。他的家人在悲痛万分的时候，也对他充满了怨恨。

他的妻子说出了他的自私与不负责任。他喜欢喝酒，而且是喝大酒，每天晚上都会喝得烂醉，谁都规劝不了；他脾气暴躁，心胸狭窄，经常暴怒和骂人，谁也管不了；他喜欢吃烧烤，几乎天天都吃，大家都说烧烤吃多了对肝脏不好，但是没用，他不听；他更喜欢抽烟，吸烟量很大，家人劝他少抽烟，烟抽多了不好，但是，他置之不理。

他为了私欲，为了快乐，为了满足欲望，把亲人、朋友抛在了脑后，更不会想到还有责任在身。就这样，他为了快乐自私地活着，毫无节制地挥霍自己的身体。

灵魂拷问

人活在世上，不单是为了自己，对家人，对亲人，乃至对社会，都要有责任和担当。你想负责任，那么，你的想法就不能太自私；你想负得起责任，那么，你的身体就要强壮和健康。否则，你所有的想法都是空谈。

人生在世，如果不能为家人和社会带来福祉，那么，也不要为了满足私欲，给家人和社会带来麻烦。

前两天，一位朋友跟我哭诉他儿子给他带来的灾难。

他们家本来是一个安乐幸福的家庭，可他的儿子不幸染上了赌博的恶习。在不到一个月的时间，竟然输光了他的全部家产。

朋友为了不让儿子进监狱，为了不让儿子跳楼自杀，把老两口靠省吃俭用、打工出苦力挣下的家产全部给儿子还了赌债。

当老两口欲哭无泪的时候，当老实巴交的父亲怒骂儿子的时候，儿子的回答竟然是："……我也知道挣钱不容易，可是，当我输钱的时候，每输一笔钱，我的心都充满了快乐，我快乐，所以我就停不下来……"

仅仅是为了某种变态的快乐，就不顾父母的死活，就无视社会的道德谴责，输掉的恐怕不只是钱吧，他的人性也不复存在了。

人活在社会上，谁都无法逃避各种各样的诱惑和陷阱，但是，人要有活着的底线。这个最起码的底线就是，要为法律、社会道德、人性、人情负责任。

灵魂拷问

守住自己的爱国心

最近，我在一个沙龙上谈爱国的话题，当场被几个人反驳。他们说，你算什么啊？还谈爱国？那些有权有钱的人，都跑国外去了。他们说，爱国我们是要爱，但是，现在谁还谈爱国啊，谈理想啊，那些说爱国的，实际做得怎么样？不是还把老婆孩子都送出去了。

当时，我脸红了。我脸红的原因不是我把老婆孩子送到了国外，别说我没那个能力，就是有也不会送。我之所以脸红，是因为我在沙龙上说了爱国的话题，这在大家看来是个重大话题，在这种场合说这些显得我很另类。但我还是坚持说：不管别人怎么样，做好我们自己，我们在心中、在工作中、在日常生活中，有爱国意识就行。我们老百姓爱国，十分重要。

祖国强大，我们老百姓才会有幸福可言。比如，如今的国庆节，大家带薪休假，或者旅游，或者和家人团聚，或者和亲朋聚会。这在过去是想都不敢想的。现在我们吃的、喝的、用的，在过去做梦都梦不见。从精神层面来说，我们也是快乐的、自由的、独立的。当然，我们也存在一些问题，但是，我们的民族就是从多灾多难的路上走过来的，有些问题正在解决和完善的过程中，我们正在进步，正在崛起。现在百姓可以说是安居乐业了，如果我们都不热爱我们的国家，只看到我们国家负面的东西，那只能说我们思想上有问题。

我们身为中国人，热爱自己的祖国是天经地义的，是我们做人的本性，是我们每个中国人都应该自然而然要做的。虽然在我们的

灵魂拷问

身边，有不一样的声音，有各种杂音，但是，我觉得有思想、有品位、有个性、有傲骨的人，还应该坚持自己的主见，爱自己的国家是人间正道。

在如今这个物欲横流、纷乱复杂的社会，活出自己，守住自己的思想，守住自己那点和他人不一样的东西，是很不容易的。可是，如果我们自己剩下的唯一的那点东西还守不住，我们也真的没有什么希望了。我这并不是危言耸听。现实中，大家都去做的事情，你不做反而会被大家嘲笑。比如说，去日本和韩国疯狂购物。我们说，不要去支持别人的经济建设，多爱爱国，挺挺国内民族企业。那些疯狂的购物者会说我们傻。据说，韩国人开的汽车，大多数是本国生产的。我们做到了吗？韩国一张美容后的人造明星脸，到我们国家的省级电视台来露一下，就拿走我们三百万元人民币，还让大学生们疯狂哭号几小时……我不能说去国外购物就不好，也不是说，一张人造脸把我们青年人搞得神魂颠倒就过分，但是，我希望我们大家冷静冷静，我们不能像我们老祖宗说的那样"肥水不流外人田"，但是，我们的祖宗是中国人，父母是中国人，我们也是中国人！我们吃的是中国饭，穿的是中国衣，想想我们的衣食父母究竟是谁。

或许，在现实生活中，我们这些想守住自己的爱国心的人，在有些人看来很另类，让我们有时会感到生活得特别累。我们把理想和爱国联系在一起，把工作和事业融入爱国情操中去，把爱国作为人生的大义，这样可能会得罪一些人，让我们常在现实中跌倒。不过我想，当我们跌倒的时候，可能摔掉了很多东西，包括官位和金钱，但是，我们一定要用双手紧紧护住我们这颗爱国的心，守住自己的心里最后那点东西。而我们的希望，就在于我们重新站起来的时候，给大家、给后人一个希望：很多人，都是前仆后继地在爱自己的祖国。

网购短裤记

在抖音上看到卖短裤的,说是棉麻料的,说做工精细,特别好,特别耐穿等等,价格八十九元。虽然觉得贵点,但按照他们说的,不仅是物有所值,简直买了就占了大便宜了。于是,第一次下单在网上买了一条占了便宜的短裤。

短裤到货后,正值炎热的夏季,每天晚上吃完饭,都要穿着短裤去小区院里遛弯乘凉。我穿上新买来的棉麻料短裤,倒觉得很舒服。每次下楼遛弯,都是把另一套单元门卡和房门钥匙揣在短裤兜里,方便回来的时候开门进屋。穿着新买来的短裤在小区院里遛弯三天,第三天回家的时候,伸手一掏短裤口袋,坏了坏了,拴在一起的单元门卡和房门钥匙不见了,原来短裤的兜漏了。又惊恐,又生气。惊恐的是怕老婆埋怨,还有门卡和房门钥匙丢失,是一件很麻烦的事情。生气的是,这条如此美好的短裤,我才穿了三天晚上,而且每天晚上就是遛弯的时候穿,三天晚上穿的时间加起来也不过五六个小时,这兜怎么还能漏了呢?按门铃回家取来手电筒,在自己走过的路线来来回回地找了五六遍,最终还是没有找到。向物业报告,物业说那就等等,看看有没有捡到给送来的了。

灵魂拷问

等了几天没有消息，但是我们小区业主群里，大家在反映一个问题，说有人在晚上拿着钥匙去开别人家的门，家里有人的一问，那人就说是走错屋子了。群里的人说，这个人折腾了好几个楼了，希望大家小心些，一定注意安全。

我在想，这个人肯定是捡到我钥匙的人，是一个小人。如果我找这个人，或者在群里说自己丢了钥匙，就等于此地无银三百两了，只好去研究换锁吧。

去卖锁的地方，经过老板的推荐，花五百元换了一个中档的锁，上门安装费还要五十元，共计五百五十元。老板说，如果我买高档的锁，一千元以上的，上门安装就免费了。

换完锁，坐在沙发上抽了一支烟，算算账，网上买的这条短裤，共六百三十九元，真是价值不菲。最关键的是，让我上火，让我害怕，让我折腾，感觉很累很累。

灵魂拷问

无处可逃

二十年前我在县里工作，那时县城里就已经很难找到安静的地方了，到处在盖楼，在搞各种基础设施建设。因为东北只有半年时间可以搞建设，所以，从初春开始，我们白天晚上都要承受那机器的轰鸣声、建筑工地的各种刺耳的碰撞声、拉建筑材料的重型汽车的马达声、建筑人员的嘈杂声……

开始失眠，后来习惯。相信我们每个人也都是这样，在建筑的噪音里慢慢适应。

后来，我到市里工作，开始有意选择一个相对比较安静的老的小区居住。没想到，刚住进去不久，这个小区就开始改造。折腾了一年，小区改造完毕，左邻右舍又开始装修。装修的原因是，大家有钱了，要住豪华的房子。有钱就得折腾，这好像是一种时尚。

有意思的是，我的左邻右舍房屋装修完了，第二年，我们单位开始装修。电锯声、电锤声，各种嘈杂声充塞了我们的耳膜；油漆味、涂料味，各种胶水味掺杂着粉尘的怪味，侵略着我们的呼吸和神经系统。

其实，那些老式的装修，都非常结实耐用，大多数是实木装修。但是，我们有钱了，把老式的装修拆除，换成了新材料重新装修。折腾了几年后，不知道谁又把实木装修说成是对的、好的，而且，实木装修价格竟然昂贵到让人吃惊。现在又提倡和重视复古，不知

灵魂拷问

道那些被拆除的老式实木装修的损失有没有人来承担。

再后来，我到省城工作。由于时间仓促，在繁华的闹市区住了三年，到了要崩溃的边缘，就又花了多半辈子的积蓄，在开发区的一个号称是封闭式的小区里购房住下。

因为是新小区，又是封闭式管理，虽然物业费高得离谱，但还是觉得值得，因为总算找到了一个安静的地方住。然而，住下来后才发现，如今在城里要找到一块净土，真的是太难了。

这个小区旁边，竟然是一家涂料厂，每天晚上都要排放大量味道刺鼻的气体。听说有些居民去有关部门反映，都无果而返。又过了不久，小区物业为了利益，竟然在小区内开了一家游泳馆健身房，而且招来大量的外来人员。游泳馆健身房的服务生们每晚都要在小区里大声说笑、喊叫、歌唱，于是，小区竟然成了一个娱乐场。有居民找物业反映，当然也是无果而返。

最近，小区的对面，又把原来十几层的楼房扒拆了，要建筑百米高度的公寓。不仅把我们小区的阳光遮挡了，而且每天晚上工地都在施工，各种巨响和强烈的灯光，把周围几个小区搅得烦躁不安。也有居民上访，当然也是无果而返。

这几天，气温出奇地高，加上小区里的噪音，以及对面建筑工地彻夜疯狂作业的噪音，让我夜里失眠。我相信，在这个嘈杂的世界里，失眠的绝不会只有我一个。

有时还想再换个小区，就有朋友说：知足吧！现在哪个小区的开发商不都是为了利益，而把当初入住时对你的承诺变成地下管道里的臭水呢？说到底，你跑到哪里都是一样。

难道，真的是无处可逃吗？

长白山风流二题

雪魂

六瓣的雪花，像梅花，白白的，嫩嫩的，飘飘洒洒，从天而降。置身雪花纷飞的世界，你会闭上眼睛，仿佛是美丽的姑娘那软软的、长长的睫毛，缓缓地、轻轻地、一下一下地碰触你凉凉的脸颊，美美的。

地上的雪已经厚厚的了。但雪花仍在静静地落，落得静静的。泥屋、小河、树木、田野、远山。一切都默默的，幽幽的，漫漫的，茫茫的。

那座泥屋的门吱扭扭地打开了，立刻从屋里窜出一股蒸腾的热气来，旋即又灵魂般消散了。

从泥屋走出来的当然是她，村民们都呼她雪妈。雪妈衣着单薄，袖管挽得高高的，急急地来到雪地里。她忘乎所以地张开粗糙的大手，狠狠地贪贪地捧起一大团雪，直起身，用青筋毕露的大手团着、握着……俄顷，一个圆圆的银团就在雪妈手掌里了。她捧着雪团，向迷茫的远山眺望，苍凉的脸颊有了奇怪的红晕，仿佛她的手里擎着一柱白色的火焰。她长长地出了口气，一只手拢拢脑后散乱的枯干的灰蓬蓬的老发……

雪仍在静静地落。地上的雪在厚。

灵魂拷问

突然，雪妈手里的银团坠地，接着，她的双脚开始灵活地运动起来，像个孩子一样在踢雪球。雪球愈滚愈大……

以后的时间里，在纷飞的雪花里，在迷蒙的雪影中，雪妈笨拙的动作中蕴含某种真诚，娴熟中潜藏某种热烈……不多时，一尊英伟的男人的雪塑像雕成了。那男人，鼻直口阔，身材魁梧，双眼凝聚着粗犷。当然，最精致打眼的要算雪人头上那顶帽子了，那是一顶只有军人才有资格佩戴的帽子。

雪妈深情地凝视着那尊雪的塑像。

雪花悠悠地落。地上的雪在厚。

雪妈的目光徐徐地跃过那顶雪塑的军帽，投向远处的迷蒙之中……

蓦然，雪妈的眼里放出两道锐利的白光，欲要穿透茫茫雪野似的……那白光，仿佛是雪的精神所凝成。

雪眼

雪住了。推开泥屋的木板门，一轮红日正从银色群山里冉冉升起，万万道刺眼的银色光芒扎得人的眸子不敢转动。

一个十三四岁的小姑娘，又静静地立在落雪的院头。她长得不十分美丽，但她有个极漂亮的名字，叫雪丫。雪丫爱在雪住天晴风儿稳时望雪，望远处迷蒙的雪，望太阳升起来的地方的白里透红的玫瑰雪。

住雪之时，亦是寒冷之际。村里是很少有人出来的，偶尔有几个狩猎砍柴的壮汉出去，也都武装着牛皮裤子、老羊皮袄和大狗皮帽子。

雪丫就那么静静地站在雪地里望。

雪丫是从不怀疑她自己那双亮亮的大眼睛的,她十分信任自己那双眼睛。

娘又喊了:傻丫头,又傻望个啥呀?一下雪就犯傻,雪里有个啥?

雪里有个啥?有个啥?娘不该这样说。雪里的东西多着呢,老天爷也说不清说不完的。

雪丫在雪光之中,依然向有雪的太阳升起的地方远眺。雪丫她自己也说不清楚,她是从哪一天开始,站在了自家的院头,发现了那座远远的太阳从它头上升起的雪山,有许多许多……太阳定格在雪峰的上端,一圈神异淡红的光晕,给那银峰戴了一个神秘的项圈。就在那神秘的光晕里,有许许多多……雪丫也说不清,但她分明地看到了,那些都是美的,都是她极想抚摸极想亲吻极想得到的。那许许多多是她说不清的,是无形的,可她的眼睛见到的分明是最美的。

终于有一天,雪丫决定走上那座雪峰。她幻想着,太阳从雪峰顶上升起的时候,她神奇般地出现在峰上。她可以尽情地抚摸尽情地亲吻尽情地拥抱……

当太阳又一次冉冉升起的时候,雪丫挣扎着爬上她认定那座眺望了无数个日月的雪山。她不知道自己是怎样爬上峰顶的。

雪丫再也不能站起来了。她躺在雪峰上,太阳还离她很遥远很遥远。

雪丫高兴地闭了眼。她满眼是雪。

灵魂拷问

有钱与有用

不知道从什么时候开始,我们开始崇拜、羡慕、喜欢有钱人了。而且是,无论那个有钱人的钱是如何来的,只要他有钱,我们就认为他是成功者。有钱人呢也不客气,他们会昂着头走路,眼睛看着天。有钱人炫富,没钱的人感叹自己时运不济,没有像有钱人那么有钱。

后来,有钱人多了些,大家喜欢有钱人的口味也变了,很多人更喜欢一夜暴富的有钱人。因为,不出力,不操劳,不付出,还很有钱,真是比去天堂还美妙。一些人在一起比谁有钱的时候,也都会说,我去年一年挣的钱,赶上我过去十年挣的,大家就都很羡慕,都投去探寻和饥渴的目光。现在大家时间都很紧张,没有工夫说自己的创业史和发家史,更没耐心说那些励志故事,都是直接说数字,而且也不会去关心谁的钱是怎么挣的,只会关注挣了多少。现在问问孩子们将来有什么理想,大多数的回答是当大官或者当有钱的老板。当什么官,不知道,反正当大官就行;当什么行业的老板,也不知道,反正是有钱的老板就行。

大家都知道(包括孩子们),当老板是为了有钱,而当官就是为了有用。

有个诗人朋友,很有点名气。很多人就主动联系他,开始是以诗会友。但是，处着处着，这些朋友就都夭折了。诗人朋友总结了，很多人误以为大诗人身边肯定会结交很多权贵和富豪，通过诗和诗人的那些有用的朋友接上头了，说不定什么时候就能用上。结果呢，和诗人处一段时间才发现，如今的诗人身边，哪有什么权贵的朋友啊！倒是有那么几个退了休的、离了岗的曾经权贵过的人混在诗人身边，也都是为了填补无权非贵的失落心境。所以，诗人身边的朋友都是左一拨右一拨的落魄者和寻找有用人的人。结果呢，把个诗人搞得很累，几年都没交下一个真正的朋友。

现在一些"有用"的人，也都是说"没用"就没用了。记得某县城有个"有用"的人，头一天他的夫人看见"没用"的人还撇嘴斜眼呢，第二天她的"有用"的老公因为把权力用过了头，进去了。如此看来，那些现用现交的人，更难得力，现在"没用"的人攀附"有用"的人，风险也很大。

其实，我们中国人最不看重的就是金钱和"实用主义"，我们最讲究的是人格和品位，把名利都视为身外之物。当你的财富和功名不能为我们这个民族做贡献和服务的时候，我们则视功名钱财为粪土。我们所创造的财富和我们所建立的功名，都应该是为我们这个社会健康发展服务的。

而今的一些"实用主义""利己主义"和一夜暴富、不劳而获的思想，应该摒弃了。我们要反思，我们老祖宗留下的优秀传统文化，应该成为我们生活和工作的法宝，例如实业兴邦和勤劳致富这两件法宝，就应该是我们大家共同遵循和追求的。

灵魂拷问

静的智慧

有一个巨商，为躲避动荡，把所有的家财置换成金银票，特制了一把油纸伞，将金银票小心地藏进伞柄之内，然后把自己装扮成普通百姓，带上雨伞准备归隐乡野老家。

不料途中出了意外，只因他劳累之余在凉亭打了一个盹，醒来之后雨伞竟然不见了！

巨商毕竟经商数年，面对突如其来的变故，他很快冷静下来，仔细观察后他发现随身携带的包裹完好无损，断定拿雨伞之人应该不是职业盗贼，十有八九是过路人顺手牵羊拿走了雨伞，此人应该就居住在附近。

巨商决定就在此地住下来，他购置了修伞工具，干起了修伞的营生，静静等待。

春去秋来，一晃两年过去了，他也没有等来自己的雨伞。巨商沉下心来，仔细思量，他发现有些人当雨伞坏得不值得一修的时候，会选择重新购买新的雨伞。

于是巨商打出"旧伞换新伞"的招牌，而且换伞不加钱。一时间前来换伞的人络绎不绝。

不久，有一个中年人夹着一把破旧的油纸伞匆匆赶来，巨商接过一看，正是自己魂牵梦萦的那把雨伞，伞柄处完好无损，巨商不动声色给那人换了一把新伞。

那人离去之后，巨商转身进门，收拾家当，从此消失得无影无踪。

静出智慧。巨商的无言等待，是静之后的智慧。在突如其来的事件面前，巨商能够沉着应对，从而化险为夷。

对人生而言，学会静，是一笔宝贵的财富。

它会让你懂得，一旦面前出现惊涛骇浪、乌云笼罩，焦虑、苦恼非但于事无补；有时，还会使事情变得更糟，而恰如其分的静，能够让你稳住阵脚、挽回损失。

静是韧性的智慧。

致虚极，守静笃。重为轻根，静为躁君。静胜躁，寒胜热，清静为天下正。

灵魂拷问

摘桃子

　　老农花费了十年时间,种养了一棵桃树。从冬到夏,施肥、浇水、剪枝、看护,花费了十年的心血和汗水,终于把这棵桃树养得健壮多产。尤其是每年的夏季,又红又大的桃子,挂满了枝头,每每路过的人,都流着口水发出啧啧的赞叹声。当然,这都是正常的现象。老农有一句话:甜桃脆枣,谁见谁咬。就是说,在水果成熟的季节,谁看见都可以顺便摘下来吃。但也有个心照不宣的规矩:吃多少都可以,但是不能拿走。

　　话说这一天,老农从树上把桃子摘下来,装到自己编织的草筐里,准备卖给过路的人。有个城里的专家路过这里,看着筐里又大又新鲜的桃子,邪睨的眼睛放出贪婪的光,微笑着说:"老哥,你这桃子真好!"

　　老农嘿嘿笑着,算是回答。

　　专家问:"你这桃子多少钱一斤呢?"

　　老农回答:"五元钱一斤。"

　　专家说:"不贵,不贵。"

　　专家看看老农身后的桃树说:"你这棵桃树卖不卖啊?"

　　老农说:"不卖,不卖。"

　　专家说:"为什么不卖啊?"

　　老农说:"我看护了桃树十年,这十年,没少搭钱,没少出力,没少操心，现在终于有收获了，我怎么能卖呢？再说了，这桃子摘了就能卖，这桃树怎么卖啊？你还能把它挖走吗？"

专家说："我不挖走，我不挖走，这么大的桃树，我挖走了回城里也没地方养啊……我只买它的使用权，这棵树的产权还是你的。"

老农疑惑地看着专家，嘿嘿笑着说："我懂你的意思，就是说，这棵树实际上还是我的，但是这树结的桃子归你，是吗？"

专家两眼放光，哈哈大笑说："老哥你真有智慧，你说得对，就是这个意思。"

老农说："那你买几年的使用权呢？一年给我多少钱呢？"

专家说："我要买这棵桃树的终生使用权，你算算这棵树能活多少年，还能结多少桃子，就给你多少钱。"

老农傻笑了一下，有气无力地说："我没文化，不会算，你算吧！你说多少就是多少了！"

专家说："那好，这可是你说的，我说多少就是多少！那我算算……这棵桃树最多只能活一年，你说，一年多少钱？"

老农很吃惊地问："你根据什么说它最多只能活一年啊？"

专家说："根据你不会算啊！你算不出来，那就以我算得为准啊，这可是你说的！"

老农腾地站起来，说："大官人，我这筐桃子白送你了，筐也给你了，这棵桃树我坚决不卖！"

专家说："好好，这可是你说的……"

专家匆忙拎起装满鲜桃的草筐，放到车的后备厢里，开动他的宝马车，逍遥而去……

人生往事

| 人生往事 |

父亲的饺子

又一个传统佳节——春节来到了。春节对于我们老百姓来说，是一个重大的节日。我们民间的说法，过春节都叫过年。过去是盼着过年，因为过年能吃好的，穿新衣服，一家人能在一起享受一年来的收获，还有最重要的是能对新的一年生个美好的希望。

另外，对我们来说，还有更重要的就是在过年能吃上一顿饺子。吃饺子是我们的传统，也应该是年文化的一个重要的组成部分。饺子不但是美食，吃饺子还是一种过年的仪式载体，是一种精神图腾。所以，我们过年三十晚上这顿饺子，都是精心准备，怀着仪式感和敬畏之心来吃。饺子里装满了感恩、敬畏和对来年美好生活的憧憬。

如今，我们的生活发生了翻天覆地的变化，过去常说，谁家三十晚上不吃顿饺子啊，表达了饺子对我们生活的重要性，现在我们可不是这个样子啊，现在是，谁还在乎一顿饺子啊！我们想吃又愿意吃饺子，可以天天吃。如果说，传统观念是吃顿饺子就过年，那么我们现在可以天天过年。而且，现在的问题是，过年我们也不愿意过了，就更别说吃饺子了。在饺子馆里，在日常生活中，我常常看到有些人买来一盘饺子，只吃几个，其余的浪费掉，也时常会听到有人说，这饺子真难吃，这饺子太腻，这饺子肉太多等。饺子已经被我们吃够了！

每当我看到这些浪费现象，或者听到对饺子的不屑和狂妄的语言，我的心都会刺疼，想起我的父亲。

我的父亲是梦生，后来在继父的养育下存活。父亲十六岁就下地劳动，成为一个家中的主要劳力。因为父亲还有几个重山姊妹和兄弟都在上学，所以父亲和他的继父要拼命劳动来支撑这个家庭。那时，父亲的继父对父亲很苛刻，父亲不仅要承担繁重的劳动，还要讨好他的继父给个不嫌弃的冷脸。

父亲懂事的时候开始，就是每年过年的三十晚上，他都非常诚恳地说，自己不爱吃饺子。那个年代，大家的肚子里都是没有油水的，出大力的父亲竟然不爱吃饺子！那时，本来三十晚上包的饺子就有数的，有时甚至要分着吃，每个人多少个饺子，查好了，自己吃自己的一份。父亲竟然不爱吃饺子，这对他的继父一家人来说，简直是再好不过了。父亲的继父只有过年的三十晚上，才会对不爱吃饺子的父亲笑一次。每年的三十晚上，父亲的继父一家人都在吃饺子，只有父亲在吃玉米面饼子和咸菜。就这样，父亲从懂事儿开始，一直在每年的三十晚上吃粗粮咸菜，吃了十多年。

后来父亲成家了，生活有所改变，他每年的三十晚上虽然也吃饺子，但也是在母亲和孩子们吃得差不多了，他才吃剩下的。过去过年晚上不爱吃饺子，是为了讨好他的继父和那一家人，后来自己有家了，孩子多了，他又要先让老婆孩子吃好。

父亲病重的时候，我没能尽孝，没有赶到他的身边。后来听母亲说，父亲病危的时候，母亲问他想吃点什么，父亲竟然要吃饺子！

母亲给他包了一盘饺子,父亲在多日不进食的情况下,把一盘饺子都吃了,但是吃完又都吐了,吐完饺子又吐血,离世了。

我每每有浪费的时候,或者看到他人在浪费的时候,我都会情不自禁地想起父亲,想起父亲不爱吃的饺子。这让我规范自己,鞭策自己,使自己严格自律,修好身,做好人,时刻要懂得感恩懂得珍惜如今的美好生活。

按照我们的习俗,过年了,我们都要说吉利的话,祝福的话,都要说高兴的事儿,以此来祈盼我们未来的生活会更好。但我觉得,我们要借鉴历史的经验和教训,我们只有守住如今的美好生活,珍惜现在所拥有的一切,不铺张,不浪费,不狂妄,懂得感恩,勤俭善良,我们才能守住我们这如今想什么时候吃饺子,就能什么时候吃饺子的好日子。

人生往事

城里的表姐们

我的外祖父家,过去在通化地区是有名的大财主家庭,据说在那个年代,是数一数二的富豪家庭。后来,我的外祖父分家时,分到了通化县金斗乡北沟村。外祖父因为乐善好施加上挥霍金银,到土改的时候他的财产就所剩无几了。因为外祖父过去的财布施,恩泽了通化县很多村民,贫下中农们感念外祖父过去的雨露,就给外祖父戴了中农的帽子,这顶帽子保护了外祖父的性命。也因此,才有了母亲,也才有我。

七十年代初期,我读小学二年级了,有一天放学回到家里时,发现家里突然出现了两个如仙女一般的美女姐姐。她们皮肤白皙,头发黑亮飘逸,穿着我们没见过的衣服。我见到她们突然有些脸红羞涩。

母亲让我叫她们表姐,个儿高的叫大表姐,长得最漂亮的那个我叫他二表姐。大表姐很亲热地抚摸着我的脸颊,搂住我,夸我长得好,招人稀罕。被这样一个突然出现在我家的美女姐姐搂着,我很惊异也很幸福。二表姐过来拉着我的手,没说什么,只是友好地冲着我甜笑。

人生往事

那年,大表姐十八岁,在通化市读高中,二表姐十六岁,读中学。这次是她们放暑假,来到我们这个小山村的家。后来听外祖父给我介绍说,她们的父母是在通化市当年那个韩家大院里出来的。我们居住的叫北沟的这个小山村,尽管离通化市只有百里之遥,但是,从新中国成立以后,外祖父和在城里的亲戚们始终没有走动。为什么不走动,这两个姐姐又为何而来,外祖父并没有做解释,我也没有多问。

外祖父和母亲对于两位姐姐的到来十分高兴,父亲也是把家里所有好的东西都拿出来招待她们。

大表姐二表姐住了下来。白天,我带着她们上山采那些还青涩的果子,有时也去河里捉鱼。晚上大表姐搂着我睡觉,我那时虽然还不懂男女之事,但我总不敢面对面让表姐搂,她那温热的气息,身上那淡淡的香味,那白嫩的皮肤,总让我耳热心跳。

两位表姐回城里的时候,父亲用生产队长的特权,赶了挂马车,把两位表姐和给她们拿上的野菜干,河鱼干,玉米小碴子,玉米面,大米,红小豆一起送到十几里外的金斗公社汽车站。那时,客车还只通到公社所在地,而且是过路的长途汽车。一天只有一趟车,可以回到通化市。而通化市离我们居住的山村,不过有百里之距。

表姐们走了,我时常想念她们,即使她们意外地出现又很快地离开,也还是会给我留下一段不可磨灭的记忆。总会想着两位姐姐美丽的容貌、甜甜的话语和我们一起嬉戏开心的经历。大表姐长得没有二表姐漂亮,但是大表姐对我好,上山也总是拉着我的手。二表姐不仅长得漂亮,歌唱得也特别好听,像电影演员。她们唱的歌我不知道什么名字,什么曲调,只知道被她们唱得很动听。二表姐还总和我说一个词语就是"到此结束","到此结束"我当时还不明白是什么意思,觉得这句话太神秘,尤其在二表姐口中说出很好听,也没有问"到此结束"是什么意思,还炫耀着和小伙伴们说了很多天的"到此结束"。后来读书读到"到此结束"这个词语的时候,才明白这个词的意思,便也会想起两位表姐来,虽然明白了意思但却更加不理解二表姐为什么总要说"到此结束"。

还记得有一次,我和大表姐二表姐上山采菜的时候,大表姐说,表弟,你能从这里把这块石头扔到前面那棵大杨树上吗?我当时根本没过大脑就毫不犹豫地说能!现在真不知道当时自己是怎么把那块石头扔那么远的。后来每每路过那里我都会再次拿起石头往那棵树上扔,但是我再也没破过纪录,我想可能是大表姐拿的石头对我有魔力吧。

我总盼表姐们能再来,默默地祈祷,还真应了我的祈求。那年秋天,我们那里下霜早,庄稼又歉收。记得一天晚上,已经很晚了,大表姐和二表姐突然又来了。这次她们来,和父亲母亲叽叽咕咕说了很长时间的话。晚上大表姐也没搂我睡觉。就是刚来时见到我摸了摸我的脸。第二天早上,她们早早就被父亲赶着马车送走了。走的时候,给她们拿了干菜和小楂子,还有玉米面。

后来连续两年,大表姐、二表姐都是春天来一次,秋天来一次,每一次来时,都是晚上来,第二天起早就走了,依然是父亲赶着马车把连着给她们带走的大包小包一起送到十里外的汽车站。无论是春天还是秋天来,我们家都会给她们带上大包小包的干菜和粮食,玉米楂子,玉米面,红小豆或者大米。

不知道为什么,后来表姐们来,都没有第一次对我那么热情了。

也许是她们每次都是晚上来,第二天起早还要走,没有更多时间在一起玩。也可能我也一年比一年大了,快变成小伙子了,她们不再把我当小孩看了。总之,不知道是什么原因,我和两位表姐之间好像隔着什么。即使是这样我还是希望她们常来,哪怕只是见上一面。

最后一回大表姐来,穿的是一件碎花连衣裙,那是我第一次见到的最漂亮的衣服,全村人也都是第一次见到连衣裙。二表姐出落得更漂亮了,穿的衣服我们也没见过,浑身上下散发着高贵华丽的气息,光彩照人。这次来,她们只带走了一些山野菜和野果子,没有像往年那样带走很多粮食。

盼着城里的表姐再来,已经成为我的一个美梦。可是,大表姐二表姐连续来了三年,再也没有了她们的影子。我问过父亲,父亲并不作答,母亲也只是摇摇头。

外祖父去世的时候,也念叨过表姐们。因为在城里和我们有联络的只有我的这两位表姐。更令我奇怪的是,外祖父,我的父亲,母亲,他们从来没有张罗过去城里的表姐家,以往表姐家的老人们的消息也都是由她们二人带来带去的。两位表姐不再来了,消息就中断了。突然想起了两位表姐第一次来时,二表姐总对我说的那个词:到此结束。

可在我的心里,一直都没有结束。因为我常常想起她们。也想她们为什么不再来了,难道就是因为城里的生活好了?因为都参加了工作?因为都结婚了?还是因为城市里已经不缺少蔬菜和粮食,已经开始过上糟蹋粮食和蔬菜的日子了?

后来我也进城了,跟表姐住在一个城里。但是好多年彼此都没有联络,迎面擦肩而过恐怕都是陌路人了。

现在，从通化市到我的故乡叫作北沟的那个村子，每天有多趟客车往返，只需两个小时就到了。我回村里看望母亲的时候，还常会想起大表姐和二表姐。我问年迈的母亲，会不会想起那两位表姐，母亲答非所问，笑笑说：城里艰难的日子都过去了，过去了就好……

我在通化市工作期间，偶尔想起表姐们就想写篇散文，但不知为什么，每次想写的时候，都会心情沉重，不知从何处下笔。如今写出来了，可能是因为我从通化市调到了省城长春，距离远了的原因。还有一个原因，也许就是我能想起表姐的时间太长了，二十多年了。二十多年了，彼此不知道都是个什么样子，但是，生活肯定是要比那时强百倍的，因为现在大家生活都好了。就到此结束吧。

人生往事

一条黄瓜

如今,每当我看到大家餐桌上的严重铺张浪费,我的心常常会被刺痛,让我情不自禁想起小时候的一段往事。

那时候,我们那里的农村,每家每户的房前屋后,是自家的菜园子,你只能在自己家园中那有限的范围内,种上蔬菜,自家吃。如果你嫌园子小,人口多,不够吃,去园子外面种点小片荒什么的,那就是资本主义的尾巴,种了也是白种,会被大队的头儿领着一帮人把你种的庄稼也好蔬菜也好,统统铲除,或者还会被揪去被批斗一阵子。

那时我家兄弟多,父亲在园中尽量种一些土豆茄子之类,原因就是这些东西既可以当菜吃,也可以代替粮食顶饿。如果谁家的园子里能种几棵黄瓜或者西红柿,那可就是好日子了,因为黄瓜和西红柿,是纯蔬菜,当属于奢侈品。我们那个有几十户人家的小村里,几乎没有人家种黄瓜和西红柿的。

记得我刚记事儿的那年,小我一岁的弟弟得了病,一直是发烧不退,村里卫生所的医生到家里给扎扎针吃点药,高烧还是不退。弟弟发烧的第三天,他哭着跟我们一家人说,他心里发热,他就想吃一个黄瓜。可是,当时哪里也找不到一根黄瓜啊!母亲只好给他一瓢凉水喝。那时我虽然也不大,可看到弟弟那渴求的眼神,听他用那沙哑的声音祈求我们给他弄一根黄瓜吃,我的心在刺痛,在颤抖,在滴血。我没有说话,跑到村里每家的园子外面去遛,看看谁家园子里种了黄瓜,去偷回来一根给弟弟吃。

我遛了两天,把全村人家的菜园子都遛了一个遍,也没找到一根黄瓜。第三天,我去了邻村,在邻村一家园子外,我看到了黄瓜架,架上有几根嫩绿的黄瓜。可是,那高大的杖子,我几次想爬上去都没有成功。同时,这家院子里还有一只大狗在疯狂地吼叫。当我又一次从高大的杖子上摔下来的时候,这家院子里出来了人,并有大声的叫骂声,那狗的吠叫声也大起来,我吓得屁滚尿流地逃走了。

那天晚上,我回到家中,不敢看弟弟,我心里愧疚得万针扎心。就是那天晚上,弟弟走了。后来听大人说,弟弟得的是白血病。弟弟走时,家里人都哭得死去活来,但我没有哭。我看着弟弟,心里想的却是一条顶花带刺的嫩绿嫩绿的黄瓜。

弟弟要吃的那根黄瓜,成了我一生的痛点。后来我们的日子虽然越来越好,甚至到今天已经好到我们不知道什么是幸福了,不知道该吃什么了,有些人甚至不知道该怎么活了,可我心中因为那条黄瓜留下的伤痛,不但没有随着时间的流逝而消逝,反而让我看到今天的某些暴殄天物、严重铺张浪费的现象内心更加疼痛。我怕,我怕我们今天的过度铺张浪费,会导致将来再有想吃黄瓜而没有黄瓜可吃的日子。

人生往事

一双旧皮鞋

我上初中一年级的时候，住在县城的叔家哥哥给了我一双旧的翻毛皮鞋，虽然左脚皮鞋上打了个补丁，但是，对我来说，对我们村里的和我一起玩耍的伙伴们来说，那是一双令人羡慕的鞋。我穿上那双翻毛皮鞋，立刻发现自己利索多了，精神多了，好像也富有多了。老人们常说，脚上没鞋，穷半截，可见鞋子对我们的重要性。

因为之前没有穿过皮鞋，突然拥有了一双旧皮鞋，让自己对未来的生活充满了美好的憧憬。那段时间，我走路快了，学习用功了，放学回家勤快了，精神抖擞地帮家里干农活，做家务。多年以后想想，一个穷小子对美好生活的追求和渴望，是深入骨髓里的东西，那时的我们都很单纯，也都很穷困，但是人的本性却都是愿意过好日子的。

那双旧皮鞋，我穿五年，直到后来实在不能再补了，才放到仓房的墙垛上，没舍得扔。因为这是我人生脚上穿的第一双皮鞋，虽然是旧的。但那时，我就发誓，我要拼搏，我要努力，我要有更好的皮鞋穿。

后来，经过自己的努力和拼搏，从山沟走进了城市。但每当我遇到人生坎坷的时候，我都会想起那双旧皮鞋，说也奇怪，每当我想起那双旧皮鞋，我的浑身就充满力量，就会坚定地踏平坎坷，正确顽强地去走自己的人生之路。

如今，我们的生活好了，物质极大丰富，以至于我有好多年都只穿皮鞋，穿各种各样的皮鞋。但是，年少困难时期的那双旧皮鞋，无论在多少华贵、漂亮的皮鞋中，都像一个灵魂一样存在着，扎根在我的心底。

经历了太多人生风雨，走过了很长很长的人生路后，那双旧皮鞋却更加难忘。我说不清原因，但我想，或许它是我人生的第一双皮鞋，是我人生的第一次惊喜，是我穿上它才有了人生的第一次被伙伴羡慕、尊重的目光所照耀，或许那双旧皮鞋是我人生第一个自信；有时我还想，或许正是我忘不掉那双旧皮鞋，才使我无论走什么样的人生之路，都没有忘本，都没有走歪路，始终懂得感恩，爱惜物命，活成了一个真实而纯粹的人。

感恩我人生中的那第一双旧皮鞋。

人生往事

帮工

记得过去的农村，谁家有个大事小情，村里的老亲故邻、街坊邻居、亲戚朋友都会来帮工。特别是一家之力难以办到的，更会有亲邻来帮工。那么，什么是帮工呢？就是义务劳动，没有报酬，这个被帮工的家里，管顿饭吃就行了，而且那个时候，没有什么好吃的，帮工的人们也不会挑剔。

那时，最常见的帮工就是盖房子或者修房子。因为盖房子，这项工程浩大，都是需要村里的棒劳力来帮工的。通过帮工的多少，可以反映出这个家庭在这个村里的日常为人处事，看到这家人家的人缘如何，看出这个家里平常是否也帮助别的人家。在大家帮工的过程中，还可以品出人品来。因为土地包产到户后，各家都干自己的，集体劳动的机会不多。那么，帮工的时候，大家聚在一起，就是集体劳动。在集体劳动中，最能看出一个人是否忠厚或奸猾，有实实在在出力的，比干自家活儿还卖力的；也有出工不出力应付差事的，拈轻怕重偷奸耍滑的。时间久了，大家心里各有一杆秤，装着每个人的为人和人品。

后来，随着经济的发展，人们在帮工的过程中，发生了一些微妙的变化。那就是，过去你帮过的人家，人家也会在你有需要的时候来主动帮助你；你没帮过的人家，在你有事情需要帮助的时候，人家也会主动来帮你的。但是，在一部分村里人富裕后，有些人就不是这样有困难必来帮工了。你如果穷了，混得不好了，你即使帮了人家，人家也不一定在你需要的时候来帮助你。那些村干部们家里有事，去帮工的人多了；那些万元户或者比较富裕的人家里有事，帮工的多了；穷困的人家有事情，帮工的人就少了。而过去不是这样，越是困难的人家有事情，来帮工的人反而会很多。

有人说，人越穷越讲义气，这话对不对，还无法下定论。据村里人讲，过去有个人就是在村里帮工的时候累死的。听说这个老汉五十多岁了，出了一辈子大力，但是生活一直不见好。这老汉特别讲义气，因为他的儿子和村里一家的儿子是好朋友，仅仅就是这一点友情，他帮那个家里盖了二十多天的房子。别的人都是帮个三天两天的，就都忙自己的去了。而他，却在自己身体不好的情况下，拼命帮助那家盖房子，据说，起早贪黑不说，还特别卖力气。那家房子盖完了，他也病倒了，后来竟然离开了人世。知道内情的人都说，他是帮人家盖房子累死的，他太实在，太讲义气了。

现在农村帮工的事情已经不存在了，谁家有大事小情，特别是盖房子这种事情，已经没有谁会去帮工了。现在的帮工已经改成了雇工，就是用钱来雇。

帮工与雇工，虽然一字之差，但是差得很远吧？

人生往事

卖猪

那一年的初冬,父亲决定把养了两年的黑毛猪赶到乡里的畜牧站卖掉。那头猪是家里唯一能出钱的东西,卖掉它,就可以解决过冬的棉衣、棉鞋,还可以买上年货,过上个好年。

父亲决定卖猪的前天晚上,就不给猪喂食了,那猪在圈里来回折腾,饿得嗷嗷叫。我问父亲,为什么不给猪吃食了,就是明天去卖,那也不能饿得它嗷嗷叫啊!父亲说,你小孩子不懂,明天再喂它。我的确不懂,但也不敢再问为什么。

第二天一大早,父亲早早起来,开始喂猪,我也被父亲叫起来,准备吃完早饭帮他赶猪去乡里的畜牧站。我看见父亲给猪喂的食里,有玉米面,很疑惑,心想,都要卖掉它了,还给它这么好的食儿,以前从没给它改善过生活的。我看着父亲佝偻的腰,心里一热,突然明白了父亲是不舍得卖它,临卖之前要给它一顿好吃的,父亲是多么善良啊!

乡政府所在地,离我所居住的村八里路,那里有个畜牧站收购生猪。我还不是很清楚乡畜牧站都是干什么的,但我知道只有乡畜牧站可以收购生猪,收购后由他们屠宰,然后他们统一卖肉。全乡各村农民养猪都要到乡畜牧站去卖，自己不能杀猪卖肉。为什么是这样，那时的我的确不知道。

太阳出来的时候，我和父亲把黑猪赶出了圈，顺着乡路向乡里出发。这时，我发现黑毛猪的肚子格外大，走起路来摇摇摆摆。它好像从来没吃过这么好的伙食，肚皮撑大到要挨着地皮了。因为它吃得太多，所以走起路来就很慢很慢了。我看看父亲那笑眯眯的样子，在心里又一次为父亲的善良而感动。这头黑毛猪养了两年，和我们有感情了，特别是父亲可能更不舍得卖掉它，所以在临行前喂它一顿难得的好吃食儿。

因为走得慢，感觉父亲很着急，不时地挥舞手里的柳条棍子抽打黑猪，打它一下，它就快走两步，不打就又慢下来。就这样，紧赶慢赶，终于在中午到达了乡里的畜牧站。父亲让我看着猪，他去询问卖猪的相关程序。父亲回来时，脸色阴沉，和我一起把黑猪赶到一个墙根下，让猪晒太阳。我和父亲也蹲在猪旁边的墙根下晒太阳。父亲对我说，畜牧站下班了，咱们只能等了。说这话的时候，父亲看了一眼黑猪，它可能累了，趴在那里一动不动地晒太阳。父亲说，原来打算中午之前把猪卖了，有钱了，咱们去饭馆吃顿肉汤。

这时，黑猪突然站起来了，父亲说，看住，别让它瞎逛，不让它走动。父亲突然又瞪圆了眼睛，骂道：完蛋的玩意！黑猪在那里拉了一大泡屎，又撒了一大泡尿。父亲恨恨地看着那泡猪屎和猪尿。父亲让我看着猪别让它乱跑，自己又去畜牧站的办公室了。

父亲一会儿去办公室看看，一会儿又回来，急得满头是汗。后来终于来个人说，具体管收猪的人中午喝酒呢，可能要晚点来，让我们耐心等。说着还看着我们的黑猪，怪笑着对父亲说，你这猪早上是不是吃多了？一个劲儿地拉尿……

我突然发现，父亲的脸红了，把头深深地低下来，蹲在墙根不说话了。我再看看此时的黑猪，已经开始躁动不安了，它圆滚滚的肚子，已经瘪了下去。看着父亲蹲在那里一动不动，加上我早就饿得前胸贴后腔了，收猪的去喝酒了还不知什么时候能回来，我的心里五味杂陈，眼泪不争气地流了下来。

初冬的暖阳西斜了，畜牧站收猪的人回来了。父亲赔着扭曲的笑脸，帮助把猪捆到秤上，称了重，然后父亲拿到一张盖了章的白条收据，畜牧站的人告诉过十天再来取钱。父亲连连点头，有气无力地连说谢谢。

我和父亲饿着肚子，从乡里回村里。父亲走在我的后面，一路上一句话也没说。

以身饲蚊

家里一直很注意开关门窗，所以卧室里很少有蚊子进来。这天晚上，却有一只蚊子钻进来。是我最先发现有蚊子的，因为我在迷迷糊糊中，这只蚊子袭击了我的耳朵。我只好打开灯，依照经验，在刺眼的灯光下，静静地寻找到蚊子，并以迅雷不及掩耳之势将它打死。

我打开灯时，妻子和孩子都在熟睡之中。妻子神经衰弱，已经好几天没有睡好觉了，第二天还要早起做饭，上班；孩子正在上初中，早起晚睡，也是相当疲累。

白炽灯光是那么刺眼，我很怕开灯久了，把妻子和孩子吵醒。而这只蚊子，是老手了，我一直没有找到它的踪影。我只好关了灯。躺下没多久，这只蚊子又开始在我耳边发出嗡嗡的叫嚣声。我强压怒火，爬起来打开灯。在开灯的一刹那，这只蚊子从我眼前飞过，并落在了窗沿上，我拿起蚊蝇拍，屏住呼吸，悄悄过去，狠狠打过去。打完我发现，没有成功，这只蚊子好像很久没有吃到食物了，它身轻机敏，在我的蚊蝇拍落下的一刹那，它已经轻松狡猾地飞走了。我也看清了它，它的肚子是干瘪的，身体轻灵，所以飞行的速度很快。

这时，妻子似乎被影响了，她迷糊着说，有蚊子咬我了。还好，又转身睡着了。我看看妻子裸露的胳膊上，有个红包，是蚊子叮的。再看看孩子，也把胳膊裸露在外。为了让她们母子二人能够睡好觉，我想出了个办法。我把她们的胳膊都给盖起来，我关了灯，把自己的身体裸露出来，想着让这只蚊子来叮咬我，就不会去叮咬她们了。我又胖又壮的身体，喂饱一只蚊子，实在是九牛一毛的事情。

我关了灯，躺下来，裸露出自己的身体，诱惑这只偷袭经验丰富的蚊子。果不其然，这只蚊子开始在我耳边嗡嗡唱歌，我一动不动，等着它下口。不一会儿，我的耳朵，我的脸，我的额头，我的胳膊，我的肚子，我的大腿，都被这只蚊子吻了个遍，痛还能忍住，而那种痒实在是让人抓心挠肝啊！

渐渐地，我觉得这只蚊子不再吸食我的体液了，我悄悄爬起来，打开灯。开灯后，我一眼看见趴在墙壁上休息的那只蚊子。我抓挠着自己身体上的红包，看着墙上那只大腹便便的蚊子，我笑了。现在这只蚊子，好像变了个蚊子似的。此时的它，很安逸，原来瘪掐掐的肚子，现在变得黑鼓鼓的。我开灯这么久了，我也看了它好久了，它懒洋洋地一动不动，没有一点再逃跑的意思。

我没有立刻跳下去把这只吃饱喝足幸福感爆棚的蚊子打死，而是看了看妻子和孩子，我看着她们睡得很香甜，自己也就觉得心里很踏实。

一篇表扬稿

我读初中二年级的时候，就经常往县里的广播站投稿，那时县广播站的节目办得特别红火，每天早中晚都会有两个多小时的节目播出，有转播上级广播电台的节目，也有自办节目，全县每个乡镇、村屯都安装了有线广播，我们叫大喇叭。那时，县广播站的节目，收听率是相当高的。无论农忙或者农闲时节，乡镇和村上的大喇叭都会在早中晚准时播放。据说，县、乡镇、村屯的领导们也都会准时收听。

我经常写一些小散文、诗歌、小故事或者通讯稿给县广播站投稿，因为我勤奋，所以我的稿子和我的名字就经常在县广播站播出，通过全县安装在各地的大喇叭上经常播出我的文章和名字，我很快就成为业余通讯员中小有名气的"作家"了。又因为我经常写我所在的乡镇、村屯的好人好事，或者是好风好景，我也得到了本地领导们的赞誉。但是，因为一次意外事故的发生，我就再没给县广播站投稿。

那是一年秋天，我们正在上课，校长突然闯进我们的教室，命令大家拿起扫帚和水桶，还有铁锹什么的，快速跑步去救一场山火。我们都很积极，跑到火场更是特别勇敢，一个个像小老虎似的，不怕死，不怕累，跟山火进行了一场顽强的搏斗。我们经过一个多小时的扑救，山火终于被消灭了。

回到学校，校长在全校大会上，对我们这些扑火英雄给予了表扬，大家都十分激动，别提有多高兴多自豪了。我怎么能放过这么好的写作素材，于是在当天晚上，奋笔疾书，眼含热泪，写了一篇近千字的长篇通讯（县广播站当时要求最长的通讯不得超过五百字）用挂号信的方式投给了县广播站。县广播站也破例在收到我这篇通讯的当天晚上就把这篇稿子向全县播出了。我们校长听到后在第二早上，又特地开了一次全校师生大会，在全校师生面前，用浓重的山东口音的东北话，对我进行了表扬。

就在我沉浸在被表扬的兴奋中时，村长把我叫到村委会，我以为村长也要对我进行表扬，让我万万没想到的是，村长上来对我就是破口大骂。我被骂得目瞪口呆，村长骂够了，也骂累了，最后觉得我毕竟还是个孩子，才把骂我的原因说了出来。

原来，我那篇扑救山火的表扬稿，县广播站播出后，县林业局的领导听到了，立刻派了调查组到我们村来。因为这场山火发生，村里应该报告乡里，乡里应该报告县里，但是都没报告。于是，我们村里的领导、乡里的领导，都被上级有关部门进行了严厉的批评和处罚，还涉及什么什么奖项和荣誉等。

我闯下了大祸，村里的书记、村长，看见我父母，都是严厉训斥和警告：把你们那个爱写什么稿子的犊子管好了！校长看见我时，把头转到一边，老师对我也是冷眼相对，同学们对我是指指点点，冷嘲热讽。当时我们家正在审批房基地，受到村里领导的刁难，父亲气不打一处来，揍了我一顿。

我那一段时间，心里委屈极了，但是无处申述。我怎么也想不明白，我本意是要表扬我们那些像小老虎一样的同学，勇于奉献，一不怕死，二不怕苦的精神，希望这种精神被发扬，被尊重，被学习，万没想到其结果最后竟然是这样。

从那以后，我再没给县广播站投过稿。

人生往事

难忘的车票

我从乡镇中学调到县城里，同事们都很羡慕我。至于是否嫉妒我或者恨我，那就不得而知了。因为那时候年轻，心里一片阳光灿烂，加之本身也没有什么心眼儿，所以心里眼里都是好人好事儿。我们的同行王老师，从我调走之后，对我是格外热情亲近，比我们过去在一起工作期间，要友好得多。期间，我有两次回到乡镇，乘坐长途大客车的时候，我和王老师都巧遇。那时的我们，虽然挣钱不多，但是大家都很讲究义气和面子。每次同乘那趟从乡镇到县城的长途大客车，王老师都和我争抢着给对方买票。因为王老师格外热情和真诚，所以，那两次都是他抢着给我买了票，我呢觉得不能欠人家的，他有时到了县城，我都会请他吃顿饭。他给我买票花五元钱，我请他吃顿饭花三十元钱。但我觉得我们之间不是谁花钱多谁花钱少的事情，我们是友谊，是情义。

后来，我把家搬到了县城，就不经常回乡镇了。这期间，王老师到单位找过我一次，让我帮他办点事儿。因为他的事儿对我来说太大，远远超出了我的能力范围。再后来，我就很久没见到王老师了。

人生往事

又一年，我回到乡镇，在返回县城的时候，又巧遇王老师。我们很久没见面了，见面还是很热情，彼此寒暄一阵子。这次，我们还像以往那样，互相挨坐着，这次是我坐在座位里面，他坐外面。往返乡镇和县城的这趟大客车，票价还是五元，售票员站在前面的车门口，大家在客车颠簸中，摇摇晃晃去售票员那里买票。

售票员开始售票了，我站起来要去买票，心想给王老师也买一张。可是，王老师已经摇晃着走到前面去了。我想，又让人家给我买票了，还是老感情老关系可靠啊！好久不见，一见面还给买票。我正感动着，感慨着，王老师买完票回来了。我很感激地说，王老师，看看又让你破费了，又给我买票！王老师看看我，垂下浮肿的眼皮说，我没给你买。说完，他又抬起眼皮，看着我笑了，说，我求你的那件事儿，别人给我办了！

我的脸腾地红了，好像被王老师打了两个耳光，我张着嘴巴，不知道说什么好。我尴尬地应和着王老师，连说好好好。

我去前面买票回来，王老师已经换了座位，我看看他，他此时正往车窗外望着什么，好像没看见我买票回来。我又坐回原来的座位，心里七上八下的，但让我最难受的是，我的脸上一直是火辣辣的，十分尴尬和羞愧。

说来也怪，再后来，我虽然回去乡镇少了，但毕竟偶尔也会回去的，我说怪就怪在，我后来再坐那趟大客车，再就没有巧遇到王老师。仿佛那最后的一次巧遇，就是让我品尝一下人生中，究竟什么叫尴尬，什么叫羞愧。一张五元钱的车票，仿佛让我体会了什么叫人生。

但这个事情到此并没有结束。

时间不长，我在县城里碰到了另外一个同事，在闲聊过程中，我突然想起了王老师，想起了最后一次买票的尴尬。我就顺便问了一下同事，王老师求我给他办的那件事，我没给办成，后来是谁帮忙办成的。没想到，这位同事说，他的这个事情，找了很多人帮忙，但是都没办成，没想到也不知道还找过你。我关心的是结果，是谁帮忙办成的？这位同事说，你净听他吹牛皮，他那个事情，根本就是办不成的事情。我说不对啊，王老师半年前在大客车上遇到我说别人帮他办成了。这位同事轻蔑地笑起来，说，他那个事情，我们大家谁不知道？他就是异想天开，根本是办不成的事情！这位同事说完，就匆匆走了。

我站在那里，愣了半天。

人生往事

怀念那时的邮递员

　　作为杂志社，工作上要跟邮局打很多交道。不知道从什么时候开始，跟邮局打交道闹心了，不愉快了。就说前两天，社里的工作人员跟我说，不能再通过邮局给作者汇稿费了。他扬了扬手里一沓退回的汇款单，说：现在去邮局汇款，人家嫌弃咱们汇款笔数多，不愿意给办，态度很恶劣；在人家的白眼下给作者稿费汇出去了，可是，邮递员又都给退回来了。各种各样的原因，各种各样的借口。一句话，咱们的业务多，人家挣钱少，就不愿意侍候咱们了！

　　这一次，杂志社汇款六十二笔，退回了二十八笔。我们也探讨原因。其实，原因很简单。这些汇款地址、电话都很详细准确，因为我们之前，以邮局挂号和快递邮寄的杂志，作者都收到了。那么，汇款单为什么就收不到了呢？因为每一笔汇款，我们付的费用是两元钱。这两元钱分到邮递员手里，我们不知道有多少。但以我们跟邮局打交道多年的经验看，就是因为钱的原因！

　　杂志社过去邮寄印刷品有优待。如今是什么情况呢？我们通过邮局，平邮一本杂志是两元两角，但是邮寄十个客户，要有一半人是收不到杂志的。问邮局，邮局说平邮没有保障。没办法，我们只能选择挂号或者快递。一本杂志，通过邮局挂号，就要五元多。就这样，我们只有花大价钱，来保障我们的客户利益。而作为邮局的客户，我们的利益是得不到相应保障的。因此，我们只好选择那些服务态度好、价格相对便宜的快递公司。

邮局是大型国有服务型企业，重视经济效益无可厚非，但是，社会效益也不能不要啊！记得二十世纪八十年代初期，我们这些作者，投稿都靠邮局。那时，一封平信需要几分或者几毛钱，我的记忆中，就没丢过信件。我还认识一个乡里的邮递员，不管刮风下雨，都要送邮件。他骑着自行车，风里雨里，雪里泥里，一天骑车上百里，把每一封贴着几分几毛钱邮票的信件送到收件人手里。那时，订阅报刊的单位和个人也多，就从来没听说谁订阅的报刊丢过……

如今，有多少人会把一封平信或者订阅的报刊送到收件人的手里呢？谁会对大众客户负责呢？

想想现在这些花钱却闹心的事，真的怀念那时的邮递员。行业快速发展了，我们的责任感和服务意识却丢掉很多。这一切，难道不值得我们现在总结反思吗？

> 人生往事

如今不识年滋味

　　吉林省群众艺术馆每年都搞一次春联大赛,而我又是每年春联大赛的评委。每年在馆里美影部召集我去当评委的时候,我都会感觉到,昨天不是刚评完吗?怎么又评了?同事就会淡然笑笑,然后说:上一次评的是去年征集的春联,这次是今年征集的春联。哦,又一年?

　　一年一年,就是这么走过来的?在不知不觉中,在忙忙碌碌中,旧的一年过去了,新的一年突然就来了?想想,或许自己是真的老了,或许是太忙碌?或许是吃得太好了?或许是穿得太好了?这么说话,现在的年轻人是肯定会不懂的。我们这代人儿时记忆中,每一个年都是被盼来的,因为只有过年,才会吃上饺子,才会有肉吃;过年才会有一身新衣服穿,或者会有一双新袜子;也只有过年,才会有几分钱的压岁钱,或者有一个纸糊的灯笼;也只有过年,才会觉得原来人生也有幸福感……

　　六十年代出生的人,尤其是出生在农村里,在童年时期,饱尝了生活的苦辣酸甜,在温饱的基础上,能让我们有盼头的就是过年了。

　　那时,一进腊月门,各家各户的大人们都开始烙粘火勺,摊大煎饼,上山砍来足够过年期间烧的柴禾。而我们这些孩子打冰疙瘩,放爬犁坡，堆雪人，打雪仗，孩子们都在冰天雪地中玩耍，在玩耍中不时地问大人们：什么时候过年？那时的我们，盼着过年，盼着过年的饺子，过年的糖，过年的新衣服，过年的纸灯笼。我们那时平时没有好吃的，也没有好穿的。那时冬天都是零下三十多度，我们的保暖措施很差，手和脚冻坏是常事。我们冬天就吃窖子里储藏的大白菜、大萝卜、土豆、地瓜等，还有腌的两大缸酸菜，再好点的就是大豆腐，但我们那时很抗造，几乎没有什么病。现在想来，或许是我们能够劳动的时候就参加了各种劳动，不劳动的时候也是在大自然中快乐玩耍，身心都同天地贯通了，什么风霜雨雪、天寒地冻、衣不蔽体、食不果腹，大自然给予我们的恩赐与灾难，就如我们的火炕头和暴风雪，对我们来说都是自然的，都是快乐的。我们应时而做，没有大棚里的反季节蔬菜，没有那些高效农业。我们春天播种，夏季除草，秋天收获。我们靠自己的劳动，靠自己勤劳的双手，收获了自己的食物。我们不靠农药除草，不靠化肥和转基因增产。我们更不靠激素和重金属喂猪、鸡、鱼。虽然我们每年只有过年才能吃上生产队分的猪肉，家里可能会杀一只鸡，但我们吃的是用蔬菜、野菜和粮食喂养的猪、鸡，那种营养和味道，不是现在可以有的。

那时过年，我们有期盼，也有敬畏。穿上新衣服，拎着纸糊的灯笼，听大人告诉：过年的三十晚上，要小声说话，要说吉利的话。因为三十儿晚上，先人和上天的神仙们也回来过年。所以，某种程度上说，过年在我们心中是神圣的。年三十儿晚上守岁，守到十二点，发纸，吃完饺子，我们就要提着灯笼，到左邻右舍，远房近亲的爷爷、奶奶、姥爷、姥姥、七大姑八大姨家中拜年。即使拜年，也没有什么压岁钱，只有晚辈对长辈的敬拜和问候，这些都是一辈传一辈的习俗，是一种孝顺传习。

　　我出生的那个小山村，在长白山腹地，这里不仅盛产绿色的粮食和蔬菜，也生产善良淳厚的人们。每到过年的时候，这里更加安静、祥和，一派其乐融融的景象。如今，我也偶尔回到我出生的这个小山村。现在变化大了，村里修了水泥路，村边的山尖上坐了信号塔，年纪大的偶尔看电视，年轻的上网或者玩手机。据说，过年晚上和大年初一，村里已经没有人挨家挨户拜年和问候了，大家除了看"春节联欢晚会"，就是在互联网上和手机微信上互致问候，和我们城里人是一样的。我们城里人更糟糕，大家每天花在电脑和手机上的时间要十几个小时。我们的眼睛，我们的颈椎，我们的腰，我们的屁股，我们的神经，都变得脆弱了，不堪一击了，年纪轻轻的就都患上了中老年病。

　　更令人担忧的是：现在的人吃的、穿的、用的，和我们那时过年比，现在就是天天过年。天天过年倒是好，问题是，我们不敬畏过年的要求了，我们开始铺张浪费，开始祸害东西了。很多饭局，吃得没有浪费得多。大学里的食堂，浪费饭菜竟然成了一道风景。

　　大家现在都觉得自己已经不愿意过年了，因为过年太累，太没意思。或许，物质发达到一定程度的时候，我们就失去了很多快乐。单从吃的、穿的、用的程度看，如今的日子，真是天天过年。但生活好了，为什么反而觉得过年没意思了呢？年轻的、年老的都不盼望着过年了呢？

　　传说，闯王李自成攻进北京做了皇帝后，曾经问手下大将，干什么最好？手下大将说，过年最好。于是闯王就带领群臣天天过年，结果只过了十八天的年，就完蛋了。有人就说，闯王应该坐十八年的天下，结果天天过年，过了十八天的年，也就相当于坐了十八年的天下……我倒是觉得，这个野史传说对我们来说不失为一个警醒。如今的挥霍、浪费，怎么不让人忧心？大量的耕田建了那么多空空荡荡的高楼大厦，我们每日吃的、喝的、穿的、用的，让我们担心得病、不安全，我们崇尚金钱和权利，我们追求不劳而获、一夜暴富……在学校里，中国传统文化断线了，我们那个小山村里的优良传统也悄然消失了。

  我们中国人的年，本身是一个文化内涵十分丰富的传承符号——团圆、富足、对生活的憧憬和美好向往，还有孝顺和谐的愿望，以及对大自然给我们的恩赐的敬畏……这一切内涵，可以说就是我们的年文化。我只是想：无论社会怎么发展，物质极大丰富到什么程度，我们都离不开祖宗们给我们留下的支撑我们幸福快乐的传统文化。我们需要敬天爱人、尊重大自然，否则天灾人祸都会来报复我们的。我们中国人过年，过去讲那么多规矩，除了享天伦幸福的同时，更多的还是祈愿新一年的美好。我们如果在今天的好日子的基础上，更有敬畏之心，更好地发扬和传承中华优秀传统文化，日子就一定会更加美好，我们也会更加幸福快乐，让过年有滋有味，让每一个人对过年都有期盼。

人生往事

家乡的老井

回到阔别二十多年的家乡，看到家乡的变化，特别兴奋。村里家家户户都是大瓦房，每一家都套了高大的围墙，围墙都统一粉刷了白色涂料，每家门前都栽了花草。在村庄的主路两侧，用水泥修砌了边沟，边沟两侧也种满了同一种花。我回去的时候，正值这种据说花期很长的黄花开放旺盛之时，远远望去，像两条金色的腰带，炫耀着这个村庄的富有和幸福感。

我来到村里的文化广场。文化广场很大，水泥铺就的地面，虽然此时散发着热浪，但也呈现着宽广。村里人说，每年的农闲和春节期间，村里偶尔搞几次活动，都会在这个大广场上举办，虽然人少点，但是够宽绰啊。

我又来到村里的另一处安装了各种体育器材供村民锻炼的地方。这里供大家锻炼休闲的设施，非常齐全。有各式各样的器械，也有凉亭，还有石桌石凳……村里人说，现在村里年轻人很少，剩下年纪大的也只有在农闲时候，才会偶尔来这里锻炼一下，放松放松，因为平时劳动都很劳累，没有体力也没有心情来这里放松。

村里的图书室很大，藏书上万册；村里的电脑室也很大，大概有几十台电脑的样子。但此时电脑室和图书室，都是铁将军把门。

村里人说，农闲时候偶尔有村民来，因为大家平时在手机上什么都可以看到了。现在村里的老年人也有很多人看手机了，不看手机的也都看电视了。

我们这个村，在过去是全县贫困村。大家住着泥草房，喝着井泉水。我突然想起了我小时候家门前的那口泉水井。我在村民的带领下，找到了那口井的位置。老井已经不在，出现在我眼前的是文化墙。文化墙上彩绘着古代"二十四孝"的故事，还有一些时政标语。文化墙的内容十分丰富，凡是路过的外乡人也都会来观赏一番。

我看着文化墙，心里想的却是墙下被埋葬的老井。据老一辈人说，是先有的这口井，才有的这个村庄。这口井，准确地说是一口泉水井。虽然井很浅，泉水却一年四季汩汩往外冒。神奇的是，这个泉水井，一年四季都是一个劲儿地往外流，逢大旱，泉水不但不断流，水流量都不减；逢严冬时节，零下三十多度，泉水不冻，不结冰。村里的人吃井里的水，井里流出来的水，大家洗洗涮涮用，村里的牲口都到这里饮水。人们经常围绕在这口泉水井边，打水、洗菜、洗衣、淘米……有说有笑，传递友情和亲情，也在说笑中解决了邻里纠纷和恩怨。我想，那时的这口泉水老井，它也承载着乡村文化，但那种承载是摸得着看得见的，更有人情味，也更接地气。

如今，我们富裕了，我们发达了，新的东西覆盖了老的东西，我们在物质文明中获得了幸福感，但我们似乎也丢掉了一些值得我们怀念的东西。现在村里早就家家户户都吃上了自来水，老井自然不在了。如今村里人种地搞养殖，也都向着机械化和现代化迈进。如此时间久了，村里那口上百年的老井，也一定不会有人想起来了。

人生往事

难忘的老牛

如今耕地拉车，都由机械代替了，而过去，都是靠饲养的牛马来做的，所以那时的牛对农民来说特别重要，是生产劳动的主要力量。

就是那个年代，我认识了一头老黄牛，并在我后来的人生记忆中，会时常出现，以至于几十年了，还难以忘怀。

记得那是一个暑假里，有一天，父亲去公社开会，让我去替他割夜里喂牛喂马的草。父亲告诉我去生产队里，套个牛车，然后赶车去河边割草。作为一个农村孩子，尤其是男孩，十几岁套车赶车做农活，不是什么难事。我到了生产队的大院，看见有几挂牛车，就去牛圈里牵出一头壮实的牛，想把牛套在车辕里，可这头牛一看见车，条件反射一样，把牛屁股扭来扭去，就是不上套，我用鞭子抽它，它竟然踢我。想来，它看我还是个半大孩子，根本不服从我的指挥。折腾了一顿，我只好放弃，把它牵回圈里，打算再换一头。圈里还剩两头牛，一头老的，一头小的，我想，还是让小牛去吧，就把小牛牵出来，很顺利就把它套进了车里。可当我坐上车，放下车闸时，还没等我吆喝，这头小牛就尥蹶子拉起车胡乱跑起来，任凭我如何吆喝、叫骂、用鞭子抽，它都不管不顾，拉着车自由狂乱地在生产队的大院里奔跑。我越用鞭子抽它，它跑得越快。无奈，我死死拉住拴在它鼻子上的缰绳，又把车闸拉死，它才停下来。折腾了一顿，我只好把它从车上卸下来。

此时的我，已经满头大汗，但是父亲交给的任务，我必须完成。我走进牛圈，把那头老黄牛牵出来，它很听话，动作缓慢而温和，非常顺利地套好车。看着如此听话的老牛，我感动得搂着它的脖子亲了好几下。我坐上车，赶着它轻松愉快地去了河边。到了河边，我把车闸拉死，以防它不听话把车拉到一边去。我先割了一捆草放到它的面前，它慢吞吞地吃起来。

经过两个多小时的奋战，我割了一车牛草。装好车，用绳子绑好，我兴奋地跳上车，拿起鞭子抽了老牛一下，吆喝了一声，往回赶。可是，老牛左右摇晃着使劲往前拉，车根本不动地方，我以为是车装上了青草，太重，牛拉不动，就又抽了它几鞭子，我看老牛身子前倾，拼力向前，没有耍滑头的迹象，可车还是摇晃几下，没有动。这时我跳下车，看看是否车轱辘被石头挡住了。转了两圈，车轱辘前后都没问题。这时，我走到老牛前，我突然发现，老牛在流泪，它那两只大眼睛在流着浑浊的泪水。我很吃惊，第一次看见牛在流泪，我抱住牛头，这才一眼看见，牛车的车闸没有放下，我忘记了把车闸松开，老牛怎么能拉动呢！

我重新跳上车，把车闸放下，吆喝一声，老牛拉起车走了。虽然老牛拉着车有些吃力，但还是顺利地回到了生产队。当我把老牛卸下后，抱住牛脖子表达亲昵和感激时，这才发现老牛脖子湿漉漉的，它已经满身是汗了。我流泪了，心里五味杂陈，有感激，有愧疚……

人生往事

后来听父亲说,那头老牛已经很老了,平时生产队里几乎不用它干重活了。再后来,我去生产队里看过几次那头老牛,每次都见它瘦了一些。再后来,有一次又向父亲问起那头老牛的时候,父亲说,前段时间生产队里给大家分的牛肉就是那头老牛的。

我听到父亲这样说,突然想起来在一个周前吃过牛肉,当听到父亲说是那头老牛的肉时,我突然五脏六腑都疼痛,并当场呕吐,也吐了一脸的泪水。从那以后,我再没有吃过牛肉。

又几十年过去了,在人生的道路上,生过死过,哭过笑过,但那头老牛却没有忘过。而且,每每想起那头老牛的时候,都能想起离去多年的父亲。每每想起在田地间劳作一生突然病逝的父亲的时候,也常常会想到那头耕作一辈子后离去多年的老牛。

如今,把生和死都看淡了,也不会哭了,更不会笑了。这才发现,父亲和那头老牛,又有什么区别呢!

玉米面大饼子

我上小学的时候，每天放学回家，就会跑到厨房的碗架柜里，去翻玉米面的大饼子，翻到饼子后，把大饼子藏在身后，跑到菜园里去，顺手拔棵大葱，或者说大蒜，把葱的下半部分带有泥土的部分，用手撸吧撸吧，就开始一口大饼子一口葱（或者蒜）吃起来。如果按照现在的要求，卫生肯定是不合格的，因为那刚从土里拔出来的葱或者蒜，都带着泥土呢。但说也奇怪，我们就那么吃，也没什么拉肚子啊或者肚子疼的现象。

那时的我们，正是长身体的时候，加上油水不多，吃多少都觉得饿。因此，我们年龄相仿的孩子们，放学跑回家第一件事都是找吃的。能够回到家里就能翻到玉米面大饼子的，都是日子过得不错的人家了。因为生产队里分的粮食，多数是不够吃的。所以，妈妈们都会把家里的大饼子藏起来，原因就是怕孩子们放学回家加餐。因为一日三餐都是妈妈们计划好的，中途大饼子被偷吃掉，晚饭就不好弄了。

那时的玉米面大饼子，是每个家庭的主要食品。做好玉米面大饼子，也是工序繁杂，是妈妈、姐姐们的最辛苦操劳的事项。把生产队里分的玉米棒子，扒下玉米粒（那时都是手工）晾晒干了，然后上石磨推，碾成玉米面和玉米糁子，再用面罗过筛，筛出的玉米糁子熬粥喝，细的金黄色的玉米面，就用温开水和好，把面引子揉进去，放在炕头或者锅台热乎的地方，一般一夜的功夫，玉米面发好了，再在大铁锅上贴上，木柴火要烧得恰到好处，这样一锅发面大饼子算出品。其实在具体的制作过程中，还有很多讲究，妈妈们的经验很重要。

我妈妈的大饼子就做得很地道，我们小伙伴从家里翻出大饼子聚在一起吃，也都在无形中炫耀了自家大饼子的色泽和味道。

我的两个漂亮的表姐和我们是邻居，表姐家粮食不够吃，表姐们每每看到我就着大葱吃着手里的大饼子，就吞口水。有一天，两个表姐都同时不理我，也不跟我玩了。我去找她们玩，表姐就提出了条件，就是让我给她们回家偷大饼子吃。为了能跟漂亮的表姐玩，我只好回家给她们偷大饼子。表姐们吃到了大饼子，对我特别好，又拉我的手，又亲我的脸蛋。但是，我的行为被妈妈发现了，结果我挨了一顿胖揍。

后来，日子好了，离开家乡年头多了，回去也尝试让妈妈、姐姐们做过去那种玉米面大饼子，但怎么都找不回过去的味道了。如今玉米已经高产，粉碎都是机械，连烧柴火的大铁锅都不多见了。

儿时的玉米面大饼子已经找不到了，吃了我从家里偷出来的玉米面大饼子的两个漂亮的表姐，更是音信皆无。

人生往事

面对面的尴尬

　　人生难免会遇到各种各样的尴尬事，有些尴尬事情经历后就忘记了，也有些难以忘记，如果说像我这种心大如盆的人都难以忘记的尴尬镜头，想来会是多么尴尬啊！随着岁月的流逝，往事的沉淀，剩下的或许都会给我们这样或者那样的启迪。

　　那天上午，秋高气爽，万里无云，天气也是不凉不热，难得的好天气，也难得的好心情。我久病初愈，虽然身体还有点发虚，但是在如此美好的天气里，从久居的家中走出来，从病中走出来，心情格外愉快，浑身增长了很多力量。

　　我漫步在老街上，左看看，右看看，上看看，下看看，觉得这熟悉的街道很亲切。突然，我看到迎面走来了我多年的朋友，金科长。我很兴奋，眼里放了光芒，走上前，十分热情地向金科长打招呼！迎面走来的金科长，也很热情地快步走过来，但是，他像大猩猩一样，一只眼睛斜视着我，走到我身边的时候突然像猫那样躬下身子，连连热情地说着：局长好！局长好！！局长好！！！我本能地跟着他的身子扭过头，这才发现，我身后走来的是牛局长。我们大家都熟悉，我在市里工作的时候，也和牛局长经常打交道。

　　这一幕，让我感到无地自容，我觉得自己的脸火辣辣地红，尴尬至极。这时，牛局长似乎意识到了什么，对他面前的低眉顺眼的金科长点点头，算是回应金科长。转而对我说：你这个大记者，听说得了什么大病，工作都不能干了？我笑笑，说：倒不是什么大病，就是全市各地跑，到哪里都有安排，喝酒喝的，现在已经调养好了。牛局长马上给我了一个大大的笑脸，热情地说：那就好，那就好，以后多注意身体，你的文笔在咱们市报社来说，是一流的大笔杆——什么时候回去上班？我看看我的老朋友金科长，他一直虔诚地微笑着看着我和牛局长，在听我和牛局长的对话。我感觉到，此刻的金科长，虽然用眼神在向我道歉，在微笑中向我示好，但他此刻最关心的是我还能不能回市报社工作。

面对牛局长的关键问题，我突然在心里坏笑了一下，我有气无力地说：市报社我恐怕回不去了……还没等我的话说完，牛局长匆忙说：好好，以后多保重身体，我还有事。牛局长急忙走了，速度很快，仿佛为了把刚才跟我说话耽误的时间给抢回来。

金科长怪怪地看了我一眼，扭头走了。我看着金科长的腰身又挺起来了。

我病休期间，因为有一篇通讯获得省里的大奖，正好省报缺我这种人才，就把我调到了省报社。其实，病休期间，我已经接到了到省报社的工作调令。

我在省报社工作半年后，有一天，牛局长和金科长竟然一起来报社找我，希望我能为他们局的工作宣传一下。一问才知道，此时的金科长已经被提拔为副局长了，和牛局长搭班子。

晚上我请牛局长和金副局长吃饭的时候，我给他们两位倒上酒，真诚地说：感谢两位还能想着我，千里迢迢跑省城来找我，请你们两位不要客气，吃好喝好，我陪不了你们喝酒了。

牛局长问：你的身体？

我笑笑，有气无力地说：上次得的病，还没好……

眼神儿

我们人都长了一双眼睛，眼睛的功能是看事物的，是辨别这个世界上的东西的。简单说，我们的眼睛的主要功能就是看。但是，随着我们的进化，我们不知道从什么时候开始，有了眼神儿。这个眼神儿所包含的东西，很多时候我们自己也说不清楚。我们活在人世，经历感受过各种各样的眼神儿，有的当时处理了，有的时过境迁忘记了。我遇到过的各种各样的眼神儿，其中有两人的让我一直忘不掉。

刚参加工作，在学校里教书。不知道什么原因，得罪了教导处主任。上班不到一周，教导处主任就组织相关人员来听我的公开课。这对我来说太关键了，也太艰难了。因为，讲好了可以，讲不好就意味着我在这所学校永不得翻身。

那天，我一上讲台，就慌了。在我慌乱地不知所措地看着下面听课的领导和学生们时，突然发现校长在目光炯炯地看着我，那微笑的眼神里，充满了期望、信任、鼓励，我和校长的眼神一交流，立刻为之一振，充满了信心。那节公开课，我充分调动了自己的才能和学识，讲得很成功。

人生往事

事后,我一直感激着校长那天给我的眼神儿。是他那个眼神,给了我力量,给了我成功。如今过去二十多年了,校长那天给我的眼神,我还记忆犹新。

正能量的眼神给我们以鼓舞,鄙视的眼神也会给我们以鞭策。我也遇到过一个鄙视、轻蔑、十分势利的眼神儿。

有一年,我因为身体原因,从单位退到二线养病。我的一位过去有交情来往密切的文友,误以为我被单位赶回家了,每次看到我,都是用那种轻蔑的眼神,酸溜溜地跟我说话。后来,见到我,竟然连鄙视的眼神也不给我了,把头扭到一边去。

说实话,我那时身体不好,也打算就那样赋闲养老了。可我这位朋友的眼神,一直在鞭策我,一直在激发我的人生斗志。我又像注入了新鲜血液一样,锻炼保养身体,很快就恢复了身体健康。而且我这回重出江湖后,不像过去那样总是推辞领导赋予的重任,而是主动请缨,做点繁重的有意义的工作。

我们都是凡夫俗子,但是,我们也不能太俗,太势利眼。话是这样说,我们在社会上的角色,每一个社会人还是都看重的。如果为了正能量,努力拼搏,做点大事情,也不是坏事。在社会上获得成功的认可,需要我们自己去努力,利用好外在的条件,也是一种智慧吧。

把鼓励我们的眼神儿和鄙视我们的眼神儿,都转化成激发我们前进的动力,成为我们向上的杠杆,这是一个好办法,也是修为。

打火机

张小扣，是我们大家送他的外号。他是厂里的核算员，业务很棒，见人笑呵呵，不太喜欢说话。给人的感觉，他是那么工于心计，但又给人感觉是那么老实厚道。张小扣的外号来源，是有一段公案的。

那时，大家都抽香烟，抽烟时候都会散烟。大家聚在一起，无论是谁，掏出香烟来，都会先把香烟送给每个人。那时，抽烟的人多，往往大家聚在一起时，谁要抽烟，都是很费烟的。大家聚在一起时间长的话，一人散烟后，会有其他人接着散烟。

开始，张小扣和大家在一起的时候，都以为他不会吸烟的。第一次和大家聚在一起，有人掏出香烟，大家接过来，张小扣会迅速从衣兜里掏出一个打火机来，麻利熟练地给每一个吸烟人点着叼在嘴上的香烟。问他抽烟吗，他回答说不抽。

第二次大家又聚在一起的时候，张小扣又是迅速掏出衣兜里的打火机，给大家嘴上的香烟点着。散烟的人说，你也来一支吧。张小扣就接过来一支，大家看他吸烟的样子，都吃惊地说，原来你是会抽烟的。

后来，大家每每聚到一起吸烟的时候，张小扣都会出现，都会和以往一样，给大家点烟，然后掏烟的人也都会给他一支，他也从来不客气，把烟抽到快烧到手才扔掉。

久而久之，有细心的人发现，张小扣的衣兜里，始终都装着五毛钱一支的打火机，随时给任何一个和他在一起的抽烟人点烟，不十分熟悉的抽烟人，会以为张小扣的衣兜里不仅有打火机，也有香烟，只是他为了给别人打火点烟，自己的烟还没来得及掏出来。但经过细心人的观察发现，张小扣的衣兜里，从来没有装过香烟，他的兜里只有一支打火机。

于是，张小扣这个外号诞生了。但张小扣并不反感大家送给他的外号，在一次酒醉后他对给他烟抽的人说，你们认为我抠，我并不觉得掉价，我这叫精明，我这叫会过日子会算计，我五毛钱买一支打火机，能用三个月，我靠一支打火机，能抽到价格不一牌子不同的各种各样的烟，自己还从来不用花一分钱买烟，却能过足烟瘾。

大米饭

网上有些专家说,大米饭不能吃多了,吃多了容易发胖,容易得……

现实生活中也经常发现,有的人说吃大米饭胃疼,不舒服,大米饭被浪费的情况也是最严重的。

我们小时候,大米饭对我们来说,那可是难得的佳品,有的人家,只有过年才能吃上几顿大米饭。

我们那个村,分几个生产队,有的生产队以种植玉米、大豆为主,被称为旱田队;我们家很幸运,分在了以种植水稻为主的水田队,水田队分得的口粮就以水稻为主,各家也就能够以吃大米饭为主。

我们家住的是两家共用一个厨房的房子,对面屋家是旱田队的,我们家是水田队的。两家共用一个厨房,所以,我们家做出的莹白喷香的大米饭,就常常惹得对面屋家三岁的妹妹哭闹,吵着要吃我家锅里的大米饭。每每这时,母亲看看对面家锅里贴的黄澄澄的玉米面大饼子,都会把脸一沉,盛一碗大米饭怼给正在哭号的邻家妹妹。

玉米是粗粮,大米是细粮。所有人在吃细粮的时候,都比吞咽

人生往事

粗粮顺溜，尤其是长时间吃粗粮，常有难以下咽的时候，所以那时的细粮大米、白面就十分珍贵。

对面屋的妹妹吃大米饭顺口了，干脆就不吃自家的饭了，每到吃饭时都会哭闹，她的妈妈骂她、打她也都无济于事。时间久了，母亲也不沉着脸了，每到做好大米饭时，都会主动给对面屋的妹妹盛一碗去，对面屋的姐姐很懂事的样子，只看着她的妹妹吃大米饭，从来不要。

一晃，五六年过去了，对面屋家的妹妹也上小学了，但时常还是要在我家锅里盛大米饭吃。其实，她基本上算是我家的一员了，反正只要我家锅里做的是大米饭，她就不吃她家的饭。

后来我们搬家了。

又过了几年，我们都长成了大小伙子、大姑娘了，一次见面，我们都很惊讶，对面屋的妹妹，长得又高又白净，她的姐姐却又黑又瘦小。聊起来的时候，对面屋的妹妹说，大哥，我今天之所以长成这样，多亏在我长身体的那些年，吃了你家那么多大米饭。

我心想，虽然你没给我们家任何回报，但能说出这样的话，也算你还有点良心了。

捡粪

我们上小学一年级的时候，老师除了给我们留语文、数学作业外，还会给我们留一项作业，那就是捡粪。当然，捡粪都是在冬季，因为冬天牲口们拉出的粪便被冻住，便于我们用工具刨下来，是完整的一块，装在粪筐里扛回家，倒在粪堆里，到时按照老师要求的数量，再把捡来的粪扛到学校。因为那时候，学校也种地，是勤工俭学的重要收入来源。我们也不懂，老师安排的事，就是天大的事情，老师的话就是圣旨。所以，我们既要完成老师布置的课堂作业，也要完成课后的捡粪任务。

一般情况下，我们放学回家，第一件事是要完成父母临时交给的活计，比如抱柴、推磨、照看弟弟妹妹等。然后才是去完成老师交给的任务。冬天捡粪是我们最辛苦的任务。我们扛着粪筐，拿着镐头，戴着棉帽子，戴着大人们的破棉手闷子，去牛马驴骡猪羊狗经常走动的路上，把它们拉下的被冻成石头一样的粪便刨下来，装到粪筐里。我们哈着热气，在寒冷的冬天，就这样一坨一坨地把这些粪便刨下来，装进粪筐。运气好的时候，会捡满粪筐，高高兴兴地回家，有时候也只会捡到半筐就得根据时间情况急忙回家。

那时候，冬天的生产队里，大人们也在捡粪，或者积累农家肥料。那个年代，种粮食和蔬菜主要靠农家肥，而没有什么化肥和农药。我们捡来的粪，除了上缴到学校完成任务外，剩下的粪就送到自家的菜园里了。

现在算来，我们捡粪的时代已经是三十年前的事情了。我之所以想起三十年前捡粪的事，原因是我最近去省城的某大超市里，买了一些有机蔬菜。这次买有机蔬菜，刺痛了我的记忆，让我想起了那时我们吃的食品。那时青菜豆腐是当家菜，但那时的粮食、蔬菜可都是有机的。如果用现在的有机粮食和蔬菜标准来衡量我们小时候吃的粮食、蔬菜，那时候我们可就是现在的"有钱人"了，或者现在享受"特供"的特殊人群了！因为在那时，我们天天、顿顿吃的都是有机粮食和蔬菜。

我在省城这家大超市里，遇到了有机蔬菜，一问价格，吓得我直冒汗，小白菜、西红柿、地瓜，这些普通的菜竟然达到了几十元钱一斤！比肉贵多了。我问服务人员，这些有机蔬菜昂贵的原因，服务人员轻蔑地看着我说：这些菜都是农家肥种出来的，不上化肥，不打农药，这是最健康的，当然也是有钱人吃的！

对服务人员的藐视，我没有愤怒，也没有生气，我只是苦笑：呵呵，看来，老子虽然小时候出生在普通的贫穷农民家里，但凭老子的吃喝，什么田里的有机蔬菜还是山上的野菜，老子随便吃，管够吃，可见老子那时就是有钱人了！

现在说捡粪，恐怕很多年轻人不知道是怎么回事了，即使在农村，现在想捡牲口的粪便，也捡不到了。因为那些牲口已经脱离了面朝黄土背朝天的耕作命运了，牛马驴骡，猪羊狗鸡，也都在它们的暖棚里，被现代生产化了，直接成为人们快速育肥出栏的产品了。种地似乎已经不再是辛苦的事情，春天靠机械，靠农药化肥，播种的时候撒上化肥，种完打上农药，秋天机械就收获高产粮食了。

我们的时代进步了，我们的生活好了，捡粪这样的劳动从此不会再有了，将来也不会有人再提了，不仅仅因为时间太久了，还因为我们都很忙，我们要努力拼搏，多挣钱，有钱就可以去吃那少量而昂贵的有机食品。

又一想，我们还是很幸运的，因为我们是在衣衫褴褛没有钱的情况下，吃有机粮食和蔬菜长大的。

人生往事

捡粮

我们小时候的秋天,是我们最盼望、最充实、最快乐的日子。因为一到秋天,就会有收获。那时候,放学回家后,都要提上篮子去生产队里收割后的地里捡玉米、捡大豆、捡水稻、捡白菜和萝卜等,总之,只要是生产队在地里种的一切能够吃的、能够填到肚子里的农作物,我们都会捡回家。

生产队的社员们在收割庄稼的时候,难免会落下一些小玉米啦,黄豆荚啦,水稻穗子啦,或者是小棵的秋白菜啦,我们放学后,就会去地里捡,捡回家中,就会得到父母的赞许,因为可以添加一家人的口粮。

我们不仅捡地上遗落的庄稼,我们还会挖耗子洞。老鼠为了度过漫长的冬天,也要在秋天里储存粮食,它们挖很深很深的洞,把玉米粒、黄豆粒等粮食,藏到深深的洞里。如果被我们发现了,我们就会挖地三尺,把老鼠储存的粮食洗劫一空,回家用水淘淘,晾干就成为我们腹中的食物了。

那时,我们虽然对老鼠毫不客气,但是,我们可都是遵纪守法的好孩子。 捡粮的队伍参差不齐,老的少的都有,但以我们这些中小学生为主。那时，粮食虽然收割了，但是还都码在田里，还没有运回生产队的场院。但是，我们那时捡粮就是捡粮，老的小的没有一个人会到集体的粮堆里去偷拿一粒粮食的。我们就是捡拾社员在收割过程中落下的粮食。那时，家长和老师，都没有告诉过我们不许拿集体的粮食，但是，我们内心都知道我们就是捡收割中遗落的粮食，对生产队那码在地里的大堆大堆粮食，都没有起心动念过，我们都低着头寻找遗落的粮食和耗子洞。

如今，几十年过去了，现在我在大学课堂上给同学们讲捡粮食的故事，同学们都用怀疑和不屑的眼光看我。而我这个客座教授，就是使出浑身解数，也还是说不明白，道不清楚，同学们更听不懂。

因为，如今的孩子们，已经不用为粮食发愁了，他们经常愁的是，不知道吃什么好，如何去逃避光盘行动。他们不知道粮食是怎么来的，他们说，粮食和蔬菜是在超市商场里出来的，只要有钱，想吃什么都有。

所以，我也常常在想：如今的孩子们，想让他们懂得我讲的我们小时候捡粮食的故事，很难了。只希望他们能够分清五谷，懂得泥土，不再肆意浪费粮食，足矣。

人生往事

舅舅的火

那是二十年前的事了。表哥终于要结婚了，舅舅很着急。舅舅是个老实巴交勤勤恳恳的农民，无论是在村里还是在亲戚朋友中，都是个善良勤快的人，谁家有个大事小情，只要找到他，他都无条件地去帮忙，可以说是有求必应吧。但是，尽管舅舅又勤快，又吃苦，精打细算地过日子，但并没有攒下多少钱，他五十多岁时候的所有积蓄，也不能给儿子娶上媳妇。面对儿子婚期越来越近，舅舅最后决定向亲戚朋友借钱。

舅舅首先去了他的哥哥、弟弟、姐姐、妹妹家，然后去了朋友家，最后去了村中的乡邻家，历时半个多月，舅舅竟然一分钱都没借到。因为有的亲戚家在外地，还搭了几十元的路费。舅舅回到家里，就躺在炕上了，有两天时间不吃不喝。舅妈叫他，他也一言不发。表哥看到舅舅这个样子，心里很难过，他没有埋怨舅舅，安慰舅舅说，家里有多少钱办多大事儿，实在不行就不结婚了。舅舅看着表哥，叹了口气说，我这一辈子，没不过日子，而是好好过日子，累没少受，罪没少遭，对亲戚朋友也够意思，他们有难的时候，我都帮过他们。你叔叔那年得了肺结核，我把家里的口粮都卖了，给他治病，我万万没想到，我这次遇到困难了，他一分都不帮我……我最想不通的是，我的哥哥、妹妹都是有钱的，可他们一分钱都没借我，舅舅说着，流出了浑浊的老泪……

让舅舅一家人没有想到的是，舅舅竟然病倒了，开始是感冒症状，在家吃药，不好，就到村卫生所扎针，扎了几天还是不好，就住进了镇卫生院。镇卫生院说这老头儿是重感冒，就按照重感冒吃药扎针。

这边，表哥的婚期因为已经订了，表哥一家人都把主要精力用到了结婚上。女方和女方家里人，都是通情达理之人，加之他们看中的是表哥的为人。最后根据表哥家的经济情况，只简单买了结婚的东西，表哥和准表嫂去城里转一下，就算旅行结婚。在结婚日子的前三天，表哥去镇上的医院看望舅舅，他发现舅舅情况不对，当晚就把舅舅送到了市里的医院。表哥回去继续张罗结婚的事儿，舅妈和表弟在医院照顾舅舅。转到市里医院的当天晚上，医生把舅妈叫去，说为病人准备后事吧！舅妈问，就是个感冒还能死人？医生说，如果病人早点来也许还有救，是肺病，大叶肺炎，已经来不及了。

就在表哥在市里的公园旅行结婚的时候，舅舅走了，临走时是大口吐血而亡。舅妈说，舅舅是急火攻心，上了一场急火，才得病走了。因为舅舅的身体平时没什么大毛病，且是一个开朗随和的好人。

人生往事

朋友阿牛

阿牛大我一岁,我们是发小,两家又是邻居,小时候天天在一起玩儿。他小时候就比我聪明,所以我们在一起玩儿时他总欺负我。随着年龄的增长,我们也都各自有了自己的命运和生活。阿牛搬家的时候,我们也都没有什么感觉,但随着时间的沉淀,我们彼此都很思念对方。我上初中二年级的时候,有一天周六的中午,收到了阿牛给我写的信,我实在控制不住自己的思念之情,就决定去看阿牛。

阿牛的家离我家有四十多里路,我骑着自行车在坑洼不平的乡路上奔波了三个多小时,才来到阿牛家。到了阿牛家已经是晚饭时间,正赶上阿牛家那天晚上吃的是玉米面疙瘩汤,疙瘩汤里下的是刚从山上采下来的榛蘑和从地里刚拔出来的小白菜,我饿了,吃了满满两大碗。

那天,我和阿牛玩到很晚,晚上睡觉时也聊了很多。阿牛说,他很忙、很累,拼命地干活挣钱,就是想在将来娶个好媳妇。而我那时还没有娶媳妇的概念。

生活真是个好东西，能成就我们，也能摧毁我们。我们农家孩子，只能被生活主宰，而不能去主宰生活。

后来，阿牛和我失去了联系，我只道听途说地知道了阿牛又搬家了，搬到了辽宁盘锦那边。

有一年冬天的一天，阿牛突然给我打电话，说他在通化火车站，是在外打工，春节回家在火车站有两个小时等车的时间，想见我一面。我家离火车站很近，我很快到了火车站，刚见到阿牛的时候，我有点儿不敢相信自己的眼睛。过去又精神又帅气的阿牛，现在变得又黑又瘦，显得那么苍老，穿的衣服也打满了补丁。因为他乘车时间紧迫的关系，我们只在候车室聊了一会儿。阿牛家搬到辽宁后，不久后就结婚了，现在有两个孩子，生活过得十分艰难。这次是回通化一个林场打工，想挣点儿现钱好过年。那时，我也刚成家，生活也很拮据。临分手的时候，阿牛从兜里掏出五十元钱，说给我过年用。我们俩撕巴了半天，我怎么能忍心要他的钱呢？但他说，他比我大一岁，是哥哥。

十几年后的一个秋天，阿牛给我打电话，说要来看我，希望我能跟他一起做个买卖，让我投资。我很高兴，想尽快见到多年没见的朋友阿牛。这次见到阿牛，我发现他精神抖擞，比十多年前见到的时候似乎还要年轻。我摆了个场子，发现阿牛既会说又能喝。喝完酒后，阿牛走在我的前面，腰板挺得溜直，一只手大幅度地在翘起来的臀部上摆动。阿牛说，他刚买了村主任的大房子，现在自己还做了个买卖，希望我能投资，哥们儿一起挣大钱。我当时因为情况特殊，没有投资和阿牛一起做买卖。

后来，我和阿牛互相加了微信，彼此时常聊聊各自的情况。阿牛有好消息也都通过微信有意无意地告诉我。比如，他又开了一家烧烤店；比如，他买轿车了；比如，他在市里买楼房了……我都是发去祝福和问候。但是，阿牛回复我的微信消息却越来越少了，我们或许也都是在各自的生活中忙乱，我们的内心或许都已被庸常的事物占满了。

今年过年，我突然想起阿牛，自从上次他求我帮忙我没有帮上，我们就失去了联系，好像已经两三年了。我从手机里翻出他的微信，信息已经无法发送过去，他好像把我删了；找到储存的手机号码，打电话也是空号了。

我只能在心中，祝福我的朋友阿牛。

去看电影

我十岁那年，在读小学三年级。那年夏天的一天晚上，已经读初中的表哥对我说，乡里今晚演电影《少林寺》，他们十几个伙伴要在当天晚上去乡里看，我一听，马上求表哥带上我。表哥不同意，说他们都是大人（十五六岁以上），怕我走不动，或者跟不上他们，怕我拖累他们。我向表哥发誓说，我一定跟得上，我就是跑也要跟着去看，表哥看我坚定的样子，只好同意带上我。

那时，在小伙伴们中，关于电影《少林寺》的传说，已经沸沸扬扬了。因为有个别的伙伴，在县城姥姥家或者在其他乡政府所在地的亲戚家，已经看过《少林寺》。看过的伙伴，仿佛有了巨大的资本，他们会在各种场合，眉飞色舞地把电影《少林寺》尽情演绎。因此，《少林寺》的好看，《少林寺》的魅力，吸引着我们这些如饥似渴的青少年们。

那天晚上，我跟着十几位大哥哥，从村里向乡里出发。因为大家既要把家中父母安排的活计做完，还要赶上电影放映的时间，所以当我们出发的时候，天已经擦黑了。从村里到乡里，十二里路，表哥他们说，要在四十分钟内走到乡里。他们都是人高马大的，只有我小。开始,我只能小跑才能不掉队。走了一段,我也学着他们,把腿大大迈开,但毕竟年纪小、个子矮,腿也短,我咬牙加快迈步的频率,总算勉强跟上他们的步伐。当我一会儿跑步,一会儿快步走,跟着大哥哥们没有掉队的时候,表哥和他的伙伴们都开始称赞我了。当我汗流浃背地和表哥们跑到乡里的时候,乡政府院子里的电影还没上演。

乡里演完《少林寺》后,过了几天,又来我们村里演,我们村里演完,又在其他村里演,附近二十里内的村庄上演了十几场,每演一场,我们都会跑上十几里路去看,看了一遍又一遍,还是觉得不过瘾。

那时,我们吃的虽然都是粗茶淡饭,穿的也是带补丁的衣裤鞋帽,但我们对美好生活的向往,对精神文化生活的追求和渴望,却是那么强烈,是那么执着。我们思想单纯,崇尚英雄,向往正义,爱家爱国,积极向上,我们的心里种满了善良,我们的脑里存满了美好,我们的内心只对生活充满美好和希望。

文学行走

文学行走

怀念在鲁迅文学院学习的日子

能够走进鲁迅文学院的大门,能够坐在鲁迅文学院的教室听课,是多少文学工作者和文学爱好者的梦想。这个梦想我和我的同学们终于在去年秋季实现了。虽然鲁迅文学院十二期少数民族文学创作研讨班仅有一个月的学习时间,但我收获很多。

文学写作是以个体实践为主的一项劳动,实践固然很重要,但是,理论的指导也是重要的。作品要达到一定的艺术水准和高度,没有理论的指引,没有理论作为实践的指导和依据是很困难的。听了大作家和教授们讲课,我感悟很深,过去困惑的症结,都找到了相应的解决途径。例如,听了成曾樾和王冰两位老师的授课,我就意识到:大思想大智慧大学问,是要站在一定理论高度才会拥有的。所站高度不同,思想境界也不一样,越是有学问的人,品行和修养也越高。我们在大学者的引导和教诲下,去思考人生和文学的命题,去用文学理论武装我们的头脑,我们就会站在一定高度去完成我们的工作和文学人的使命。

听了著名作家刘庆邦老师的课,他的文学创作思维使我深感震撼,但更让我感动的是刘庆邦老师的真诚。他讲了自己的成长道路:

刘庆邦老师的成长，也是在前辈老作家、老编辑的指导和帮助下取得成功的。一个人读再多的书，也需要老师的点悟。大智慧者，大学问家，大作家，他们的很多思想，都是在理论和实践的最佳结合中产生的。先天的禀赋和后天的学习完美结合，才有成功的可能。每一个成功者，除了天赋外，都离不开后天的努力和奋斗。我们只有看淡名利，刻苦读书，勤奋写作，在一种良好的心态下写作和生活，才有可能写出好的作品来。

听了中国人民大学教授刘大椿老师的课，我更深刻认识到，作为一个作家或者一个编辑，必须是一个杂家，必须具有真才实学，做不了贼，偷不得懒。人类几千年积累下的文明，知识如浩瀚的海洋，我们不知道的、不懂的东西太多了。我们的生命是有限的，所以我想到的是，我们要老老实实做人，踏踏实实做事，在自己的工作或学科范围内，做老实学问，做老实人，不浮躁，不自夸，不讨巧，不卖弄。做学问也不能贪婪，贪婪了，就不会老实；做不老实的学问，也就失去了做人的修为。想拥有广博的知识，切忌浮躁。

先做人，后作文。如今这样的话很少有人提了。我倒是觉得，在鲁迅文学院学习的一个月，我不仅学到了外请老师和鲁院老师所传授的知识，更重要的是，我亲密接触了老师们的为人与处事，让我目睹了老师们务实而儒雅的风采。老师们的豁达和真诚，让我很受教育，也得到很多启发。越是大智慧的善知识，越是有高度的人，他们越真实。也许是他们见得多，所以才回归到真诚的大雅之境。只有得到大师的教诲和启迪，我们才会更快更完美地接近我们的理想。通过学习，我的思想得到了洗礼，我的做人境界得到了提升。

我们这个少数民族班，53位同学来自18个省区，大家的生活习惯不一样，想学的东西也不一样。但是，通过实践证明，鲁院领导和老师们精心设计的课程是完美的、成功的，因为老师每讲完一节课，同学们都是掌声雷动。在生活上，鲁院领导对少数民族同学更是关爱到无微不至的程度。清真餐厅的设立，社会实践活动的安排，都体现了鲁院的领导和老师，把鲁院打造成了一个学习的高地，生活的家园。

如今离开鲁院一年多了，但还是常常怀念那段日子。欣慰的是，通过实践证明，在鲁院的学习，对我的工作和生活都起到了积极的影响。我们所办的纯文学杂志《参花》，格调比过去更高，质量比过去更好。我把在鲁院学习到的知识和感悟，传播到社会中更广阔的领域中去，让更多的人了解了鲁院，并使很多人把鲁迅文学院变成了自己向往的神圣的文学最高殿堂。

文学行走

文学的使命

文学是人类文明发展的重要标志之一，中国文学是中国文化的重要组成部分。文学的传承使命，在人类文明史发展进程中起到了重要的作用。

我们伟大的五千年的中华文明，很多精髓部分，也都是通过文学的方式传承到今天的。所以，我说文学是有使命的，尤其是在当下，文学期刊的使命尤为重要。之所以说，文学期刊对我们的文化发展，文明传承尤为重要，是因为文学期刊现在所处的现实境地，是十分危险的。

互联网进入了我们的生活之后，纸媒成了受气的婆婆。虽然纸媒回光返照似的疯狂了几年，大家纷纷出版各类在市场上花红柳绿的杂志报纸，可最后还是被互联网取代了。

我们进入了互联网时代，我们每天看各种新闻视频，各种段子，各种图片，各种五花八门的信息，我们便捷了，我们浮躁了，我们再也没有耐心看书读报了。有人说，我们现在生活压力太大了，工作很忙，没时间看书读报，但大家并没有算算自己每天在互联网、移动网络上花费了多少时间。于是，没有人再咬文嚼字了，互联网上的中国文字，也不再要求规范化了。我们要的是速度，是花边，是新奇特，是哈哈一笑＋浮躁，是未知真相就骂娘＋乱恨。而此时的纸媒，尤其是纯文学期刊，彻底被边缘化了。

我们并不否认互联网给我们的生活带来的好处，更不否认互联网给我们带来的发展。但是，我们现代人，面对新鲜事物，不够淡定，没有底线和规则，盲目追求发展，把我们的根忘了，尤其忘记了我们的根深蒂固的中国传统文化之根。正如我们现在以文化的名义建设了很多高楼大厦，但是里面没有装满积极向上的健康文化内容。互联网的内容需要更新，需要我们的高度审视，要像我们过去那样，在报纸，在杂志书籍里装满正能量的内容，装满能够为人民大众所喜爱的高尚文化内容，而现在，互联网没有完全做到。所以，纸媒还承载着这一特殊使命。

在传统纸媒中，纯文学杂志期刊，情况更加特殊。由于杂志期刊，出版时间快，内容丰富，有一定的时效性和出版时间的规律性，方便阅读，作家、作者的作品也会在短时间内得到认可出版，读者也会在相对较短的时间分享到作家的最新创作成果。杂志期刊，比书籍出版的时间快，并且在内容上有连续性，比报纸更厚重。所以，纯文学期刊，曾经辉煌过，引领过期刊出版的潮流，也曾涌现出很多文学名刊。在我们国家发展建设中立过汗马功劳。这些文学名刊，有的还依然健硕，还在发挥着名刊的作用。也有一些文学期刊，过去有名，也算名牌系列，但如今已经彻底边缘化了，之所以还活着，也是靠一部分人在坚持在坚守。

例如吉林省的《参花》杂志，过去也辉煌过。1957年创刊，到今年58岁了。虽然经历了各种劫难，但还没有死掉。这本面向大众的纯文学期刊，到今天连续出版了773期，累计发行两亿多册，培养了无数文学新人，也从这里走出了一批全国著名、知名的作家、诗人、编辑家。更为重要的是，《参花》伴随了几代人的成长，有很多人是看《参花》长大的、成长的。就是这样的一个在全国也算比较有影响力的大众文学期刊，今天的生存却面临着重重困难。如果说《参花》是一个在青壮年时期曾经为社会做过很多贡献的人的话，她已经是一位快退休的老人了。如今的她，正在步履蹒跚，在所谓的市场大潮中，艰难地寻找能度日的米，目的只有一个，能够活下去，不死。她每前进一步，所面临的都是困难。如果再说的话，《参花》是一位文人，她不是农民、工人，她的使命是为大众创造精神食粮。所以说，她的使命是特殊的，她没有能力一边种粮食糊口，一边纺织布匹做衣服穿，然后才去做精神食粮的产品。她的属性已经决定了她的使命。

如今，是经济大发展的时代，也是文化大发展、大繁荣的时代，但我们忽视了纯文学这个重要的元素。文学，是当代很多其他文艺形式的母本。我们建了很多文化娱乐场所，但在里面上演的是什么？我并不否认其他文化、文艺形式对我们灵魂的引领教育，但是，一本好书，一篇优秀的纯文学作品的教育，是扎根我们的灵魂中的，这种长期的积累沉淀，对我们这个民族的优秀文化发展传承，起着决定性作用。很多文学作品，影响了我们的一生，我们中国人的传统价值观，很多是来自我们老祖宗留下来的文学经典。她的效益是在漫长的历史长河中沉淀和潜移默化中形成的。

如今，我们的经济发展了，社会进步了，我们也常说，我们有钱了。我们为什么连自己的一本老牌文学期刊，都保护不了呢？我们的政府常说，要抓文化品牌建设，要打造自己的文化品牌，形成自己的文化品牌特色，于是花了很多钱去创新品牌，去寻找品牌，

文学行走

去打造新的品牌，而我们的老品牌就在这里啊！难道我们这个几十年形成的老品牌，不是品牌吗？

我们的老品牌在这里拼命打拼，没有政策资金的扶持，我们依然还在坚守，还在履行我们的文学使命。《参花》杂志这样一本活了58岁的文学期刊，是否可以说也是一座文化的大厦？是一所文学的殿堂？而且我敢说，这座文化大厦，比那些钢筋水泥构筑的大厦，更坚固，更可靠。她所发挥的作用，她所形成的社会效益，难以用经济指标来衡量。这所文学殿堂的作用，要比那些钢筋水泥砖构筑的大厦的作用，高出千倍万倍。但是，我们忽略了文化大厦的建设，而热衷于经济大厦的建设。那么，我们不去建设新的文化大厦、文学殿堂，对这些老品牌的文化大厦和文学殿堂，关注一下，维修一下总可以吧？

我们建一座楼堂馆所，要花几十亿元，我们建个文化广场要花几百万、上千万元，我们拍部戏甚至都要投入几百万元，乃至上亿元。一本被推向市场的老牌纯文学期刊，面向大众，行使自己的文学传播使命，被市场冷落，但不能被党和政府冷落。我们必须站在党和政府的高度，引领群众的文化建设。在公共文化建设的服务体系中，纯文学期刊将起到重要的作用。党中央、国务院，号召推动全面阅读活动，而纯文学期刊作为精神文化产品，为民众阅读提供范本，十分重要。希望纯文学期刊的处境，能够引起有关部门的重视，能够得到全社会的关注。我们整个社会大众，需要把纯文学读本当做第一健康向上的精神食粮。民众整体的文化素质提升，是文化大繁荣大发展的主体。在这道大餐中，文学是一道不可或缺的美味，其丰富的营养决定我们的文化健康。

关于纯文学的概念，专家们是有争议的。我个人认为我们文学史上第一部《诗经》到后来的四大名著都是纯文学。单从这一点来看，文学是有使命的，而且文学的使命重大，更伟大。伟大的事物，在社会发展进程中，不但不会消亡，而且会伴随着伟大的时代的出现，会变得更加伟大。

当下我们的高层和民众，已经意识到了中国传统文化的重要性，对中国传统文化的精髓部分，我们在反刍，在回归。那么纯文学期刊的使命之一，就是对中国传统文化的延续，起到一个传承的作用。《参花》杂志之所以在困难重重，生存十分艰难的情况下，还在坚持办纯文学，我们的重要使命就是，传承中华优秀文化，传播社会主义核心价值观，传播社会正能量，让大众有健康向上的纯文学精神食粮。

我们坚信，纯文学期刊的又一个春天就要到来了。从2014年10月15日习近平总书记的文艺座谈会讲话开始，到今年中共中央办公厅、国务院办公厅印发了《关于推动国有文化企业把社会效益放在首位、实现社会效益和经济效益相统一的指导意见》，都让我们看到了以中国传统文化为根基的文化大繁荣大发展的春天就要到来了。

健康向上的文化需要党和政府的引领，需要有责任有担当的文学队伍去坚守，去落实。吉林省《参花》杂志的当下生存现象，也是全国多数纯文学期刊的现象。在文化大发展中，把我们过去几十年文化建设中，几代人辛勤培育出的文学期刊老品牌，给边缘化了，甚至放弃了丢弃了，反而投入大量人力、财力、物力去寻找新品牌，去建新品牌，这不是舍本逐末吗？我们不反对创新，但是，我们通过几十年几代人的努力才创造出的老品牌，为什么要放弃呢？《参花》杂志也算是一颗老人参了，她的身上积满了几代人的心血与智慧，她的内核，是文化、文学的厚重积淀，如果传说中说人参能成精，那么，《参花》杂志也可以说是文学期刊中的精灵吧！她的身上，依然充满了亿万读者的回味和憧憬。如果给我们的老品牌，注入新鲜的血液和活力，那么，这个"新的老品牌"，不是更牢固，更厚重，更有文化内涵吗？这个被注入新鲜血液的"新老品牌"，对于民众，会显现更大的魅力，会成为我们党和国家更有力量的文化载体，在全民文化大繁荣大发展的建设中，起到更积极，更具体的作用。

吉林省《参花》杂志，和全国其他纯文学期刊，以及一直坚持做纯文学的，坚守纯文学阵地的同仁们，都面临着生和死的考验。但我们一直在坚持，在坚守。更重要的是，我们在经济条件十分艰苦的情况下，我们没有等死，我们在积极作为。因为我们在残酷的文化市场上，如果我们没有信念，没有积极作为，没有去努力拼搏，等死的话，现在就不会还活着。因为事实已经证明，有一部分文学期刊，已经死掉了，或者换了灵魂，在虚伪地活着。我们吉林省《参花》杂志这块纯文学阵地，这块老品牌没有倒下，原因就是我们在坚守的同时也在拼命地挣扎，所以还活着。我们有一个信念，纯文学期刊的社会效益，必须是第一位，纯文学期刊的文学使命必须坚决履行并完成。

文学的使命感，已让我们在艰难的道路上走到今天。而且，我们即使是纯文学阵地的最后坚守者，哪怕是只有一天的坚守时间，也绝不败纯文学之气节，也绝不辱文学之使命。

明天，无论前面是坎坷，还是疾风骤雨，我们都会坚定不移地走下去！更何况，也许纯文学期刊的春天，就在眼前。

文学行走

做件小事也是爱国

最近，各地都在做各种活动，以迎接党的十九大为契机，表达我们爱国爱党的心声。我们在期待，在关注。作为基层百姓，对国家，对党的大事，都表现出极大的热情和关心，我想，无非源自我们每个人的那颗爱国心。

爱国，可以说是我们中华民族的传统美德。天下兴亡，匹夫有责。我们国家的兴亡，跟我们每个老百姓都息息相关。如今，我们中华民族的伟大复兴，更牵动了我们每个老百姓的心。我们有爱国心，我们更需要付诸行动。我们每个人都做好自己的事情，为我们的发展目标，默默做贡献，这就是最好的爱国。爱国决不能停留在口号上，而要脚踏实地去做。

近日，为了表达我们的爱国心，我们吉林省参花杂志社就和公主岭市作家协会共同做了一件小事。我们在带领作家、诗人深入生活活动中，要求大家为农村文化大院捐书，为农民捐书。作家、诗人们积极响应我们的提议，纷纷手提肩背，把自己的藏书拿出来，亲自到农村文化大院，把书捐给了农民朋友。农民朋友们看到杂志社和作家、诗人捐来的书，也都很兴奋，他们的脸上洋溢着收获的喜悦。

  我们这种活动的策划，来自大家都想在十九大、国庆节前夕做点什么事情以表达一下爱国心的灵感。所以，这么想来，我们的捐书活动和爱国联系到一起，一点也不牵强了。

  我们杂志社全体编辑、记者，自发捐款捐书；作家、诗人朋友所捐的书，是个人物品。所以，我们自发、自愿、快乐地捐书活动，是件小事情，但对我们来说也是一件十分有意义的事情。事情虽小，却也表达了我们一份小小的爱国情怀。

庄稼院里的文学梦

他只有二十五岁，不过已经是一村之长了。他是这个乡的村长中最年轻的一位。

我见到他的时候，是在村委会的办公室里。当时，他正在和一个育龄妇女大吵大叫，做计划生育工作呢。我看到生活中的这场真戏，立刻感觉到他已经发生了很大的变化。昔日，那个一说话脸就红表面呆气的专写小说的人，现在已经脱胎换骨了。

他看见我，打发了那妇女，握住我的手，打着官腔："哪股春风把您给吹来啦？"我立刻以牙还牙："你真是三天不见的小老虎，出息个豹（暴）呀！"

我们已有三年没见面，已有两年没有在报刊上看见他的作品，电视广播上听见他的名字，见面一了解才知道，他的的确确已经洗手不干文学两年了。他这两年是强迫自己不读文学书，更不准写东西，如果实在犯了写作瘾，他就去田里劳动或打麻将。他说，他并不好麻，而这是没有办法的办法，是种解脱的办法。他决不能在文学这块迷人害人的沼泽里越陷越深。

他说，他恨文学。

晚上，当我们俩喝过了二两二锅头酒后，躺在长长的大炕上，他向我倾诉了恨文学的过程。十年前，他们家乡是个十分贫困的地方,初中还未毕业的他不得不提前回到他家的那份责任田里,以长子的身份同父亲一道面朝黄土背朝天地耕耘劳作。

可是,不甘就这么吃苦劳作的他,终日闷闷不乐,他感到这个世界太不公平!他为什么就要这样?日久天长,想法越来越多,于是,晚上回到家里,就让那些白天在寂寞的大田里劳动时的想法都变成了歪歪扭扭的文字。

他在初中二年级时,就显现出优越的文学写作才华,作文常被语文老师当作范文在全班朗读。可他写了一段时间后,发现自己有些力不从心了。于是,他开始借书读,想方设法赚钱买书读。

半年后,他开始在县级和县广播电台发表作品了!这个消息在十里八村引起了轰动,村民们对他有些刮目相看了,同时也不无挖苦地见面喊他"秀才""大作家"。这对于他来说,也的确是个很不小的鼓舞,同时也是促使他误入歧途的开始。

他在家里开始有"创作假"了。他想写东西了,他就可以不去劳动,尽管他在家中还是主要劳力。但他那还能认识几个字的父母很能想得开,认为支持儿子写下去,这也是一条摆脱地垄沟子的希望之路。因此,他的父母常常是起早爬半夜地干,而他却坐在家里心安理得地写,当他的作家。半年后,他的退稿越来越多,这给了他沉重的压力,也使他感到文学不是好弄的,作家不是好当的。正在他愁闷徘徊之际,一则广告救了他的命:省作家进修学院举办函授班招生,入学条件是只要爱好文学,交上学费即可,结业发给结业证,但这无所谓,最主要的最有诱惑力的一条是成绩突出,可通过考核进入到学院深造。进入省学院深造,就可以真正踏上那诱人的作家之路!

几十元的学费对有些人来说也许并不算什么,但对于他家来说却是一个不大不小的数目。他的父亲咬咬牙,拿出了那唯一的几十元的积蓄……

他是省作家进修学院的函授学员了。从此,他白天劳动时,怀里揣着一本小说,在田头歇息时也读上一段;他在大田躬身劳动时,头脑里在构思着小说;夜晚别人休息时,他在灯下铺开稿纸开始夜战……

功夫不负有心人。锲而不舍,金石可镂。他终于在"函授教材"上发表了作品。这又给他增强了走进正规作家进修学院的勇气,同时也给他的心理增添了沉重的负担!这时,外界的压力也越来越大。在农村,像他这样的大小伙子,哪有不去田里做活的?整天蹲在家里看呀写呀的?能写出个啥名堂?能当钱花还是当饭吃?各种各样的风言风语,冷嘲热讽,劈头盖脸地向他砸来。他感觉到在文学这条路上,只有勇往直前,只有成功,绝没有后退半步的余地。

是的,村人们看到得很准确,很实际:他已写了四年了,还是窝窝囊囊地趴在家里,对他自己的命运没有一点改变!而有些认钱的小伙子都富了,一个接一个地娶上了媳妇,而他是不干活的光棍一条!

转眼间,一年的函授学习就这么结束了。他没有突出的成绩,所以也没有机会被选进学院深造,他只收到了一张毫无用途的"优秀学员结业证明"。但他并没有气馁,自己偷偷借下了几十元的学费,继续参加函授学习。

老实说,他参加函授学习,创作水平是有一定的提高的。

也许,命运之神也不愿逼迫人走上绝路。他参加函授第二年秋天,一篇小说在"教材"上发表,受到省作家进修学院一位权威人士的称赞。于是,他收到了全国各地函授学员的二百多封来信,就

文学行走

这样,他顺理成章地参加了函授学院在省城组织的笔会。

他终于实现了那个美丽的梦想,他跨进了省作家进修学院的大门。可是,也算他真的是时乖命蹇。这一期作家进修班,由于上面给的经费很少,既不能办正规大专班毕业发国家教委承认的文凭,又不能负责分配工作。原则上是哪来回哪里去,进修时间只有一年,学杂费八百元由进修者所在单位出。

他没有单位。他的单位就是家。村委会不是他的单位。不过他还是去找了村支书和村长。显然不行。村里有钱,但不能为他出这笔钱。他是一个老百姓的儿子,老百姓的儿子去省里学院进修,将来是要比支书村长走门安排在村小学教学的子女强,也许要强很多,就凭这一点也不行。

他夜里睡不着觉了。他的父亲母亲也辗转反侧,唉声叹气。

他终于看见了一颗亮晶晶的星星,也许经过千辛万苦,搞到她,就可以照亮自己这黑暗的世界!一定要搞到她!

所有的亲戚朋友他都拜到了。他四处求爷爷告奶奶,亲友们终于怀着各种各样的心情,把钱借给了他。也许,大家还看到了他前程中的一点亮光,不然谁敢借给他钱啊?怕的是他还不上。

一千二百元钱终于凑齐了。他怀着一种复杂激动的心理,揣着全家人的希望,带着村支书和村长的嫉妒,启程了。

先乘长途公共汽车去市里,然后换乘火车去省城。就在市里火车站,在他还不知道的时候,命运之神又对他的命运悄悄地进行了一次重新的安排。

命运!命运!

发往省城的火车嘶鸣一声,缓缓开动了。他的心突然一沉,脑里炸响了一个闷雷!他突然发现,他那只装着一千元钱的提包不知何时不翼而飞了!

一千元,借来的一千元啊……

他的眼泪止不住唰唰淌下。此时此刻的他心被刀割火焚。他盼望着奇迹的发生,——不是钱被送回来,他知道这不可能,——他盼望的是他乘坐的这列火车同另一列火车相撞!他希望天不要再亮,火车的巨轮就这样永远地在黑暗中向前旋转……

这火车上的一夜,对他来说,像一个漫长的世纪。他在漫长的煎熬中,一夜没合眼。

天还是亮了。火车还是平安顺利地进入了省城车站。

在学院报到处,他一边流泪一边述说了自己的遭遇。人们同情他。但人们也有点怀疑他。经院领导的详细调查了解,最后决定暂免他上半年的学费。可是,他身上剩余那可怜的一点钱,很快花光了,连吃饭的钱也没有了。学院工作人员和学友们,纷纷为他捐款,他才又得以维持下去。

来时他已带足了前两个月的生活费,又如何向家里开口再要呢?把这一切都告诉家里?不!绝不能!这个消息对他的家人来说,无疑是一个具有很大杀伤力的炸弹!不能再摧毁家人的意志和希望。

星期天去打工和学友们的接济,使他终于度过了半年的时间。这半年,他一直在半饥饿和头脑沉重的心理负荷下度日,他一篇作品也没有写出来。

放暑假时,院领导找到他,陈述了学院经费紧张和有关影响问题,通知他如果下半年继续来学习的话,要补交下半年的学费。

他无法向家人张口要钱了。他丢钱物的事绝不能告诉家里人。

再开学的时候,他已在村委会找到了一份工作。他对父母说,去学习的结果是还得回来种地,没用。就这样搪塞过去,掩盖了那复杂而坎坷辛酸的经历。

很快,他成了村里的当家人,当上了村长。从此,他发誓并也真正做到了:同文学彻底绝缘。

夏日的夜晚很静也很闷。我们都无法入睡。他说他好久没说这么多话并且还有些激动了。站在夏夜的农家小院,听着他父亲在另一间屋里的鼾声,听见附近稻田里的蛙鸣,我们的心都很沉静。

我说:"文学这个情种,真把你坑得够苦"。

他沉吟了一声,低声说:"也不能这么说。虽然文学折磨了我,我失去了她,但她给我的还是比我失去得多。"

"为什么?"

"我想,一个人活在世上,无论对任何事物,只要有过真挚的追求,真诚地付出,为她流过泪流过汗,也许得不到的过程,要比得到的还宝贵。"

"也许对。"

"我个人就是这么认为的。一个人如果经历了大劫大难,也许才能够真正认识人生的价值。我现在之所以很成熟,对人生价值有一个深刻的认识,对于我来说都是文学给予的。我现在就能面对社会,面对现实,很实际地找到能够实现我人生价值的位置"。

"其实,你内心深处也还是恋着文学。"

沉默。

山村的夜晚,好静好静。

深扎根，挺脊梁

伟大的民族，恰逢繁荣发展的新时代。我们的文化事业，更是如沐春风，兴盛繁荣。新时代，文学创作对我们所有文字工作者都提出了更新更高的要求。

把握时代特征，讲好中国故事，传播正能量，这是我们文学工作者的首要职责。

作家不能把读书和写作变成一种谋生的手段，或者使之成为攀附名利殿堂的阶梯。作家是民族精神的脊梁，是我们挺立世界的傲骨。作家用自己创作的文学作品，给生活以批判、以美好的梦想。如果我们的作品没有正能量，没有批判，没有梦想，我们前进的脚步就没有动力，也很难创造出更加美好的未来。因此，作家是有使命的，而且使命很伟大。

我们要对我们的作品负责，因为我们的作品要对我们的生活负责，要对历史负责，更要对人民负责。所以，作家首先就要对自己的读书和写作，充满敬畏之心，如此，才会写出对生活负责、对历史负责、对人民负责的好作品。

既然有了职责担当，有了对写作、对作品、对作家的敬畏之心，

文学行走

那么就要认真写作，负责任地写作。当下，各种所谓的新东西太多，浮躁的东西太多，而正能量的、博大厚重而又被广大人民群众喜爱的作品并不很多。鉴于此，习近平总书记《在文艺工作座谈会上的讲话》中深刻指出："人民是文艺创作的源头活水，一旦离开人民，文艺就会变成无根的浮萍、无病的呻吟、无魂的躯壳。"我们《参花》杂志社，深刻领会习近平总书记的系列讲话精神，根据杂志社团结的作家、作者实际情况，开展了一系列督促、引领、带动作家和作者深入基层、扎根人民群众的活动。作家通过走基层，和各个行业的人民群众打交道，通过各种形式的采访与实践体验，通过各种各样的方式进行交流，深入体会我们的生活，感悟我们的新时代。作家和人民群众在一起，常常有情不自禁的赞美，有无以言表的幸福感，有思考，有审视……而这一切，都会成为文学创作的元素。我们是作家，也是群众；我们在深入生活，更在生活之中。生活和作品，就是这样水乳交融。所以，好的作品必须来源于对生活的体验，对时代的认知。

或许有人说，现在是网络信息时代，是大数据时代，我们的作家完全可以在自己封闭的世界里，通过新媒体了解和掌握自己写作时所需的信息，作家创作可以闭门造车了。这种靠间接信息的采集和完全想当然的创作，那还是创造吗？如此，作家的创造力，将成为无根之木，是经不起风雨的，而这种状态下产生的作品，也脱离了生活的本源，没有生命力。身处火热的大时代，作家需要深入基层，走到人民群众中去，体验接地气的生活，对新时代和自己的人生，作家都要有独立的认知和思考，如此，我们才会写出具有时代特征的、充满正能量的好作品来。

深入生活，为人民写作，是作家走向成功的必经之路。回头看看，有多少年，我们的作家不提深入生活不去基层了，甚至对所写的题材一知半解，就胡乱编造出千言万语；有的作家甚至没有生活常识，他们不仅不敢触碰重大题材，更不敢用作品来反映真实的生活，因为他们不了解当下真实的生活，当然也不了解这个时代。很多作家，更看重自己获了什么奖，出版了多少本书，获得了多少经济利益，而很少看重自己的作品有多大影响力，具有多大的正能量，能够影响几代人。根据这种现象，《参花》杂志社，通过实践活动，呼唤作家深入基层，扎根人民，逐步引导作家回归正常的写作状态，负责任地写作，真正为人民写作。我们认为，采风活动时间虽短，但是对作家深入基层，深入生活，是一种引领，是方向性的。就采风活动本身来说，时间不长，但很多作家也都在活动中获得了灵感，为日后的创作，提供了营养。这种营养，是文学创作活动中不可或缺的能量。只有健康的、长期营养的供给，才会让我们拥有健康的躯体，才会让我们更深入地思考生活，才会让我们拥有正能量的思想，或许这是我们作家创作出好作品的必要条件之一。

深入基层，扎根人民，汲取生活的营养，是作家写出好作品的必经之路。作家，是我们民族精神财富的创造者之一，所以，无论在什么样的条件下，都要挺直我们的脊梁，把根深深扎到人民群众中去。

不要辜负这个伟大的时代。要为人民写作，为伟大时代写作，永远是我们的作家为之奋斗的目标。

> 文学行走

百花开，蝶自来

　　文化工作者，是为我们的灵魂服务的。我们肩负了将党和国家的文化惠民政策贯彻落实到基层的使命，因此，我们的责任和义务十分重要。这一观点，我们在调研采访中得到了验证。

　　最近参加了省内一些群众文化活动，感慨颇多，也深受教育和启发。作为文化工作者，我们越来越自信了，因为我们在繁忙的工作中，为我们的群众做了实实在在的好事情，为我们国家的文化事业建设做出了贡献。我们默默无闻地辛勤工作，在潜移默化中，改变了群众的一些生产生活习惯，让百姓习惯了健康的文化生活，这是一件利国利民的大好事。

　　如今，我们的国家强大了，文化因此而兴盛。作为老百姓，物质生活好了，对精神生活就会有更高的要求。在物质和文化大发展这个节点上，如果文化的发展和服务跟不上，那将是很危险的。群众文化阵地，不被我们用健康的正能量的文化产品占领，那么就会被其他的不良习气占领。因此，文化工作者对群众文化的引领，十分重要。国家规划设计，给了我们文化发展的方向，我们文化工作者，作为群众文化工作的领头羊，起到特别重要的作用。通过这些年的努力和践行，现在事实已经充分证明，我们国家对公共文化服务体系的投入，已经在城市社区、乡镇村屯，初见成效。

文学行走

我们不去统计国家对文化事业投入的各项数据，但我们通过在基层的采访和调研，所看到听到的一些现象和声音，应该是最生动地说明。

"我们在上级有关部门的指导下，不断工作和努力，当我们回过头一看，突然发现，乡镇社区和农村，有很多生活习惯被改变了，最明显的是，打麻将的少了。"这是延边朝鲜族自治州群众艺术馆馆长金升活对延边朝鲜族自治州群众文化工作调研后形成的认识。

延边朝鲜族自治州群众文化工作，成效显著。他们不仅有民族特色的经典文艺作品，多次进京参演并获得国家级大奖，而且在群众中开展的文化活动普及率也是很高的。许多群众参演的节目，也都在省市及国家获奖。像他们的朝鲜族歌舞、象帽舞等，都是充满了民族特色和地域特色的。

"文化工作，事无巨细，我们常常感觉应接不暇，每组织一场文化活动，都让我们感觉到累并快乐着。每当我们看到文化活动中的参与者快乐并洋溢着幸福的脸庞，都会有一种成功的自豪感。"白山市群众艺术馆馆长、青年画家方永平这样感慨我们的文化工作。做好群众文化工作，要不怕吃苦，要有服务意识，更要有受到群众佩服的本领。近几年来，白山市群众艺术馆始终把绘画辅导和绘画交流，作为群众文化工作开展普及的一个有效途径。白山市群众艺术馆精心打造的绘画品牌，吸引大批绘画爱好者参与进来，为提升全民艺术素养，起到了示范带头作用。

集安市文化馆则特别注重文学创作人才的培训工作。现在基层搞文学创作的人才，出现青黄不接的情况，集安市文化馆馆长刘景华说："把基层搞写作的广大业余作者培训好，以老带新，十分重要。

文学行走

因为这些作者最有发言权,他们最了解基层的生活,把他们培训好,也就把我们改革开放四十年的伟大成就讴歌好了,也就讲好中国故事了。"

长春市九台区文化工作则把文化深入嫁接到旅游事业中。九台区正打造国际多彩文化旅游城,"中国北方四季山地玩都"初步规划有四十二个景区,其中一个国家水利风景区(石头口门水库),两个4A级旅游景区(庙香山滑雪休闲度假区和碧水庄园),旅游景点数量位居全省前列。被评为吉林省第一个旅游标准化试验区,也是"全国旅游综合改革试点城市"和"国家全球旅游示范区创建单位"。九台区通过文化和旅游的互相发酵,形成自己独特的旅游文化,满足了群众日益增长的文化和精神需求。

党的十八大、十九大提出,文化是民族的血脉,是人民的精神家园。全面建成小康社会,实现中华民族伟大复兴,必须推动社会主义文化大发展大繁荣,兴起社会主义文化建设新高潮,提高国家文化软实力,发挥文化引领风尚、教育人民、服务社会、推动发展的作用。尤其指出了"让人民享有健康丰富的精神文化生活,是全面建成小康社会的重要内容"。

实践证明,国家的大政方针政策,在基层的贯彻落实是至关重要的。我们作为文化工作者,有责任有义务,把党和国家的文化惠民政策,贯彻落实到广大人民群众中去。我们作为文化工作者,奋斗在一线,就要用我们的智慧和汗水,把文化这块阵地守护好,培植好,浇灌好百花园中的每一朵健康美丽的花朵,为广大人民群众提供精神的芬芳,让每个人都能够享受到改革开放给我们带来的物质和精神成果。

文学行走

花开又一年

火鸡唱罢寒冬去，土狗唤来百花香。

《参花》又在吉林的大地上盛开了一年！这一年，我们圆满完成了预期出版任务，可以说成绩显著。感谢全省文化战线的领导同志们鼎力支持，感谢全国广大作家、作者和读者朋友的支持，是我们一起用辛勤的汗水和努力的工作，培育浇灌了扎根在白山黑水的《参花》，我们大家与《参花》同在，所以《参花》才会长开不败，才会欣欣向荣，才会硕果累累。

《参花》杂志，不会忘记初心。今年是《参花》杂志创刊六十周年，这一年，我们精心呵护，让她始终如一，顺利度过了这个意义非凡的一年。我们知道，《参花》是一本包含六十年阳光风雨的老牌杂志，装满了沉甸甸的孕育着生命灵魂的杂志，是一本经历六十年风霜洗礼还在盛开不败的老品牌杂志。这是我们吉林省文化园地里的老"人参"，她充满了文化艺术的灵气，承载了几代人对文化、文学、艺术营养的吸吮，她就是我们精神家园里的一棵成了精的老"人参"。

《参花》杂志不能忘记当年创刊的老领导、老同志，更不能忘记这个老品牌为我们的文化事业所做出的贡献。《参花》之所以历经风雨，还能够一路盛开着健康走来，是因为几代《参花》人的努力和付出，是广大编者、作者、读者共同浇灌出来的灵魂之花。尤

文学行走

其是近几年来,受到各种因素的影响,杂志一度举步维艰。是我们这些守护高尚文化灵魂的人们,在坚守、拼搏,才让这棵老"人参"重新焕发了青春。没有省文化厅领导和省文化馆领导的重视,没有全省文化馆的干部职工的大力支持,没有全省文化战线的各级领导的重视和支持,《参花》就没有今日的繁荣;如果没有全国广大作家、作者和广大读者的热爱与鼓励,《参花》不会开得如此艳丽,也不会取得今天的成就。

《参花》不能忘记历史使命。一本六十年的老品牌文化艺术类期刊,所承载的历史使命,都是在辛勤耕耘中、在和风细雨中、在潜移默化中完成的。她一直没有忘记初心,一直充满了正能量,默默地在完成她的使命,实现她的教化功能。她就像一位母亲,默默为几代人奉献精神的乳汁,陪伴了几代人的健康成长。

如今,《参花》际遇文化大发展大繁荣时代,习近平总书记给我们的文化事业发展指明了前进的方向,让我们更加斗志昂扬。我们一定让《参花》承载更多、更重的历史使命,弘扬社会主义核心价值观,传播正能量,为人民办刊,为广大人民群众奉献最佳的精神食粮;我们这个由中青年组成的专业团队,一定听从党的号召,刻苦学习,努力工作,为我们祖国的文化事业建设作出自己的贡献。

一花引来百花香,《参花》香来百花开。《参花》一定会在文艺百花园中盛开不败,独放异香,以飨读者。

一直在文学梦的路上

2014年最后一期杂志的稿子编完了,长长出了口气。回过头来看这一年,心里有酸楚,有委屈,也有兴奋和希望。可能是由于平常太忙碌,太操心,太熬心血,所以这一年,几乎没有时间停下来,更没有时间发个牢骚卖个萌什么的。

老人们说过,本命年不好,多有不顺。2014年是我的本命年,我倒是没有感觉到什么不顺。如果说有不顺,那也是围着我们这本杂志所发生的。开始是,年初我为了陪一个客户,滑雪把腿摔坏了,当时没有太在意,提着一条瘸腿上下班。大约两个月的时间,我都是瘸子一样上下班。后来发现,自己竟然一天都没耽误班。或许真是祸不单行,腿好了,可杂志社效益不好了。杂志社早已被推向了市场,经常遭遇经费的困顿和尴尬。作为副总编,难的不是找不到好稿子,而是赚不来杂志的印刷费和稿费,还有大家那微薄的薪水。杂志社转制成为企业后,很多人的思想却并没有转型。所以,在我们进行一系列的经营活动时,获得了很多的诋毁和谩骂。很多朋友劝我,不要再搞什么纯文学,不要再背那些骂名,不要再坚守你的

> 文学行走

什么纯文学梦想，还是实际一些，世俗一点吧。说实话，我有时也很绝望，也真是觉得坚守这块纯文学阵地，究竟还有什么意义？也多次想过要放弃。特别是付不上印刷费，付不起高昂的杂志邮寄费时，真的想放弃坚守纯文学阵地的梦想。但是，这些困难，我又都在自己的努力和付出中想办法克服并解决了，这不仅靠我们编辑部全体员工的努力，还有诸多文友的帮助和支持。说到帮助和支持，有广大文友的支持，也有企业家和领导的支持。长春净月旅游发展集团有限公司、中铁二十一局、深圳市宝安区作家协会等单位，都给了我们杂志社大力无私的鼎力支持。还有一些文友，更是理解并全力支持我们继续走纯文学道路。正是还有这么多人的理解和支持，有大家的助推和鼓励，我们才完整地走过了2014年，基本圆满完成了杂志的出版任务。

这一年，值得一提的是，我们于六月份，在长春净月潭召开了作家诗人采风笔会。全国各地来了六十多位作家、诗人，大家从四面八方聚来，共同学习研讨。笔会期间，有专家授课，有学术交流，有现场创作，大家学习和创作的热情十分高涨。在纯文学不景气的今天，大家难得一聚，开阔了视野，增长了见识，收获了友谊。今年十月份，我们又在长春召开了一次别开生面的文学沙龙聚会。这次笔会，以东北小小说作家群为主，全国各地来参加笔会的有四十多人。笔会开得生气勃勃，大家都感叹收获颇多。仅笔会期间，大家创作的小小说就三十多篇。通过这一年来搞的两次笔会，让我对纯文学事业，充满了信心。我们还有很大一群人，还能耐得住清贫，还能耐得住寂寞，还在克服世俗的困难，在学习，在坚守，在创作，大家纯真地或者说冒着傻气地抱成一团，坚守着我们的纯文学事业。

还有，今年八月份，我在鲁迅文学院第十二期少数民族创作培训班的学习历程，对我也是一个重大的洗礼，让我更加坚定了在纯文学事业道路上继续走下去的决心。听领导专家的讲课，让我在理论上找到了走纯文学道路的依据，让我的灵魂有了很大的飞升；和来自全国各地的各个少数民族同学朝夕相处，让我有了情感上的依靠，让我更加坚定了坚守纯文学阵地的信心。因此，我在2014年底十二期这最后一期杂志里，选了鲁迅文学院第十二期少数民族文学创作培训班学员的几十篇（首）作品，发了这个作品专辑。虽然因为种种原因，不是每位学员都发了作品。但是，我们这个专辑，是在宣扬，也是在证明，我们有很多人，在写纯文学作品！我们无论在什么样的境况下，我们依然在创作，我们依然不计得失，在创作纯文学作品，在坚持我们那美好的文学梦想。还有一群文友们，我们大家一起共同在追求纯文学的梦想之路上踏踏实实地向前走！

　　这诸多的支持，诸多的鼓励，诸多的友谊，诸多的榜样，已经让我在艰难困苦面前，没有任何理由退缩。

　　我只能义无反顾，满怀信心，一直在纯文学梦的路上走下去，走下去。虽然我知道没有终点。

文学行走

愿做人参文化的"把头"

首先我要说明的是，我不是人参文化的专家、学者，在提笔写这篇文章的时候，我也没有刻意去研究一番有关人参文化的资料、书籍，更没有去网上百度有关人参文化的词条。因为我们《参花》杂志要做全国第一家公开出版发行的人参文化刊了，突然觉得我这个主编应该说点什么。

在今年"六一"儿童节的前夜，我突然从睡梦中醒来，灵感有如泉涌，披衣下床，用最为原始的方式（是用纸和笔，而非电脑）写下来这些有关人参文化的文字。我想，就靠我出生在长白山脚下的一个村庄，靠我在长白山区活了四十多年，就靠耳濡目染，靠道听途说，靠口耳相传，靠我自身的经历和感受，靠千里长白山给我的滋养、积淀和灵性，作为一个普通的长白山人，作为一个普通的吉林人，说说我对人参文化的感知和认识。

东北有三宝，人参是三宝之首。这个不仅东北人知道，其他各地的人甚至海外的很多人都知道。这里有一个问题，你细细想来是很有意思的，那就是，很多人没见过人参，也没吃过人参，但是，他知道人参是宝，人参在很多没见过的人心中，是宝物，也是传奇。在过去没有现代传播手段的年代，有关人参的传说、故事，完全靠口耳相传，靠各种民间传播途径，让很多人都知道了人参是三宝之首。这大概就是文化、文学的传播功能起作用了。

我最早听说的,就是人参文化的神话传奇故事,这个神话传说,只是浩瀚的人参文化传说中的一匹小叶参,但是,几十年来我都不忘记。我觉得,人参文化的核心,还是在长白山区。从某种意义上说,长白山区的文化,就是人参文化。因为最初闯关东的人,大多数还是奔着来长白山挖人参的。在长白山区,无论是狩猎的,伐木的,都离不开和人参的千丝万缕的纠葛。就连大清朝的先祖努尔哈赤,为了统领天下,制造了开国神话说,都没有离开人参。

传说,长白山天池,是天上仙女的洗澡盆。有一天,仙女们在天池洗完澡回天庭的时候,其中有位仙女落后一步,当她到天池岸上穿衣服的时候,空中飞来一只棒槌鸟,这只鸟嘴里含了一颗棒槌籽(即人参籽)从空中丢在这位仙女的身边,这位仙女一看,一粒大大的、鲜红的、闪着诱人光芒的果实,这位仙女没有经得住诱惑,动了凡心,偷吃了这颗人参籽。结果她怀孕了,生下了统一女真,建立后金的清太祖努尔哈赤。

大家都知道,大清朝把长白山看作是他们祖宗的发祥地,多位皇帝都曾经耗费巨资千里迢迢来吉林朝拜长白山。清王朝还把长白山区,划边栽柳,把千里长白封成皇家圣地,严禁百姓进入。也正为如此,长白山区得到了保护,也才有了后来的闯关东,有了挖参人,有了人参把头。人参把头就是带领大家进山挖参的头儿。

因为清王朝二百多年的封禁,使长白山真正变成了宝库。因为闯关东大批民众的涌入,才使长白山的人参文化又一次搅动起高潮。我认为,有人的地方,才会有文化。我小时经常听老人说的话是:东北有三宝,人参貂皮乌拉草;还有,棒打獐子瓢舀鱼,野鸡飞在

文学行走

饭碗里。这些描绘，都是当年的长白山里的人口耳相传的。单就长白山里的有关人参故事传说，我听到很多。说心里话，我们小时候，也常跟大人去山里放山（即挖野山参），也去种植人参的地里进行劳作。但是，我们认识人参，挖过人参，拿过人参，也偷吃过人参（吃完鼻子出血，吃多了，补大发了的结果）。可我们那时并不知道人参的药用价值、实用价值以及经济价值。让我们就针对人参说出一二三来，谁都说不出个子午卯酉的。但让我们讲讲人参的故事、人参的传说，大家都能讲几天几夜，现在想来，我们把有关人参故事的命题，说成人参文化似乎并不为过。在长白山里，有关人参的故事传说，讲也讲不完。人参成精的传说最多。人参成精后，化成美女嫁给穷汉的，变成白胡子老爷爷惩恶扬善治病救人的。这些传说故事，都表达了人们对生活的美好愿望，反映了当时民众的一种精神追求和文化需求。我听说的一个在长白山里通化地区蝲蛄河流域传播广泛的人参老把头的传说，故事是这样的。

在很久以前，山东莱阳有个穷汉叫孙良，漂洋过海闯关东挖参，路上和一个叫张录的人结拜为兄弟，一起结伴挖参。他们从棒槌山开始，沿着蝲蛄河向长白山深处挖参。有一天，为了找参，二人分头进山，到了长白山里，兄弟走散，孙良等了几日不见张录回来，他便顺着来路往回找，找了七天七夜，历尽千辛万苦，干粮吃完了，还不见张录。他走啊，找啊，这一天来到了蝲蛄河河边，用最后的力气捉了一个蝲蛄充饥，又用全身力气在一块大卧牛石上刻了一首打油诗：

家住莱阳本姓孙，

漂洋过海来挖参，

> 路上丢了亲兄弟，
>
> 沿着蝲蛄河往上寻，
>
> 三天吃了个蝲蝲蛄，
>
> 不找到兄弟不甘心。

孙良死后，魂还在继续找张录，终于在棒槌山（今位于吉林省通化县英额布镇）上找到了。

张录变成了成仙得道的棒槌精，他见孙良对朋友忠诚，采参志坚，也引渡孙良成了仙，后来受到康熙的皇封，封为长白山山神。从此后，放山客中好人遇难，被白胡子老人搭救；坏人起歹意受到白胡子老人惩罚，白胡子老人就是山神孙良……

这个在《通化县志》有记载的神话故事传说，一直是长白山区一代又一代放山客们的精神图腾。这个神话故事，被长白山区的放山客们流传一遍又一遍，直到今天，放山客们依然还在传讲这个故事。

二十世纪八十年代初，吉林省通化县人民，在孙良在卧牛石上刻字后仙逝的地方——通化县湾湾川流域的蝲蛄河边，重新修复了孙良墓。

八十年代，人参的种植形成产业，给当地民众带来可观的经济效益的时候，人们怀着感恩敬畏的心，修造了人参文化的图腾——人参老把头墓。后来，人们忙着挣更多的钱，老把头墓只成为一座空墓，没有人给它注入人参文化的精魂，直至人参产业低迷，老把头墓就被荒草淹没了，好像也无人问津了。

一项产业的健康发展，百年千年不败，大概需要一个灵魂跟随支撑，否则就像得势忘娘一样。人参在长白山厚重的腐殖土里生长，

文学行走

但没有人参文化的传播，谁又会认知人参是宝呢？我常想，大山里的千年老人参为什么会成精呢？就是因为人参有了灵魂。也正如人一样，健康的身体还要配一个高尚的灵魂，这才是一个能长命百岁的人，或许才会成为一个得道的人，即便是参（身）不在，灵魂却永驻天宇。只要灵魂不灭，说不定在某一个时段，这个灵魂走进某个参（身）体，又会成就普济世利民的伟业，还会传出一段教化众生的美好佳话。

如今，人参产业的再次兴起，借助了现代企业的高科技手段，人参实物的可利用价值，已经被人们做到了极致。这一点毋庸置疑，因为造福百姓苍生的事，人参老把头神也会赞许支持。所以越是发达的企业，越需要精神文化的支撑。据我了解，很多做人参产业的有识之士，都在寻找他们企业发展的灵魂。一个没有自己灵魂企业，就是一架挣钱的机器，正如一个人没有灵魂一样，是一具行尸走肉而已，因为他没有方向，不知道自己究竟能走多远。

我们的身体越是强壮，越需要文化的滋润营养，越需要文化的支撑，越需要信仰的支撑，越需要和灵魂的完美结合。只有如此，我们才会健康发展，一直向前。

在东北做人参产业的众多英豪中，有一位有识之士，他用发展的眼光和战略家的胆识，在寻找人参文化的精魂，他就是中国珲春华瑞参业生物工程有限公司董事长金立华先生。我和他并不认识，至今尚未谋面。但是我们共同推进的人参文化的大事业却开始扬帆远航了。

吉林省参花杂志社和中国珲春华瑞参业生物工程有限公司一见钟情，一拍即合，共同打造《参花》杂志的人参文化刊。这也是我近几年的梦想,因为纯文学刊做得艰难,我曾试图改刊,围绕我们的刊名"人参花"做文章,但机缘未到,因为各种原因,这个梦想一直没有得到实现。但我的信念没有变,我一直觉得《参花》杂志是一本老刊,在全国都有一定的影响力,如果和蓬勃发展的人参产业嫁接起来,不仅仅花会开得更加艳丽,还会结出丰硕的果实。所以,我们坚信:吉林省的特产人参,永远都会存在,而且冥冥之中,《参花》欣逢盛世,顺理成章就做成人参文化刊,既丰富刊物,更助推了中国人参产业的发展,使我们的人参文化能够得到传承,发掘,发扬,光大,并得到新的创新创造。

对人参文化刊的创办,我信心十足。因为我们决定做人参文化刊时,征集令一出,仅仅在一个多月的时间里,全国各地征集来的有关人参文化的稿件、书画、图片收到一千多篇(幅),这是我没想到的。可见,人参不仅是东北三宝之一,更是国宝,也是全人类的至宝。因为我们生活中需要人参,因为我们和人参之间发生着各种各样的关系,所以就有人参文化的诞生和传承。

毋庸置疑,金立华是人参产业的现代"把头",他带头挖掘现代人参产业中的"老山参",以他的人品、智慧和胆识,注定他会成为现代人参产业的参王,最后会修炼成精。

我呢,愿在各位人参产业带头人的支持下,做个人参文化的"把头",为中国人参产业做好宣传和服务,把我们的人参文化发掘,传承传播下去,并要创新发展下去。当然,我也想成精。

我敢说,人参产业和人参文化的交融,才合自然之道,才有体有魂,才会受日月之精华,秉承天地之灵气,最后才会成精。我们只有修炼成精了,我们才会有更多更大的正能量,更好地造福社会。

> 文学行走

风雨六十载,初心永不改

——写在《参花》创刊六十周年之际

2017年,正值《参花》杂志创刊六十周年,一本面向大众的纯文学期刊,能活到六十岁,很多人都感叹说实属不易。是的,回头看看,过去众多的文学期刊都不见了,黄掉的,转型的,各自逃命。《参花》在辉煌和风雨中,不忘初心,一直挺立。《参花》之所以还在开放,其主要原因就有几代人在坚守,在坚守这块文学净土。

现在搞文学创作的人不多了,重视搞文学的领导也不多。原因很多,从现实角度讲,搞画展,能有机会卖画;搞舞蹈、戏剧,能跟上面要来钱。只有搞文学、办刊物是个赔本的买卖。不但卖不来钱,还要搭钱。过去从省级到县级文化馆,文学创作和文学辅导是很重要的一项工作。例如《参花》杂志当年就是吉林省文化馆的文学工作的一个载体,一个成果。也正因为有我们这样一群人在守候,这本纯文学杂志才会六十年花开不败,才会硕果累累。

文化馆的职能工作很多,文学创作和文学辅导工作只是其中一项。从文化艺术角度来说,文化艺术也不单是文学艺术,其他门类也是艺术。但是，文学是其他很多门类艺术的母体。电视剧、舞台剧，什么相声、小品、歌曲，都得先有剧本吧，得先有歌词吧？很多影视剧也都是从小说、故事等文学作品中改编而来的。我们现在恰恰忽视了根上的东西，忽视了文学的原创。搞文学创作，太苦太累，要耐得住寂寞，是个慢功夫活，出成绩也难。而搞点花花绿绿热热闹闹的戏，就容易引起领导的重视。

搞纯文学创作的作家作者们，办文化类期刊的同仁们，某种程度上，是在坚守一种爱好和精神信仰。现在虽然被冷落，但大家依然在坚持，这些人才是这个民族的精神脊梁。

我们伟大的五千年中华文明，很多精髓部分，也都是通过文学的方式传承到今天的。所以，我说文学是有使命的，尤其是在当下，文学期刊的使命尤为重要。之所以说，文学期刊对我们的文化发展，文明传承尤为重要，是因为文学期刊现在所处的现实境地，是十分危险的。

我们进入了互联网时代，我们每天看各种新闻视频，各种段子，各种图片，各种五花八门的信息，我们便捷了，我们浮躁了，我们再也没有耐心看书读报了。我们把大量时间花在互联网、移动网络上。没有人再咬文嚼字了，互联网上的汉语言，也不再要求规范化了。我们要的是速度，是花边，是新奇特，是炒作。纯文学期刊，彻底被边缘化了。

我们并不否认互联网给我们的生活带来的好处，更不否认互联网给我们带来的发展。但是，面对新鲜事物，不够淡定，没有底线和规则，盲目追求发展，把我们的根忘了，尤其忘记了我们的根深蒂固的中国传统文化之根。正如我们现在以文化的名义建设了很多高楼大厦，但是里面没有装满积极向上的健康文化内容。我们要在新媒体和报刊书籍里装满正能量的内容，装满能够为人民大众所喜爱的高尚文化内容。所以，纸媒还承载着中国文化传承这一特殊使命。

其实，文学作品恰恰具有良好的社会教育功能。我们中华民族的文化精髓，都渗透在我们的文学作品中。所以，我说，纯文学作品创作，就是在传承发扬和延续中华民族的优秀传统文化，我们的历史责任重大。幸好，我们在学习习近平总书记一系列讲话中，看到了我们中华文化的发展和传承的方向，看到了我们文学的春天。

文学行走

我们在文学之路上

作为一本纯文学期刊，在完全靠市场生存的情况下，在纯文学期刊被冷落的情况下，我们顺利地完成了2019年的全年出版发行任务。有很多业内人士都说我这个主编不容易，我们杂志社这个编采团队不容易，感谢我们为文学事业所做出的贡献。感谢我们的，肯定我们的，当然都是来自民间，来自业内，来自作家、作者、读者，这或许是因为他们更了解我们的生存状态吧。

其实，我在这里要诚恳真挚地说，《参花》这本纯文学杂志的存在，还在发挥她应该承担的作用，还在白山松水这片沃土里艰难地开放，我们要感谢的是，那些支持理解我们的广大作家、作者和读者，是这片用信仰、责任、担当和人文情怀铸造的文学土壤，为《参花》这朵文学百花园里的小花朵，输送了血液和营养，是来自祖国各地的广大作家、作者和读者爱心呵护，才使《参花》这朵小花得以开放。

所以，我们杂志社全体员工，有信心，有决心，一定会更加精

文学行走

心呵护《参花》这朵文学之花，在传播正能量和纯文学传承这条文学之路上，踏平坎坷，永远向前行。因为我们的自信，来自我们日渐繁荣昌盛的伟大祖国，我们的信心来自我们这个充满正能量的社会，我们的决心来自千千万万支持我们的广大作家、作者和读者，我们坚强的后盾就是广大群众。

或许，在文学市场化这条路上，我们流泪流汗很多，但是，我们相信时代永远是在进步的，在变化和进步中，就必然要有艰难和困惑，所以，我们做了勇于承担的角色。我们快乐地在历练中成长，在前进中收获。因此，我们无论遇到多大的困难，我们从来没有抱怨过，我们从来没有散发过负能量的情绪，我们始终满怀阳光和希望，充满斗志，脚踏实地，在充满希望的文学之路上，奋斗前行。

守住初心　继往开来

在有追求又忙碌的日子，时间真如白驹过隙，转眼间又是一年过去了，新的一年又扑面而来。感恩过去一年里得到的经验教训和成绩，展望在新的一年里会遇到更多的美好。

回眸过去的一年，不仅有诸多感慨，有坎坷，有艰难，有委屈，有汗水，有泪水，但这些都不是主流，我们杂志社全体同仁，在内心里充满的还是对文学的热望与执着，在文学道路上我们依然靠顽强的毅力，奋斗的干劲，来获取成功的喜悦。我们大家时刻都在感恩来自祖国各地对我们工作的鼎力支持与帮助的广大作家、作者和读者，正是因为我们和大家站在一起，互相搀扶，不忘初心，砥砺前行，所以我们才得以在市场大潮中，历练成长，坚守住了这块纯文学阵地。

我们把办刊追求社会效益放在首位，我们把认真负责的态度作为工作的常态，我们把为大家服务好常揣在心里，我们把做好群众文学事业当成我们的最高追求，所以，我们《参花》才能得到各级领导的支持，也得到了全国各地作家、作者和广大读者的大力支持和厚爱，使我们这本旬刊能够保质保量按时完成全年的编辑出版任务。

在过去的一年里，我们特别得到了全省文化馆的各位领导和同仁的支持，省内文化馆在杂志的稿件提供、信息传递、杂志订阅，支撑了《参花》的半壁江山。同时，也得到了国内其他省区部分文化馆同仁的支持，在此，我们杂志社全体员工，深表谢意，真诚地说声：谢谢！

在新的一年里，我们参花杂志社全体同仁，将秉承不忘初心的文学使命，在各级领导专家的继续关心支持下，在全国各地作家作者和广大读者的一如既往的爱护支持下，把我们的工作做实做细做好，我们要克服在工作中遇到的各种困难，永远不忘初心，让扎根白山松水的《参花》，健康行走在文学之路上，让《参花》开遍祖国大江南北，传递社会正能量。

白山松水润参花

——写在参花创刊六十年之际

就是现在，每当我们在四十岁以上的人群中提起吉林省的《参花》杂志，很多人会说，我学生时代就是读《参花》长大的。足见《参花》的影响力，这是一本影响了几代人的文学刊物。

如今《参花》一路走来，曾经拥有过辉煌，也曾伴着风雨，走到今天实属不易。六十年，是人参，也是宝了；是个人，更是宝了；而今天的《参花》，是文艺百花园中的瑰宝。《参花》并没有老去，而是越活越年轻，越走越健壮。

还记得五年前，参花杂志社有关领导找到我，请我来做《参花》的执行主编，因为当时《参花》也在办纯文学，所以难以支撑下去，几乎要停刊了。由于我对文学的热爱和对文化的信仰，毅然决然地来到了参花杂志社。杂志社转企了，身份的转换，难道就做不了纯文学的事业？我相信，文学是我们的灵魂，是我们崇高的追求。只要有追求，就会有成功。

我首先从招兵买马做起，有了一个年轻的编采团队，然后开始宣传《参花》，然后团结作家、作者团队，然后开拓杂志发行市场……功夫不负有心人，经过几年的努力，《参花》恢复了元气，回到了正常出版的轨道上来。

我知道，《参花》还任重道远，但我们信心满满。我们恰逢文

文学行走

化强国的时代，习近平总书记对文化建设的一系列重要讲话精神，如春风暖雨，给了我们生机和前进的动力。我们相信，我们的坚守和努力付出，会得到社会的认可。近两年来，《参花》得到了吉林省文化厅有关领导的重视，尤其是得到了全省群文战线的领导和同志们的大力支持，我们在吉林省群众艺术馆馆长葛利民及领导班子的带领下，《参花》杂志社一步一个脚印，踏踏实实地发展前进。

《参花》杂志在市场的大潮中，没有枯萎停刊，我们还要感谢那些充满正能量的作家们，更要感谢广大的纯文学业余作者朋友们，感谢那么多年来不离不弃《参花》的成千上万的读者朋友们，没有大家的付出和鼎力支持，《参花》也可能走不到今天。所以，《参花》的功劳簿上永远都有你们这关键一笔。

《参花》今年是创刊六十周年，也可以说硕果累累，但这是《参花》几代人的努力和付出才有今天的《参花》。如今接力棒传到我们这里，我们一定要跑好下一段路程。因为我们对《参花》的敬畏，《参花》拼搏精神已经成为我们全体员工的图腾。到这一期，参花已经连续出版809期，累计发行两亿多册。《参花》是一本老牌杂志，也是我们吉林省的一张文化名片，更是我们大家的一块文学净土，我们没有理由不爱护她，更没有理由放弃她。

信仰，追求，付出，是我们《参花》团队的座右铭。六十年的《参花》，积淀了厚重的文化特色，积累了亿万作者、读者的人气，特别受到了广大基层作者、读者的喜爱，是我们老百姓的一本纯文学刊物，浑身充满了正能量。所以，我们有信心，有能力，借着祖国文运昌盛的春风，让《参花》开遍祖国神州大地，让《参花》开得更浓，开得更艳，为祖国的文化事业，送去《参花》的一缕芬芳。

话里话外读人生

——许祚禄中篇小说选题简评

近日,编辑部推荐作家许祚禄的几部中篇小说给我,我先后读了他的《信访局长》(发表在《参花》2014年6期)《子孙满堂》《做官》《大法庭,小法官》四部中篇小说,读后,抑制不住要说几句,想与作者和读者共同商榷。

许祚禄,用流畅简洁的语言,板着睿智的面孔,生动形象地给我们讲述了一个又一个故事,塑造了一个个鲜活的人物,让我们在他的小说中,读到了现实生活的复杂与艰辛,也深刻体悟到人生的多重况味。

先说他的官场题材小说,无论是《信访局长》《做官》《大法庭,小法官》,都弘扬了正义的主题,充满了社会的正能量,让我们除了对正义代表人物(例如《信访局长》里的沈为民)的感动之外,还让我们看到了这个社会的希望,同时赋予了现实社会一个美好的愿望。

而且,许祚禄的官场小说主题,每篇又都有一个传统文化思想的内核,那就是我们的老辈儿人常说的:善恶终有报,多行不义必自毙。这似乎是宿命的一种暗示,或许也是作家对改变现实社会的

文学行走

一种愿望。例如《做官》这篇小说里的柳广松，绞尽脑汁，机关算尽，用了各种不正当甚至卑鄙下流的手段，终于实现了光宗耀祖的愿望，实现了他父亲的"做官是最大出息"的人生目标。但是，人算不如天算，算来算去，没有算到他表弟的失算，最后得到了一个他似乎应该得到的下场。用不正当的手段，得到了一场荣华富贵，即使祖坟地里冒出了一股白烟，最后又都随着一枪毙命的白烟，统统化为乌有了。小说开头和结尾的两股白烟，让我们读完小说，读完柳广松"奋斗"的一生，而这两股白烟却在我们读者的心头久久不能散去。《大法庭，小法官》的人物，也都是没有逃出因果的定律，无论是谁，作出了违反法律、违反人伦道德的事情，最后的结果就是被正义所审判。

所以，读许祚禄的弘扬正气的官场小说，特别令人振奋，甚至有大快人心的感觉，让我们对眼下这个充满争议的社会现实，滋生出美好的愿望，让我们相信，邪不压正，正义和公平，永远是我们的生活主旋律。作家赋予了小说的"教育功能"和"呼唤功能"，也反映了作家的强烈社会责任感。

读许祚禄《子孙满堂》这部中篇小说，让我想起余华的《活着》。《子孙满堂》这部中篇小说，作家用两万多字，讲述了柳思延艰难而曲折的人生故事。柳思延从十七岁到七十多岁，从一个人到两个人，到孙儿弟女几十人。这似乎是一个传宗接代的过程？还是一个人的繁衍的过程？作家讲述的是一个千年古镇里的一个普通人的人生过程。而柳思延这一生的过程，几乎都是在养儿育女的艰难和操心惹气中度过的。开始养儿育女，为生计吃尽苦头；后来养儿女的儿女，操碎了心，惹不够的气，除了受累还要伤心。最后，陪了他一辈子的老伴走了，他一个人竟然不知到哪里落脚，他最后的归宿是在迷茫不知所措中惨烈地离开了人世。作者用车祸这个杀手，了结了柳思延的一生。我们读者读到这里，似乎会觉得有点突兀，但是，细想，作者也是用心良苦。柳思延不这么离开，又怎么办呢？小说结尾说：儿孙们发达了，柳思延入土为安了。我们读完小说，心里安宁么？柳思延的一生，是有代表性的。曾经有一代人，大多数都是这么走过来的。而我们当代的人，人生的路程是千奇百怪的，千变万化的，已经很难找出一种典型性的人生过程了。作家把柳思延这样的人生历程展示出来，对那曾经的一代人的人生历史，是很好的点缀和诠释，从这个角度说，是很有意义的。

总之，许祚禄的这几部中篇小说是成功的，无论是主题的选择表达还是艺术技巧，都不错。我也很欣赏他的小说语言，不疾不徐，娓娓道来，话里话外，都渗透着作家的博学和对于小说人物塑造整体把握的功力。许祚禄的小说题材，涉猎面较广，可见他对生活的洞察以及对人生的思考，都很深刻。期待作家有更好的作品问世。

文学行走

春风又来花又开

——吉林省文联、作协九代会亲历见闻

今年长春的春天一直处于干旱状态，整个春天几乎没有下雨。但是，春风如期而至的日子，并没让树木和花草拒绝春天，而让万物又如约走进了春天，树顽强地绿起来，花也迎风开放了……

在这春风送暖的美好日子里，吉林省文学艺术界联合会、吉林省作家协会第九次代表大会，在省城长春盛大开幕了。我作为作家协会一名普通代表，有幸亲历了这次大会。

盛大的开幕式。2019年4月22日上午9点，吉林省文学艺术界联合会、吉林省作家协会第九次代表大会，在省宾馆一楼礼堂隆重开幕。大会礼堂座无虚席，来自全省各地各民族的文联和作协代表，共话全省文学艺术事业的未来发展大计。

大会由省委宣传部部长王晓萍主持。本次大会，受到中国文联、中国作协，吉林省委、省人大、省政府、省政协高度重视，主要领导参加了本次大会。省委书记巴音朝鲁出席大会并发表重要讲话，中国文联党组书记、副主席李屹，中国作协副主席李敬泽致辞，省委副书记、省长景俊海出席。

巴音朝鲁在讲话中，充分肯定了省作协的工作和全省文学事业取得的成绩，同时对全省广大文学工作者提出了新要求，对全省当前和今后一个时期文学工作具有一定的指导意义。

成功地选举。我作为作协的会员代表，先后参加了全体会议和

分组讨论会议，在分组讨论会上，大家踊跃发言，赞美、肯定地发言，让大家都很兴奋。在选举省作协全委会委员和审议相关章程文件过程中，我又先后参加了举手表决和投票表决。整个过程十分严肃、严谨，大家都认真审议，认真选举，没有反对票，没有弃权票。可见，我们这些会员代表，是这次大会成功选举的重要保障，所有的议案章程全部顺利通过，所有的选举都全票通过。可见，这是一次成功的大会，胜利的大会。

热情的会员。以这次作家协会会员代表为例，全省几千人的会员，能够参会的代表毕竟有限。各地区按照省里分配的名额，进行参会代表的选举。所以，大家都很看重和珍惜这次参会的会员代表资格。我有幸被选为代表，感到很自豪、很荣幸。当我接到开会通知的时候，我正在南方出差。为了参加这次作代会，我放弃了后面的行程，提前买了高价机票飞回长春，按照程序顺利参会，行使了我作为普通会员代表的权利。

令我没想到的是，吉林省文学艺术界联合会、吉林省作家协会第九次代表大会圆满结束后，先后有几位作家朋友跟我说，他们很羡慕我们这次的参会代表，他们各地区因为名额有限，有的具有一定创作成绩的省作协会员，因为没有机会来参加这次会议，哭了。我听后感到心情复杂。我想，会员选出了会员代表，会员代表选出全委会代表，全委会代表选出了作协主席、副主席。所以，我请求被选出的主席、副主席，以后要多关心广大会员的文学创作和生活。没有广大会员，又哪有什么主席、副主席。

下一次作代会，我愿意把名额让给那些更有热情的会员。

读书学习是我们一辈子的事情

——长春工程学院管理学院写作大赛评比会上

即兴演讲

现在有一种现象，很多人不读书了。包括一些从事相关工作的人，也不读书了。大家觉得，幼儿园就开始的写字读书，已经把我们搞得未老先衰了。初高中拼几年命，上了大学，大家觉得应该高呼万岁了。

其实，我们应该把读书当成一辈子的事情。这个世间的书，是读不完的。

给大家讲个故事，说北宋大文学家苏东坡，他小时候特别聪明，又出身书香门第之家，读了很多书。所以，年轻的他就难免自负，曾经骄傲地在自己门前贴了一副对联：识遍天下字，读尽人间书。

不久，有个老先生来拜访苏轼，拿出一本书给苏东坡看。苏东坡一看，这本书他一个字都不认识。立刻窘得满脸通红。感觉到自己说大了，于是把对联改成了：发奋识遍天下字，立志读尽人间书。

可见，学海无涯，读书学习，是我们一辈子都做不完的事情。现在，我们在年轻时候读书，是为了获取知识，获得做人的道理，培养高尚的人格，为走向社会做准备；踏入社会后，我们读书，是为了拓宽我们的知识面，了解更多的事物，使我们的性格更加完善，达到修炼我们内心、提升我们人生品质的目的；如果到了老年我们还在读书，会让我们不落后于这个时代，会让我们内心变得更祥和更安静，会使我们健康长寿。

基于我们对当下社会实际情况的认知，我们吉林省参花杂志社全体同仁，一直在努力地做好《参花》这本杂志，我们面向基层大众，面向文学青年，面向未来，把这本杂志做成一本充满正能量的期刊，把我们优秀的传统文化和社会主义核心价值观，渗透在杂志的内容当中，为大家提供优质的精神食粮。

特别是近几年来，《参花》致力于走进校园，同全国多所文理科大学进行有效互动，以此培养发现大批文学新人。近几年来，《参花》先后为长春师范大学、安徽财经大学、重庆三峡学院、浙江师范大学人文学院和长春大学光电信息学院发表学生作品专栏，受到读者的一致好评，大学生们充满青春气息的作品也同时为《参花》添上阳光灿烂的一笔。

最后祝愿大家，学习愉快，身体健康。

文学行走

下基层　种文化

最近，到辽源市群众艺术馆采访，该馆馆长杨春风给笔者算了一笔账。他说：我们馆过去搞群众文艺培训，都是把各地区的培训人员，召集到市馆来进行集中统一培训，这不能不说是个好办法，我们市群众艺术馆省力省心，大家从各地来到市里就行了，至于大家来参加培训会有什么困难和问题，我们作为培训方，可以不去考虑。但是，2017年年初，我们开始调研和反复算账，我们不仅要算社会效益的账，我们也要算经济账。如何能够高效率而又能节约成本，是我们全年培训工作的研究课题。我们根据近年来培训工作的经验和调研情况总结，摸索出一个新的培训方式。那就是，我们把过去的召集培训，变成上门培训，把群众文化培训送到百姓家门口。如此，看似简单的变化，却得出了意想不到的结果。

我们在日常工作中，有些工作就是这样，不算不知道，一算真就吓一跳。首先，过去我们在市里搞培训，要让各地学员，从四面八方远近各不同的地方赶来参加培训，吃住都要花钱，因为人多，费用就高。例如，一场五十人的培训，要产生五十人的差旅费等。那么，我们根据需要，到各地区去上门培训，我们只要带上专家和老师，几个人的费用，就解决了五十人到市里来的多花销费用。费用节省了，为各地学员参加培训学习也带来了方便。省了费用，提供了方便，群众满意，我们的工作效率提升了，这何乐而不为。

杨馆长的一席话，让我们参加采访调研的同志都赞不绝口。仅通过培训这项工作，就让我们看到这个馆的工作在创新，更是务实的，这真是十分难得。

我们在采访中了解到，辽源市群众艺术馆全年开展了六十场培训，其中有多半是市馆领导专家和老师们，深入到基层，把过去的送文化下乡，变成了到基层种文化，深受广大群众喜爱。

我们做群众文化工作的，如果不去深入到群众中去，去解决群众的问题和困难，那么，群众就会离我们很远，我们的群众文化就是无源之水，即使国家投入再大，也还是漂浮在做表面文章走过场上，流于形式。从实际工作出发，为群众实打实着想，创新而不脱离实际，我们的工作才会取得实效，群众才会满意。那么，鉴于此，辽源市群众艺术馆培训工作这一做法，应该值得我们同行借鉴。

习近平总书记一再强调，我们做文化工作的，一定要深入到基层，到群众中去。我们基层工作者，要认真学习领会习近平总书记的系列讲话精神，然后结合我们自己的实际工作，根据我们的实情去创新开展工作，才会为我们国家的文化建设事业做出实际贡献。

> 文学行走

深扎根，真服务

——为全省农家书屋服务有感

吉林省农家书屋已经基本实现了全覆盖，有了书屋，更需要有好的图书来实现内容的充实。吉林省文广新局，几年来不遗余力，花费了大量的人力物力，为全省农家书屋提供了优质的精神食粮。做实了，做透了，老百姓真正得实惠了，我觉得这才叫功德无量。

吉林省农村，有大批文学爱好者和写作者，大家的优秀作品，缺乏展示的平台。全省农村有很多文学社团，有多个诗词书画之乡，聚集了大量的文学艺术创作人才，也产生了大量的优秀作品。那么这些优秀作品，其能量的释放，正能量的传播，就需要一个有影响力的大平台。全省的农家书屋，就是一个最接地气的大平台。而充实这个平台有多家单位，我们省的老品牌杂志《参花》就是其中之一。我们近年来，一直坚持办为基层群众传递正能量的期刊。

省文广新局的领导高瞻远瞩，为全省农家书屋推荐选配好的图书，在全省广大农村已经形成了星星之火可以燎原之势。弘扬社会主义核心价值观、宣传改革开放巨大成果、继承发扬中华优秀传统文化的充满正能量的图书报刊，有效占领了农村基层文化阵地，为我们国家的文化建设夯实了最有效的基础。

有了这样好的平台，就更需要我们提供文化产品的单位，把责任负起来，要以社会效益为第一，生产出内容和形式都达到上乘的产品，如此我们才对得起广大人民群众。

既然我们有了职责担当，我们就要组织好作家，认真写作，负责任写作。写出对生活负责、对历史负责、对人民负责的好作品。当下，各种所谓的新东西太多，浮躁的东西太多，玩花样的东西太多，而正能量的、博大厚重而又被广大人民群众喜爱的作品不多。鉴于此状，习近平总书记在《在文艺工作座谈会上的讲话》中深刻指出："人民是文艺创作的源头活水，一旦离开人民，文艺就会变成无根的浮萍、无病的呻吟、无魂的躯壳。"而我们《参花》杂志，深刻领会习近平总书记的系列讲话精神，根据本省实际情况，把杂志办成接地气的杂志。我们在全省开展了一系列的基层作者培训工作，并在全省农村开展一系列督促、引领、带动全省作家、作者，深入基层，扎根人民群众的系列深入生活的活动。组织作家们通过走基层，和农村人民群众打交道，通过各种形式的采访，通过思想和肢体的实践体验，通过各种各样的方式进行交流，深入体会我们的生活，感悟我们的时代，为我们这个时代写出真正的有思想有深度有正能量的不负这个时代的好作品来。

吉林省参花杂志社，一定要在吉林省文化厅的领导下，在吉林省文广新局的指导下，将把文学的触角，深入到基层，扎根到人民群众中去，为全省乃至全国的作家、作者提供展示优秀作品的舞台，鼓励带领广大作家、作者汲取生活的营养，创作出不负于这个时代的优秀作品。我们将竭尽全力，为广大人民群众服务，提供优良的文化产品，为我省的文化事业做出应有的贡献。

文学行走

筑梦，从爱开始

　　我们度过了坚实无悔的2018年，喜迎充满美好向往的2019年。

　　2018年，我们在奋斗中度过。这一年，我们在党和祖国的各大盛事中欢欣鼓舞，精神倍增，信心满满，全身心投入到工作中去，圆满完成了各项工作任务。我们在工作中践行文化自信、文化兴邦的精神主题，为全省乃至国家的文化事业，默默耕耘，不计名利，悄悄地做着自己的贡献。文化战线上那些感人的镜头，记录了我们奋战的足迹。

　　当我们走进长春市宽城区文化馆会议室的时候，那些从国家到地方颁发的各项荣誉奖状和证书，使我们对这个区级文化馆充满了好奇。当我们了解到这些荣誉的背后，是心血是汗水浇灌而来，是源自这个优秀团队对文化事业的热爱。宽城区文化馆，作为国家一级文化馆，没有对工作事业的挚爱，没有奋斗，没有实干，没有付出，是不会有如此骄人的成绩的。所以，馆里的工作人员说，他们的馆长兼党支部书记董虹，带病坚持工作，我们发自内心地感动着，敬佩着。

　　"提高每一个人的文化素养，把广大人民群众的文化阵地，用社会主义核心价值观来统领，让党的文艺方针政策来领航，就会改变百姓的价值观。在群众中大兴文明之风，我们的社会就会更加和谐，我们文明了，我们和谐了，恰恰可以助推我们的经济健康发展。"这是松原市宁江区文化馆馆长张庆学在工作中悟出的道理。他说这番话的时候，他正亲自带领馆办文艺小分队，在休息日去该区善友镇新家村瓜乡香瓜首届采摘文化节助演。

承上下求索大志，绘春秋振兴宏图。行动是见证我们品质提升的重要物证。2019年的1月2日，是上班的第一天。这天上午，我们集中学习和讨论习近平总书记的2019年新春贺词的时候，当我们讨论到总书记对基层百姓、对劳动者的温暖关爱的时候，我们的一位编辑说，他刚刚得到一个消息，有一位五岁儿童，得了脑出血，十分严重，正在省里一家医院的重症监护室里，等待手术治疗。因为孩子家境的原因，部分手术费需要社会上的爱心人士来帮助。这位编辑说完，我们十几位同事，立刻异口同声说，我们要献爱心，我们要尽自己的能力帮助他。

就这样，我们都开始翻自己的钱包，把兜里的钱都慷慨捐出，有的几百元，有的几十元，有的只留下一元钱下班回家坐公交，兜里所有的钱都默默捐出。我们没有去统计谁捐款的多少，我们认为，此时此刻，捐一元钱的和捐百元钱的，爱心的分量一样重。我们把捐出的两千元钱，无记名，装在一个没有名头的信封里，派了两位同事代表送到了医院。当两位被派的同事临走时，大家又异口同声说，你们代表我们这个团队，去慰问一下孩子的父母，不要留名，不要说明我们单位，就说是一伙人的一点爱心。

其实，大家心里也都明白，我们捐得不多，因为我们的收入不高。

虽然我们捐款不多，但是我们意识到了自己的责任，我们希望担当，爱心就是要在没有功利思想下进行，那才是大爱，也才是真爱。

展望2019年，我们要让爱伴随我们的工作和生活，我们要把爱作为我们奋斗的基石，我们要把爱作为我们前进的动力。

什么是爱？爱就是责任，爱就是担当，爱就是不求回报的奉献。我们人人都从自己开始，人人都从爱出发，热爱我们的党，热爱我们的国家，热爱我们这个伟大的中华民族，我们就一定会实现中华民族伟大复兴之梦。

文学行走

人参园里的种诗人

两年前的春天,集安市文化广播电视旅游局委托集安市文化馆承办在全市开展文化工程培训活动,其中有一场是文学创作的培训课。我有幸参加了这次活动,讲课的时候我很兴奋,所以跟全市上来的作家、作者们交流得特别热烈。说实话,现在的文化馆能够在文化培训工程中,安排文学创作课程,实在不多了。现在大家更看重动态培训,文学创作效果来得慢,主办方往往操心受累,政绩却微微了了,所以大家更愿意搞什么舞蹈啊演出类的培训。

集安市的文学创作一直很活跃,虽然这些年文学活动少了,但是这次文学课,从全市各地来了八十多位作家和业余作者,其中有一些是颇有成绩的作家,也来了一些刚崭露头角的新秀。在课间休息的时候,有个红光满面的中年男子走到我的面前,他拿了一个本子,上面用钢笔写了一些作品,让我给看看,指导一下。说实话,在课间休息的十分八分钟,能指导什么。我看了一眼他给我的本子上,写有新诗,也有旧体诗,我大略看了几首,觉得他的新诗有的诗句还是有点韵味,就劝他多写新诗。

通过短暂的交流,我知道他叫高丰国,是集安市台上镇的一个

文学行走

农民，现在主要是种植人参。按照如今有些说法，他就是农民作者，或者叫农民作家、农民诗人。但我绝对是反对用职业身份来冠名作家或者诗人的。身份和作品是没有任何关系的。

就这样，我认识了种人参写诗歌的高丰国，我称他高老师。

培训课很快结束了，我们各自离去。

过了不久，高丰国给我打来电话，要我看看他最近写的诗。他在电话里说，我的那堂文学讲座课，对他很有帮助，明确了他写诗的方向，那就是过去写得多的旧体诗，如今不怎么写了，以写新诗为主。而且，他说我的课，给他最大的启发就是，他现在就写自己的劳动、自己的生活，就写他熟悉的生活。他觉得，这样，他写起来有灵感，有激情，写出诗来，就念给妻子和村里人听，大家都称赞他写得好。

我认真看了他的诗，的确比过去写得有进步，诗歌都以他的劳动和生活为背景，诗句也很有灵性。我们杂志就是以培养和发现文学新人为己任，我编了他的几首诗歌在杂志上发表。

后来，高丰国陆续给我看了他写的诗歌，我的感觉是他一直很勤奋，也在进步。时间久了，我们也就成为文友。有时我们通过电话和微信，也聊生活上的事情。通过交流，我得知他是很辛苦的，参园规模做得也很大，他的参园在春秋忙时，要雇用几十人的。

前不久，高丰国突然给我打电话，聊了很多，我不知道他那天是否是喝酒了，但能感觉到他很兴奋。他告诉我说，他这些年，不仅种植人参发家致富了，在沿海城市买了楼房，而且最让他得意的是，他在种植人参的劳动中，悟出了很多人生哲理，更是让他写出了很多诗歌，让他觉得最有成就的就是自己写的诗，被报刊和网络发表，被大家喜爱和认可。他给我现场背诵了他的几句诗：

在三月
把一天的好心情挂在柳枝上
随风律动
用笨拙的诗笔
在嫩绿芽尖上赋一首

……

我问高丰国：你种植人参，很辛苦；你雇用那么多人，很操心；你挣了那么多钱，衣食无忧。你为什么还要写诗啊？

他在电话里声音突然提高了，他说，主编啊，我写诗是我唯一的爱好，我觉得我写出好诗，才能种出好人参；我种出了好人参，就更能写出好诗来。我更觉得，人活着，光有钱不行啊，诗是我的灵魂啊！

或许真的是这样，我们光有高楼大厦，光有人参，没有诗歌，生活还真就缺少些什么。人活到一定境界的时候，都需要远方和诗歌。

高丰国就是这样，他不仅在他的参园里种植价钱昂贵的人参，同时也种下了一首首美丽无价的诗行。

> 文学行走

坚守文化阵地上的"老品牌"

——老品牌《参花》杂志办刊点滴体会

2017年结束了,《参花》也圆满走完了六十年的旅程,如果按照人的年龄来计算,已是花甲老人了。如今的她,真的已经老了吗?已经完成她的历史使命了吗?应该退出历史舞台了吗?应该被淘汰了吗?说实话,我无法回答这些问题。

回顾历史,并不是落后。《参花》杂志六十年的风雨、六十年的历史,其所产生的社会效益,是我们无法用经济指标来衡量的。《参花》不仅在吉林省内是最接地气、最受欢迎的大众文学杂志,在全国也是很受广大读者喜爱的杂志。《参花》最辉煌的时候,每期发行几十万册。那时办刊有经费,不用为生存发愁,不会因为经济效益的原因而影响办刊质量。所以,那时的《参花》是真正以追求社会效益为第一的,同时带动作家、作者创作出大量的优秀文学作品,为社会提供了优质的文化产品,为大众提供了高端的精神食粮。

2012年初,参花杂志社新一届领导班子深刻认识到,《参花》杂志还要从为市场办通俗文学回归到为群众办纯文学的轨道上来。面对群众文化阵地出现空白甚至被抢占的情况,坚守《参花》杂志的同志们,克服重重困难,积极为广大群众办刊,使广大基层群众能有一本充满正能量和接地气的杂志来阅读。《参花》杂志认定了正确的办刊宗旨和方向:把追求社会效益放在首位,弘扬社会主义核心价值观,弘扬中华传统美德,用积极向上的、美好的文学作品教育人、感染人、陶冶人、鼓舞人,为提升全民文化素养、为我们国家的文化事业建设而默默耕耘。

《参花》团队始终不忘初心，意志坚定，克服重重困难，坚守、保护吉林省群众文化阵地上这个老品牌。一个历经六十载、影响了几代人的老牌杂志，难道还算不上是一个群众文化阵地上的老品牌吗？我们让《参花》这个老品牌，焕发青春，让她走进了基层，走到了群众中去，继续释放文化的芬芳，为大众服务。因此，保护好老的文化品牌，也是我们的职责所在。我们有责任有义务来爱戴她、保护她、传承她。

在创新品牌的同时，千万不能忘记我们几代人花费无数心血和财富培育出来的老品牌。老品牌的厚重和历史积淀，不是用经济效益来度量的，更不是钱能买到的。我们的群众文化阵地，不仅仅是钢筋水泥所构筑的文化广场和新的文化楼堂馆所，文字阵地也同样重要。老的文化品牌是我们几代人的智慧结晶，如果被我们忽略，不重视保护和传承，那和我们扒拆了历史文物还有什么区别？

我们通过学习十九大报告中关于文化建设的论述，更加坚定了信心：群众文化阵地，必须由社会主义核心价值观来占领；中华民族的伟大复兴，离不开文化建设。而文化品牌的建设，将起到十分重要的推动作用。那么，一直在发挥作用的老品牌杂志《参花》得到大家的重视和保护，就应该是理所当然的了，也是我们不可推卸的责任。创新文化品牌和保护老的文化品牌同等重要，新老并存，既符合党的文艺方针政策，也是我们这个时代发展的健康特征。

不忘初心，是我们坚守并前进的动力。我们只有扎扎实实地工作，按照党的文艺方针政策指引，尊重市场规律，充分发挥我们的智慧和付出辛劳的汗水，才能把《参花》这块老的群众文化品牌保护好、坚守好、传承好、发展好，继续为我们国家的文化建设事业做出应有的贡献。

文学行走

一个生长文学梦想的地方

通化县文化馆文学辅导干部于悦斌老师来杂志社看我,看到家乡亦师亦友的文学老朋友很激动。我们在一起谈论的话题也都是二十世纪八九十年代在通化县的一些文学活动,还有那些文友们。那个时候,我们都很单纯,都怀着满腔的文学热情,带着文学的梦想,从沟沟岔岔来到通化县政府所在地——快大茂镇。

快大茂镇处在蝲蛄河下游,镇内有一座大帽山。县城不大,但人杰地灵,民风淳朴,从这里走出很多对国家建设有用的人才。那些做大事的人不去说了,单说说我认识的搞文学的作家。在这片黑土地上,曾经走出过几代追求文学梦想的人。那时,我并不认识县文化馆的人。我被邀请参加笔会,是因为投稿。当时县文化馆编印了一份叫《花野》的铅印文学小报,文化馆文学辅导部干部赵福泉、于悦斌负责编这份小报。千万别小看这份小报,当时就是这样一份小报改变了很多人的命运。我当时因为频繁给《花野》报投稿,得到了赵福泉老师的认可,所以,我被邀请参加了1984年那届笔会。那届笔会是在湾湾川电厂开的。在那届笔会上,我年龄最小,很荣幸地认识了老一代作家们,他们是郑富、丛祥智(辛实)、孙树发、辛愚圣、朴尚春；年轻的作者有孙桂芳、赵耀等。第一次参加县文化馆的笔会，对我人生目标的选择起了决定性作用，坚定了我在文学创作这条路上走下去的决心。

那时，文学可以改变命运。而事实上，也真有一些人是靠文学写作敲开了命运的大门，改变了自己的人生轨迹，获得了理想的工作和生活。而这些人，如今可能有很多人不再写作，但我相信，他们的文学情结还在，大家都不会忘记县文化馆，不会忘记那张如今看来十分粗糙的文学小报《花野》。

我现在常常怀念那年文友们的那种友谊，那种真情。如今，真正热爱文学事业、真心搞文学创作的人越来越少了，大家功利心很强，从某种程度上来说，如今搞文学创作的人很多是为了能攫取更多的金钱。因为，如今能改变我们命运的，已经不是发表文学作品，或是从事某项工作了，好像只有金钱能够改变我们的命运。因此，我们那一代人年轻时对文学事业的崇高追求，那种至真至纯的文学梦想，那种执着的精神，现在看来弥足珍贵。

后来，我陆续参加县文化馆每年一次的笔会，这让我认识了一批批作家和诗人。县文化馆文学辅导部主任胡玫老师，曾对我们这些文学青年帮助较大。因为后来的笔会，每次都能请到大报、大刊的编辑来授课辅导，并能择优发稿。例如《吉林日报·东北风》主编赵培光老师来讲过课，《参花》杂志编辑王大威老师来讲过课，《长白山》杂志于涤心老师来讲过课。

那时经常参加县文化馆笔会的核心作者有董向前、郭立志、王凤春、丁瑞雪、丁立君、王学刚、刘文臻、于美芳、孙桂芳、朱聿、卢海娟、金秀枝等。我们在当时文化馆文学辅导部干部于悦斌、胡玫老师的组织下,不仅开展了多次文学活动,还创作出很多文学作品。

我说通化县是一个生长文学梦想的地方,不是乱说的,是有根据的。因为,现在大多数文化馆的文学辅导部已经后继无人,文化建设也以硬件设施为主,以动态文艺形式为主,很少有文化馆举办静态的文学创作笔会了。而通化县文化馆依旧还在坚持办馆内文学报《芳草园》,依然在坚持开展文学辅导,举办文学笔会。

在我们的心中,文学的殿堂就如庙堂一样,最终要成为我们这些文学爱好者安放灵魂的地方。

后记

省文联、省作协、省文化馆的领导，还有诸多文学界的老师和朋友们，都多次建议我把近几年陆陆续续在《参花》杂志刊发的卷首语，结集出版，便于日后的收藏和阅读。经过很长时间的考虑，觉得出书是一件事，态度又是另一件事，我了解自己，也了解我那些卷首语。但最后也算是想清楚了一件事儿，那就是人生是一个过程，写作也是一个过程，无论我那些卷首语成功也好，败笔也罢，都是自己生的。所以结集出版，算是对自己写作路程一个交代，也算是给领导和老师朋友们一个交代。于是在2023年下半年开始整理筛选，在重新收集整理的过程，自己也给自己惊喜了，自己也没想到，这几年陀螺一样的人生，还写出了这么多文字。看着这些文字，丑也好，俊也罢，那可都是自己亲生的啊。

记得那是2015年年初，《参花》的编辑们跟我说，主编啊，咱们杂志这个开篇的卷首语，稿子太难组了。全国各地的来稿，适合做咱们卷首语的少之又少。不是太长，就是质量太差，还有把别人的优秀作品署上自己名投给咱们的。主编，你也是作家，你写卷首语吧。当时，我觉得事务性工作太忙，自己能力和精力有限。但是，根据当时《参花》办刊的要求，卷首语的稿子的确不好组。为了工作，

后 记

于是我就答应下来。

　　当时杂志社经营困难,我每天都忙于出版经营性事务,没有更多心思和精力写作,但编辑为了准时出刊,都会一遍遍催我交稿。现在想想,很多卷首语都不知道自己是怎么写出来的。《参花》杂志是旬刊,每月出三本,上中下,也就是说,无论如何,我每月必须写出三篇卷首语。现在想想,真的要感谢参花杂志社的同仁们,感谢编辑们的催促,让我创作了这么多作品。而且我的卷首语一度成了杂志的作者读者热捧的栏目,有许多作品被国内权威报刊媒体转载转发,增加了《参花》杂志在社会上的影响力,算是有了一定的社会效益吧。现在把这些卷首语重新整理结集出版,也需要花费一些时间和精力,所以在本书出版过程中,《参花》的编辑同仁,又一次给了我诸多支持和帮助,谨此一并感谢。

　　我在整理这些作品进行筛选的过程中,发现有部分作品是不完美的,有很多缺憾,部分作品有急躁的影子,有的有说教之嫌,有败笔。在定稿时也想过把不满意的败笔作品删除,但想来想去,还是保留原来的样子吧。成功和失败,本来就是一个妈妈。丑的俊的,当时生的时候也就是这个样子,那就这样吧。

2024 年 2 月 18 日长春